구선모 新무협 판타지 소설

호열지도

虓熱之道

구선모 新무협 판타지 소설

호열지도

虓熱之道

호열지도 7

구선모 新무협 판타지 소설

초판 1쇄 찍은 날 § 2004년 2월 19일
초판 1쇄 펴낸 날 § 2004년 2월 27일

지은이 § 구선모
펴낸이 § 서경석

편집장 § 문혜영
편집책임 § 장상수
편집 § 권민정 · 유경화
마케팅 § 정필 · 강양원 · 이선구 · 김규진 · 홍현경

펴낸곳 § 도서출판 청어람
등록번호 § 제1081-1-89호
등록일자 § 1999. 5. 31
어람번호 § 제2-0337호

주소 § 경기도 부천시 원미구 심곡1동 350-1 남성B/D 3F (우) 420-011
전화 § 032-656-4452 팩스 § 032-656-4453
E-mail § eoram99@chollian.net

값 8,000원

ISBN 89-5831-010-3 04810
ISBN 89-5505-427-0 (SET)

구선모 新무협 판타지 소설

호열지도

號熱之道

7 소호공주(素昊公主)

도서출판
청어람

목 차

제
1
장

공주님의 심기가 어지러운 모양이구나

◆ 제1장 **공주님의 심기가 어지러운 모양이구나**

대지와 나무, 숲과 풀잎.

그리고 어둠과 안개…….

여리고 여린 여인의 어깨를 아슬아슬하게 덮고 있는 한 꺼풀의 하얀 비단옷마냥, 마치 자욱한 안개는 대지를 어루만지듯 촉촉하게 적시며 어둠 속으로 사르르 미끄러져 갔다. 일면 금방이라도 귀신이 등 뒤에서 튀어나올 것 같은 귀기(鬼氣)가 사방을 가득 메우고 있는 것처럼 보였지만, 어떠한 것들은 귀기가 어린 어둠에도 아랑곳하지 않고 움직이고 있었다. 우선 작은 벌레들이나 곤충들이 그러했고, 부엉이와 같은 맹금류나 먹이를 찾아 헤매는 동물들도 생존을 위해 움직이고 있었다.

그러나 이러한 움직임은 자신들의 생사가 걸려 있기에 어쩔 수 없이 행해지는, 바로 대자연의 필연적인 움직임이었다. 또한 사람들 중에도 이와 같은 대자연의 필연을 몸소 실천에 옮기고 있는 자들이 있었다.

비록 밤늦게 움직인다는 것은 밤손님이나 그와 비슷한 생업에 종사하는 사람들이 대부분이라 그러한 것들이 다른 사람들의 눈엔 별로 좋게 보이지 않았지만, 이들에게도 나름대로 삶에 대한 고충이 있기에 모두 어쩔 수 없는 일이었다. 자신들이 원하지 않지만, 앞으로 남아 있는 삶을 위해선 어쩔 수 없는 선택인 것이다.

하지만 때로는 자신의 생사와는 아무런 상관이 없는데도, 일부러 아무도 없는 귀기스럽고 어두컴컴한 밤을 택해 자신의 의지대로 행동하는 사람들이 있었다. 바로 삼풍진인과 성불 혜정 대사였다.

지나가는 구름에 가려서 제 모습의 반쪽조차 아슬아슬하게 보일 정도의 귀기 서린 보름달과 자욱한 안개가 사방에 짙게 깔려 있는 밤.

이미 오래전부터 자리하고 있었는데도, 아직까지 지나가는 사람의 그림자조차 볼 수 없는 밤이 계속 이어지고 있었다.

그렇게….

무림의 대종사라 칭송되고 있는 삼풍진인과 혜정 대사, 그들은 자욱한 밤 안개와 귀기가 어린 음침한 달빛에 온몸을 무방비 상태로 방치하고 있었다.

"바라말다… 바라말라다… 바라능기… 바라밀기……."

"음……."

두 눈을 지그시 반개하고 옆 사람에게 들릴 듯 말 듯 혼자 중얼거리며 최선을 다해 밀경(密經)을 읊고 있는 혜정 대사를 바라보며, 삼풍진인은 이미 잊어버렸다 생각하고 있던 옛 생각이 떠오르자 씁쓸함이 이루 말할 수 없었다. 그날 '이렇게 했으면 어떠했을까……?' 하는 아쉬운 마음을 좀처럼 떨칠 수가 없었던 것이다.

"휴……."

‘음… 지금 생각해 보아도 그날의 일은 너무나도 아쉽구나. 젊은 혈기도 아니었고, 그렇다고 정사(正邪)의 흑백 논리를 논하는 자리도 아니었건만… 정사를 떠나 힘들게 만들었던 이십오 년의 우정이 한순간에 물거품처럼 사라져 버릴 줄이야. 허……’

삼풍진인의 회한(悔恨)을 짐작이나 하고 있는 것인지, 혜정 대사는 온몸에 식은땀을 흘리면서도 한 시진이 다 되도록 반듯하게 깎아놓은 석좌(石座)에 앉아 밀경을 읊는 일에 열중하고 있었다.

‘그나저나 혜정 대사의 짐작이 정확하다면 어찌한단 말인가? 정말 혁 도우가 그날의 호언대로 세상에 나오는 것인가? 아니면 마교가 다시 세상을 향해 혈검(血劍)을 든 것인가? 음……’

삼풍진인의 미간에 절로 주름이 잡혔다. 또다시 혁무량에 대한 생각이 떠오른 것이다. 아니, 혁무량에 대한 생각보다는 이번엔 마교에 대한 근심에 자신도 모르게 잠시나마 평정심이 흔들린 것이었다. 아무리 세상에 둘도 없는 뛰어난 도인이라 해도, 삼풍진인 역시 아직 인간 세상의 희로애락(喜怒愛樂)과 근심을 벗어나지 못한 인간이었기 때문이다.

“응? 마기가 점점 가깝게 느껴지고 있구나. 혜정 대사가 성공했나 보군. 역시… 석가모니의 영기가 담겨 있을지 모른다는 소문이 나올 만하군. 바라밀경(波羅密經)이라……”

삼풍진인은 조금씩 가까워지고 있는 호열의 기를 느낄 수 있었다. 처음엔 미미하게 반응하기 시작한 삼풍진인의 선기(仙氣), 시간이 지나면 지날수록 조용하게 자연과 교류를 하던 선기가 온몸에서 요동을 치기 시작한 것이다.

‘허허, 백구십 성상을 살아오면서 이와 같은 일이 없었거늘, 진정 마교의 대종사란 말인가? 실로 그렇다면 큰일이로구나. 오늘 이런 자리를 만든 것이, 어쩌면 무림을 위해 내가 마지막으로 할 수 있는 일일지도…….'

삼풍진인은 자신의 생명이 얼마 남지 않았다는 것을, 아니, 선계로 올라야 할 시간이 점점 다가오고 있다는 것을 알고 있었다. 그렇기에 마지막으로 무림을 위해 자신이 할 수 있는 일이 있다는 것이 나쁘지만은 않았다. 비록 그것이 자신의 목숨을 담보로 잡을 수도, 선계에 오르지 못하게 할 수도 있는 사안일지라도…….

삼풍진인은 점점 가까워지고 있는 미지의 인물을 조바심이나 조급하지 않은, 그저 평상시처럼 조용하게 평정심을 유지하며 경건한 마음으로 기다렸다. 어두운 밤하늘에 은은하게 울려 퍼지고 있는 혜정 대사의 바라밀경 소리를 들으며…….

*　　　　*　　　　*

인시(寅時)가 조금 지난 시각.

날이 밝으려면 아직도 두 시진 가까이 남아 있었지만, 새벽이 점점 다가오면서 사방에 자욱하게 깔려 있던 안개가 더욱더 짙어지고 있었다. 마치 세상에서의 모든 삶을 다하고 살아남기 위해 마지막 안간힘과도 같은 인간의 회광반조(廻光返照)를 느끼게 할 정도로, 자욱하게 깔린 안개가 점점 그 농도를 더하면서 어둠도 짙어만 갔다.

탁! 타타타탁……! 탁……!

어둠 저편에서 들려오기 시작한 기분 나쁜 소리가 점점 가까워지기 시작하더니, 어느 순간부터 조금씩 사람의 형상이 보이기 시작했다.

그와 더불어 무엇인가 부딪치는 소음도 가까워지고 있었다.

"응? 저쪽인가? 황궁 서고가 있는 방향이 아니잖아? 이건, 음… 저쪽 길은 처음인데……."

호열은 무의식중에 황궁 서고로 향하던 발걸음을 멈추어야만 했다. 이미 자신을 기다리고 있는 것이 누구일 것이라 지레짐작하고 있었기에 아무런 생각 없이 밤길을 걸어가고 있었는데, 신경에 거슬리는 소음이 자신이 가고자 하는 방향이 아니라 다른 곳에서 들려오고 있었던 것이다.

"음… 이거 참, 어떻게 한다……? 저쪽 길은 황명(皇命)으로 출입이 금지된 곳인데……."

지금까지 알고는 있었지만 황명에 의해 한 번도 가보지 않았던 길.

호열은 황궁 서고로 향하는 길과 무엇이 있을지 모르는 길의 중간에 어정쩡한 자세로 서 있었다.

"황명이라… 제길! 뭐야? 하필이면 왜 금지에서 지랄이야!"

황명에 의해 출입이 금지된 곳.

호열은 쉽게 금지(禁地)로 발걸음을 옮길 수 없었다. 아무리 황제를 좋게 생각하지 않는다 하더라도, 호열로서도 황제의 명을 쉽게 어길 수 없었기 때문이다.

"휴~ 어쩔 수 없지. 이곳까지 와서 그냥 돌아갈 수는 없는 일이 아닌가! 비록 황명을 어기는 일이지만, 보초병들에게 들키지만 않으면 되겠지."

한참 동안을 고민하던 호열은 모든 생각을 정리한 후 금지로 발걸음을 옮기기 시작했다. 아무도 모르게 들어갔다가 나오면 된다고 결론을 내린 것이다.

그렇게 호열은 이각 정도를 더 걸었다. 하지만 조용히 들어갔다가 아무도 모르게 나와야 하기 때문에, 그동안 질질 끌던 철혈검을 두 손으로 드는 수고를 해야만 했다.

철혈검.

황제가 내린 보검이기에 그 가치가 능히 군사들의 통솔을 목적으로 황제가 직접 대장군에게 하사하는 군령의 상징인 월(鉞)과 같은 지위를 지니는 보물이었다. 하지만 본의 아니게 호열의 수중에 들어간 이후 철혈검은 황제의 하사품이 지니는 대우를 받지 못하고 있었다. 그러나 오늘 처음으로 보검다운 대접을 받은 것이다. 비록 그것이 오늘 밤이라는 한시적인 시간뿐이지만.

황제가 황후를 비롯한 여러 후궁들과 함께 머물며 생활하는 내궁을 바깥에서 보호하듯 감싸 안은 모양을 취하고 있는 외궁, 철혈금부가 외궁의 정면 방향에 위치하고 있었기에 호열이 걸어야만 하는 거리는 상당했다. 상황이 이렇다 보니, 호열의 내심으로는 빨리 자신을 부르고 있는 사람을 찾아갔으면 하는 마음이 굴뚝같았다.

또한 황명을 어기고 금지에 들어온 지금, 언제 어디서 경비병들이 튀어나올지 알 수 없는 상황이기에 초조한 마음은 더해만 갔다. 거기다 머리 속에 아련하게 메아리치듯 들려오는 소리, 그 소리가 어디서 들려오는 것인지 정확한 근원지를 찾을 수가 없었기에 시간이 지날수록 답답하여 도중에 돌아가고 싶은 마음이 든 적이 한두 번이 아니었던 것이다.

그러나 힘들게 왔기에 호열은 그냥 돌아갈 수가 없었다. 하룻밤 달밤의 산책 정도 한 것으로 좋게 생각하고 돌아가도 되련만, 아니, 능히 그러고도 남았을 호열이지만 오늘따라 왠지 그렇게 하지 않고 있었다.

바로 오기가 발동한 것이다. 무슨 이유 때문인지, 지금 돌아간다면 얼굴도 모르는 상대에게 자신이 놀림만 받는다는 생각이 든 것이다.

한 걸음, 한 걸음씩…….

호열은 힘겨운 자신과의 싸움을 하면서도 만약을 대비하여 밤손님처럼 최대한 소음을 죽이며 걸음을 옮기고 있었다. 하지만 어느 순간 호열은 걸음을 멈추어야만 했다. 멀리 작은 불빛이 보이그 있었던 것이다. 하지만 달빛도 없이 자욱한 안개가 사방을 덮고 있는 어둠을 밝혀주기에는 충분한 밝기의 빛이 아니었다. 그저 자신의 존재 정도만 알려줄 정도의 빛이었다.

'응? 어라……? 저건 뭐지? 이런 곳에 불빛이 있다니……?'

황명을 거스르면서 숨어들어 가는 상황이라 호기심이 일더라도 자제하고 자신의 목적지로 발걸음을 옮기는 것이 옳은 일이었지만, 호열은 호기심을 어찌하지 못하고 조심스럽게 불빛을 향해 다가갔다. 비록 희미하고 초라한 빛이었지만, 지금은 마치 어두운 바닷가의 홀로 뱃길을 안내하는 등대마냥 자욱한 안개바다에서 호열의 길 안내를 하려는 것처럼 여겨졌다. 아니, 빛은 호열이 조금씩 다가갈수록 자신의 존재를 알리기 위해 점점 더 밝게 빛나는 것 같았다.

"음……."

조그마한 연못과 허름한 가옥 한 채.

대명제국의 황궁에 자리하고 있기에는 너무나 초라하고 볼품없어 보이는 가옥이었다. 하지만 호열이 가고자 하는 최종 목적지는 아니었다. 다만 호열의 흥미를 유발시키는 몇 가지 요인들 때문에 쉽게 지나치지 못하고 접근하게 된 것이었다.

'허, 황궁에 이러한 곳이 있었던가? 정말 깊숙이 들어온 것 같구나.

그나저나 이곳은 아무도 다니지 않는 후원으로 알고 있었는데……? 어쩌다 한 번씩 황제나 황실 가족이 나들이하던 곳이 아니었던가? 거참, 거기다 금각(金閣)들이 즐비한 황궁에 저런 가옥이 있었다니…….'

호열은 풀숲에 몸을 숨기고 조용히 귀를 기울였다. 비록 주변에 아무도 없을 것 같았지만, 그래도 금지인 이상 무턱대고 안심할 수는 없는 상황이기에 조심을 하지 않을 수 없었던 것이다.

호열은 귀에 정신을 집중하자, 주변의 정황을 조금씩 파악할 수 있었다. 비록 무림에서 흔히 말하는 천리지청술(千里地聽術)이 아니라 하더라도, 온 신경을 집중한 호열의 귀는 그 무엇보다도 더 정확하게 주변의 상황을 파악할 수 있었다.

'역시 경비병들이 있었구나. 음… 무엇 때문에 이런 외진 곳에 경비병들이 있는 거지? 이건 황궁 서고를 경계하는 보초병들보다 더 많은 것 같잖아? 아니지, 거의 황태자가 기거하고 있는 동궁과 비슷한 수준인 것 같은데? 이거 참…….'

그저 무신경하게 지나치면 모르겠지만, 보잘것없는 가옥의 주변을 경계하고 있는 병사의 수는 무려 삼백여 명에 이르렀다. 가옥 안에 누가 있는지는 모르겠지만, 호열로서는 이해할 수 없는 일이었다.

가옥 안을 향해 집중적으로 귀를 기울이니, 안에서 나는 기척은 분명 여인의 기척이었다. 호열은 여인이 혼자의 몸으로 황궁의 외진 곳에 기거하고 있다는 것에 호기심이 일었다. 아니, 이러한 호기심은 어쩌면 당연한 일이었다.

황궁에 여인은 많이 있었다. 아니, 넘치고 넘치는 것이 환관과 여인들이었다. 우선 현 황제인 영락제의 모친(母親)이자 대명제국의 성모(聖母)인 황태후(皇太后)를 비롯해서 황후(皇后)와 황귀비(皇貴妃) 등 황제의 후궁(後宮)들도 상당수에 이르렀고, 또한 황궁의 안살림과 시중을 드는 궁녀들의 수도 그 수를 헤아릴 수 없을 정도로 즐비하였다. 당연히, 호열은 이러한 사정을 잘 알고 있었기에 가옥 안의 정체 모를 여인에 대하여 호기심이 일었던 것이다.

'가옥 안에 있는 사람이 누구인지 궁금하네? 분명 한 사람의 기척이 느껴지기는 하지만, 그리 중요한 사람 같지는 않은데……? 휴~ 궁금한 것이 하나둘이 아니지만, 오늘은 그냥 가는 것이 좋겠다. 오늘만 날이 아니니… 뭐, 급한 일부터 해결한 후에 다시 한 번 와보면 되겠지. 이제 목적지도 다 온 것 같으니.'

호열은 불같이 일어나는 호기심을 해소할 수가 없었다. 비록 여인이 누구이기에 왜 이런 외진 곳에 홀로 있고 어떠한 신분을 지니고 있기에 황태자에 버금갈 정도의 철통같은 호위를 받고 있는지 등등 많은 호기심이 일었지만, 무엇이 먼저고 나중인지 결정을 내린 호열은 뒤도 돌아보지 않고 가던 길을 재촉했다. 이미 머리 속에 결정을 내렸고, 그것을 행동으로 옮기기로 결정한 것이라 추호의 망설임도 없었다.

호열은 점점 가옥에서 멀어져 갔다. 일 년도 되지 않은 황궁 생활이 호열을 많이 바꾸어놓은 것이다. 우선 무엇이 먼저고 나중인지 알고 있으면서도 행동으로 옮기지 못했던 예전의 우유부단했던 성격이 바뀌었고, 항상 아무런 생각 없이 움직이던 철없는 행동이 사라져 버린 것이다. 굳이 호열의 행동에 대해 말한다면, 예전보다 바뀐 현재의 성격이 좋다고 말할 수 있을 것이다. 하지만 대자연을 벗 삼으며 자유분방했던 예전의 성격이 사람들과 부딪치면서 점점 희석되어 가는 것 또한 분명히 있었다.

텅! 끼이이이익…….

호열이 어둠 속으로 모습을 감추어 버리자마자, 꽉 잠겨 있어 좀처럼 열리지 않을 것 같던 가옥의 한쪽 방문이 열리며 천천히 얼굴을 내미는 여인이 있었다. 십대의 생기발랄한 모습은 아니었지만, 이십 대로서 지니기 힘든 기품과 연륜을 느끼게 하는 얼굴이었다. 그 누가 보아도 청순하고 가련한 외형적인 모습과는 반대로 안으로는 굳은 의기를 갈무리하고 있어 함부로 범접하지 못할 기품을 쉽게 알 수 있을 정도였다. 하지만 무언가 알 수 없는 근심이 있는지 조금은 수척하고 야윈 얼굴이었다.

"누가 왔나? 음… 내가 너무 과민했나? 한밤중에 누가 황궁 경비병들의 눈을 속이고 이런 깊숙한 곳까지 찾아온다고, 휴~ 그나저나 오늘은 유난히 구름에 달이 가려져 보이지 않는구나……."

새벽이라면 한창 잠에 취해 있어야 정상이건만, 여인은 무슨 근심이 그리 많은지 고운 얼굴에 수심이 가득하여 주변에 경계를 서고 있는 경비병들에게까지 영향을 미치고 있는 것처럼 느껴질 정도였다.

"아~ 내가 왜 이런단 말인가? 오히려 마음을 굳게 먹어야 할 내가, 아직도 세상에 미련을 버리지 못하고 있으니……."

비록 아무도 없다는 것을 알면서도, 또한 바람 소리에 들려오는 환청일 것이라 짐작하고 있었으면서도, 여인은 자신도 모르게 외부에서 들려오는 소리에 민감한 자신의 모습을 자각하며 쓸쓸함을 감출 수가 없었다.

누가 들었으면 하는 생각에 마음을 표현한 것도 아니건만, 주변에 경계를 서고 있는 경비병들의 귀에 여인의 애절한 마음이 담긴 목소리가 파고들었다. 그러나 경비병들은 한순간도 흐트러진 모습을 보이지 않고 있었다.

아무리 철통같은 경계를 위해 목숨을 걸고 있는 병사들이라 해도,

그들도 혈기 왕성한 남자인 이상 고요한 밤하늘에 울려 퍼지는 여인의 애달픈 목소리에 굳은 마음이 흔들릴 수도 있으련만, 경비병들은 조금도 미동을 보이지 않고 묵묵히 지켜만 볼 뿐 아무런 말이 없었다.

여인은 잠시 바깥 공기를 접하고서는 아쉬운 마음을 뒤로하고 호롱불도 꺼져 있는 어두운 방 안으로 모습을 감추었다. 이미 경비병들의 행동에 대해서 여러 차례 경험이 있었기에, 이제는 아무런 일도 없었다는 듯이 담담하게 받아들이고 있는 것이다.

"음… 오늘은 공주님의 심기가 어지러운 모양이구나. 이 시간까지 잠을 청하지 못하고 계신 것을 보면……."

"대장님, 공주님께서 저렇게 편안히 주무시지 못한 것이 어제오늘의 일이 아니지 않습니까. 그러니 너무 심려하지 마십시오."

"음… 그렇기는 하다만, 오늘은 왠지 유난히 신경 쓰이는구나."

"……."

가옥의 여주인은 소호 공주였다. 당연히 지금 경계를 서고 있는 경비병들의 목적은 소호 공주의 안위를 보호하기 위해 있다기보다는, 혹시나 있을지 모를 탈출이나 외부와의 접촉과 같은 불상사를 미연에 방지하고 경계하기 위한 것이다. 경비병들을 책임지고 있는 동광서(董廣舒) 경비대장은 경고 부영반과 함께 금의위 부영반, 금의위 산하의 비룡군(飛龍軍) 대장이라는 높은 직책을 갖고 있는 인물이었다.

금의위는 두 개의 군부로 구성되어 있다. 하나는 경고 부영반이 이끌고 있는 맹호군(猛虎軍)이었고, 다른 하나가 바로 비룡군인 것이다. 두 군부의 이름에서 쉽게 알 수 있듯이, 맹룡군은 전면전이나 적을 일망타진할 때, 외부에 위용을 보일 때 출동하는 반면, 비룡군은 적을 기습하거나 비밀 임무를 수행하는 일을 주로 하고 있었다. 이렇듯 동광서 부영반은 대신들은 물론 황제의 입에서도 금의위를 직접적으로 떠받들고 있다는 말이 쉽게 나올 정도로 금의위 두 개의 기둥 중 한 명이었다.

그러나 동광서 부영반은 경고 부영반과는 달리 성격이나 외모 면에서 큰 차이를 보였다. 일전에 호열과 비무를 했던 경고 부영반의 모습이 곰이나 삼국 시대(三國時代) 촉(蜀)나라의 무장(武將)이었던 장비(張飛)를 연상시킨다면, 동광서 부영반은 유비(劉備)를 연상시키는 외모와 기품을 지니고 있었다. 당연히 문무를 겸비한 동광서는 같은 부영반인 경고보다 황제는 물론 손 도독과 근섭 영반으로부터 더욱더 깊은 신뢰를 받고 있었다. 그러하기에 혹시라도 있을지 모를 건문제의 반란을 막기 위해 소호 공주의 처소를 경계하라는 명을 받은 것이고.

"오늘은 조금 더 경계에 신중을 기하도록 하라. 어째 기분이 좋지 않구나……."

"옛! 그렇게 하겠습니다."

"음……."

동광서의 명을 받은 비룡군의 부대장 팽전인(彭田忍)은 상관의 명을 충실하게 수행하기 위해 어둠 속으로 자취를 감추었다. 비록 이십 대의 젊은 나이였지만, 비룡군의 부대장답게 상관의 의중이 어디에 있는지 짐작하고 있는 것이다.

철저한 사전 준비와 대비.

조금이라도 의심이 가는 일이 있다면, 별다른 일이 일어나든 말든 미리 대비하며 신중하게 처신을 하는 것이야말로 동광서의 철칙이자 비룡군의 첫 번째 군령이었다.

영원히 기억하라! 영원히……!

　영원히 기억하라! 영원히……!

시간이 많이 지체되었는지, 아니면 쉴 새 없이 기력을 사용해서 그러는지, 어느덧 성불 혜정 대사의 바라밀경 소리도 들리지 않고 있었다. 평소 성정이 급한 탓도 있겠지만, 바라밀경을 장시간 읊는다는 것은 혜정 대사에게도 벅찬 일이라 대종사라 짐작하고 있는 인물이 어느 정도 다가오고 있다는 것을 느끼자 자리를 털고 일어난 것이었다. 추후, 어떠한 상황이 일어날지 모르기에 쓸데없이 공력을 낭비하지 않기 위함이었다.

"음… 진인, 진인께서도 지금 느끼고 계십니까?"

"허허, 그렇습니다. 정말 대단합니다. 어찌 인간의 몸으로써 이 정도의 마기를 간직할 수 있는 것인지, 무량수불……."

"아미타불……."

삼풍진인과 혜정 대사는 누가 먼저라 할 것 없이 동시에 두 눈을 감았다. 조금씩 호열의 기운이 다가오는 것을 온몸으로 생생하게 느낄 수 있었던 것이다.

"아미타불… 진인께선 어찌하시겠습니까?"

"무엇을 말입니까?"

"지금 이곳으로 오고 있는 축생이 마교의 대종사라면… 아니, 빈승이 느끼기엔 대종사가 확실합니다. 그러니 진인께선……."

혜정 대사는 조용히 정면을 바라보고 있는 삼풍진인을 직시하며 은근한 어조로 물었다. 하지만 어찌 된 영문인지, 혜정 대사의 음성은 잔 떨림이 이는 것 같았다.

비록 오랜 세월을 세상과 등지고 선도(仙道)만을 추구하며 살아온 삼풍진인이지만, 혜정 대사의 이러한 심적 변화는 산전수전(山戰水戰)을 겪을 만큼 겪은 삼풍진인의 연륜을 피할 수는 없었다.

'허, 지금까지도 그때의 그 일이 혜정 대사의 해탈을 방해하고 있었던가? 음…….'

삼풍진인은 혜정 대사의 마음을 충분히 헤아릴 수 있었다. 그때 조금만 혜정 대사가 양보했었던들, 지금과 같은 후환 때문에 힘든 노구를 이끌고 황궁까지 오지 않아도 되었었기 때문이다.

'부질없는 생각이다. 그때는 나라도 그런 결정을 쉽게 내릴 수 없었을 것인데. 그래… 이미 지나간 일, 그때의 일을 이제 와서 다시 생각한들 무슨 소용이 있겠는가! 우리들이 엮은 매듭이니 우리가 할 수 있는 최선을 다해 우리들의 손으로 매듭을 풀어야겠지…….'

삼풍진인은 샛길의 끝을 묵묵히 바라보고 있는 혜정 대사를 향해 허황도군(虛皇道君)의 보살핌을 바라는 마음으로 조용히 도호를 읊었다.

"허허, 어찌 대사답지 못하게 섣부른 단정을 하십니까? 아직 우린 이곳으로 오는 도우에 대해 아무 것도 모릅니다. 그러니 대면을 한 다음에 추후의 일을 생각해도 좋을 것입니다."

"예, 그건 진인의 말씀이 맞습니다. 하지만 대종사가 맞는다면, 혁 시주의 얼굴을 다시 못 본다고 하더라도 오늘 제 손으로 마교의 맥을 끊는 죄를 지을 것입니다. 무슨 일이 있어도 말입니다. 아미타불……!"

"음……."

혜정 대사는 마치 자신에게 다짐이라도 하듯 삼풍진인을 향해 자신의 굳은 의지를 보인 후 다시 정면을 향해 시선을 옮겼다.

'허, 예전이나 지금이나 강직한 성품은 그대로구나, 하나도 변하지 않았어. 휴~ 나도 도가에 귀의하지 않고 소림에 있었다면, 그렇다면… 무량수불, 소림의 제자라면 혜정 대사와 같은 생각을 했을 수도…….'

삼풍진인은 혜정 대사의 행동을 이해할 수 있었다. 만약 자신도 소림에 끝까지 남아 있었다면, 지금 혜정 대사와 똑같은 마음으로 미지의 인물을 기다리며 앞으로의 일을 생각했을지 모른다고 생각한 것이다.

오백 년 전 마교와의 대전이 있은 후, 소림은 제자들에게 그날의 악몽과도 같은 기억과 더불어 마교에 대한 미움의 불씨를 심어주었다. 비단 이러한 과정은 소림뿐만 아니라, 그 당시 살아남은 많은 문중에서도 비일비재하게 계승되어 왔지만, 그중에서도 소림은 심하다 할 정도로 마교를 비판하고 경시하여 왔다. 당연히 소림에 입적하여 지금까지 살아오면서 귀에 못이 박히도록 심어진 사상은, 혜정 대사와 같이 둘도 없는 친우를 대하면서도 변화를 보이지 않았던 것이다. 그렇듯 마교와 소림은 물과 불처럼 하나가 영원히 사라지지 않고는 헤어 나올 수 없는 영원의 굴레처럼 맞물려 있는 것이다.

그러나 삼풍진인은 그러한 굴레에서 한발 벗어나 있는 상황이었다. 비록 소림에 입적을 올린 적이 있었지만, 워낙 어릴 때 소림에서 나와 도가에 귀의를 한 관계로 마교에 대한 나쁜 사상이 들어올 틈이 없었기 때문이다. 또한 자신이 직접 겪어보지 않고는 섣부른 판단을 내리지 않는 신중한 성격 때문에 마교에 대한 일종의 편견과도 같은 것이 거의 없었다. 단지 정도무림의 영수로서 마교에 대한 비판 의식 정도만 마음속에 자리하고 있었을 뿐이었다.

딱……! 따따따다… 딱! 따따……!

"음… 이제 오는가 봅니다. 아미타불……."

"……."

듬성듬성 자리하고 있기는 하지만 하늘을 향해 곧게 뻗은 나무들로 인해 웬만한 소음 정도는 외부와 차단이 되었다. 그런데 무언가 부딪쳐서 발생되는 기분 나쁜 소음이 안개 저편에서부터 정적을 깨며 울려 퍼지고 있었다.

그렇게…….

듣기 거북한 소음은 점점 가까워지고 있었다. 또한 안개가 서서히 갈라지면서 인형(人形)의 모습이 조금씩 보여지기 시작했다. 처음엔 머리만 보이는가 싶더니, 수유(須臾)의 시간이 흐르기도 전에 제 형상을 갖추며 삼풍진인과 혜정 대사의 전면을 향해 서서히 다가오고 있는 것이다. 무언가가 부딪치는 듯한 기분 나쁜 소음과 함께…….

'젠장, 이제 다 왔나? 길을 인도할 거면 끝까지 해주던가! 괜히 딴 곳으로 갈 뻔했잖아…!'

귀를 간질이던 혜정 대사의 바라밀경 소리가 멎은 후, 호열은 수고 아닌 수고를 해야만 했다. 호기심을 자극하던 가옥과 거리가 멀어진 후로 한 번 더 귀를 기울여 주변을 살펴보았다. 그렇게 해서 아무도 없는 것을 확인한 후, 호열은 신경질적으로 두 손으로 감싸 안고 있던 철혈검을 내려놓았다. 비록 검의 무게가 들기 힘들 정도로 무겁게 느껴지지는 않았지만, 황제의 하사품을 소중하게 가슴에 안고 있었다는 것이 기분 나빴던 것이다.

하지만 그것만이 문제가 아니었다. 그동안 귀를 간질거리게 했던 환청이 사라진 것이다. 당연 호열은 자신을 부르고 있는 사람들의 위치를 찾기 위해 정신을 집중하게 되었고, 그렇게 해서 여기까지 온 것이었다. 비록 신경질이 더해지긴 했지만.

호열은 아무런 말 없이 삼풍진인과 혜정 대사와 오 장을 격하고 마주 섰다.

'뭐야? 정말 두 명이잖아? 겨우 두 명으로……? 음… 아니지, 혹시 모르니 다시 한 번…….'

호열은 자신의 앞에 두 명밖에 보이지 않자, 이상하다는 듯이 주위를 면밀히 살펴보았다. 혹시라도 있을 기습을 방지하기 위해 대비하기 위함이었다. 그러나 아무리 정신을 집중해서 살펴보아도 아무런 기척을 느낄 수 없었다. 이에 이상함을 느낀 호열은 천천히 정던의 두 사람을 직시하였다.

'음… 기분이 묘한데? 모습을 보아하니 한 사람은 마치 개방인가 뭔가 하는 무림방파 사람 같고, 다른 사람은…….'

호열은 주변에 아무도 없는 것을 재차 확인하자, 이제야 자신을 불러낸 삼풍진인과 혜정 대사의 면면을 천천히 살펴볼 수 있었다. 이렇게 멀리 떨어진 곳에서, 그것도 자는 사람을 깨운 것도 모자라 오지 않으면 안 되게 만들 정도의 실력을 가진 사람들에 대해서 호기심과 함께 그 능력에 대해 경외심마저 들었다. 또한, 처음 철혈금부의 금문을 빠져 나오면서 가졌던 생각들을 바로 실천에 옮기기가 거북했기에 좀 더 관찰을 하며 살펴본 후 행동하기로 자신도 모르게 결정을 내린 것이다. 호열은 아닐 것이라고 말하고 싶었지만, 머리보다 몸이 먼저 상대의 실력을 알아보고 경고를 하고 있는 것이었다.

'이거 참, 여기서 그 선자(仙者)와 비슷한 분위기를 지닌 사람을 또 보게 되다니… 나 정도는 두 명으로도 괜찮다고 생각한 것인가? 뭐, 그럴 수도… 세상은 이래서 넓은 것인가?'

호열은 삼풍진인을 보면서, 이미 기억 저편으로 사라졌다 여기고 있던 옛 기억이 떠올랐다. 바로 그 언젠가 북경에서 잠시 만났던 점쟁이 선인(仙人)이 떠오른 것이다.

'그래, 확실히 그 선인과 비슷한 분위기를 풍기는구나. 음… 후후, 그때 내가 이런 말을 했던가? 세상을 살면서 힘없는 사람들에게 해를 끼치는 행동은 않을 것이라고… 그때는 아무 생각 없이 한 말이었는데, 어느새 내가 그런 위치에 올라 있다니. 정말 세상일이란 한 치를 볼 수 없구나. 그나저나 동쪽, 동쪽으로 간다 했었지…….'

호열은 북경에서 있었던 인연을 생각해 보았다. 그에 절로 고개가 좌우로 흔들어지는 것이었다. 수유의 시간도 안 되는 짧은 순간이지만 서른여섯 해라는 얼마 되지도 않은 삶을 살아오면서 겪은 일들을 회고하자, 인생이란 언제 어디서 어떻게 될지 모른다는 생각에 실없는 웃음이 나오며 무의식 중에 취한 행동이었다.

"음……."

'허, 이미 우리가 누구인지 알고 있는 것인가? 어찌 우리를 바라보며 의미심장한 미소를 보인단 말인가? 음… 만약 알고 나왔다면, 그렇다면 실로 위험한 인물이 아닌가? 역시… 대종사란 말인가……?

혜정 대사는 호열의 엷은 미소가 가지는 의미를 잘못 받아들이고 있었다. 이미 호열은 이곳에 오기 전부터 누가 자신을 부르고 있는지 알고 있었고, 또한 도착한 후 확인한 결과 자신의 의중이 맞았다는 것을 재차 확인한 후에야 나온 미소로 생각한 것이다.

흔히 어떠한 일을 행함에 있어, 그에 대한 생각을 하며 예상을 하게 된다. 또한 자신이 예상했던 것이 들어맞으면, 자신도 모르게 환한 미소로 표출되는 것이다. 이건 의도된 행동이 아니라 인간의 내면이 밖으로 표출되는 자연스러운 현상이었다.

"흠흠, 두 분께서 저를 이곳까지 불러내신 분들입니까?"

"그렇다네. 우! 리! 가 그대를 이곳까지 불러낸 장본인이네."

"음……."

혜정 대사는 평소 사용하던 빈도라는 말 대신, 우리라는 말을 강조하며 호열의 물음에 답을 하였다.

우리라는 단어는 듣는 이로 하여금 많은 생각을 하게 만든다. 같은 뜻을 지닌 사람들을 하나로 묶어주는 말이기도 하고, 또한 다른 상대를 압박하기 좋은 말이기도 하다. 지금 호열의 입장이라면…….

'역시 그렇군. 이럴 줄 알았으면 나오는 것이 아니었는데…….'

상대의 실력도 모르고 쉽게 나온 자신이 바보처럼 느껴졌다. 그저 구파일방의 한자리를 차지하는 무인들의 실력을 금의위 경고 부영반 정도로 생각하고 나온 것이었다. 경고 부영반 정도의 실력자들이라면, 그렇다면 언제든지 빠져 나올 수 있다는 자신감이 있었기 때문이다. 그러나 상대의 실력은 그 정도가 아니었다. 살펴보면 살펴볼수록, 좀처럼 알 수 없는 미궁에 빠져드는 기분마저 느껴질 정도로 가늠하기 힘들었다.

'제길, 구파일방의 장로급들이 온 것인가? 하긴… 구파일방에서 소중하게 여기는 비급을 가지고 오는 것이니 장문인들은 못 오더라도 장로들이 왔겠지. 내가 왜 그 생각을 못했을까? 무림인들이 비급을 목숨보다 더 귀중하게 여긴다는 것을 알고 있었으면서, 제길…….'

겉모습은 어떨지 모르지만, 호열의 속내는 조금씩 답답함이 더해졌다. 왠지 불길한 느낌마저 들었기에 조금씩 조바심마저 들었던 것이다.

그러나 쉽게 물러날 수가 없었다. 아무리 상대가 호열의 생각보다 대단한 능력을 지니고 있다 하더라도, 검 한 번 부딪쳐 보지 않고 물러난다는 것은 호열의 자존심이 허락하지 못했다. 아니, 호열의 자존심이 아니라 추후 황제의 귀에 철혈금부의 도독이 검 한 번 부딪쳐 보지도 못하고 꽁무니를 뺐다는 것이 들어가는 것을 우려한 것이다. 그에 호열은 이렇게 하지도 못하고 저렇게 하지도 못하고 어정쩡한 자세로 서 있을 수밖에 없었다.

"음… 왜 저를 이곳까지 불러내셨습니까?"

"허허, 이곳까지 왔으면서 그것을 모른단 말인가? 아니면 일부러 모른 척하시는 것인가?"

"예? 지금 제가 일부러 모른 척한다고 하셨습니까?"

"그렇다네. 이 늦은 시각에 이곳까지 나왔다면, 의당 알고 나왔다는 생각이 드는데. 빈승의 짐작이 틀렸는가?"

"흠……."

'제길! 역시 비급 때문이군. 그나저나 아무리 내가 황제에게 의견을

냈다고는 하지만 가져다 준 것은 자신들이 아닌가! 황제의 억압이 있었다 하더라도 이미 끝난 일이나 마찬가지인데 지금에 와서 나에게 따지면 무슨 소용이 있다고 이러는 거야? 이거 참…….'

호열은 혜정 대사의 말을 들은 후 확실히 알 수 있었다. 그에 호열은 어이없다는 표정으로 혜정 대사를 바라보았다.

그러나 자신의 안위가 달려 있기에 어쩔 수 없이 행한 일이라고, 살기 위해선 어쩔 수 없었다고…….

이와 같이 할 말들이 많이 있었지만 뭐라고 해명할 수가 없었기에 그저 바라만 볼 수밖에 없었다. 자신의 안위 때문에 무림인들이 목숨보다 더 귀하게 여기는 비급을 자신들의 손으로 바치게 되었으니 더 이상의 해명은 구차한 변명으로 들릴 것이 뻔하다 생각한 것이다.

'음… 이거 참, 사소한 말에도 오해가 쌓일 수 있는 이때는 직접적으로 물어보는 것이 좋을 텐데…….'

혜정 대사가 호열의 앞으로 나서서 말을 받기 시작하자, 삼풍진인은 조용히 옆으로 물러나 돌아가는 사태를 지켜보고 있었다. 현재로선 딱히 나설 필요가 없다고 판단한 것이다. 다만 황궁까지 들어와서 만나야 할 사람은 만났는데, 정작 알아보고자 하는 것에 대한 확인이 제대로 이루어지지 않고 뜬구름 잡듯 암시적인 대화들만 오고 가자 답답한 마음이 조금씩 생기고 있었다.

"아무런 말이 없으니, 그럼 우리가 알고 있는 것을 사실이라 생각해도 괜찮겠는가? 어서 말해 보게."

"음… 그 부분에 대해선 제가 뭐라고 말할 수 없군요. 좋으실 대로 생각하시지요."

혜정 대사와 호열, 이 둘은 그 자신들의 생각한 바를 밖으로 꺼내지 않고 평행선을 그으며 이야기를 이끌어 나가고 있었다. 그러나 이야기가 핵심을 빗겨 나가는 것도 모자라 빙빙 겉돌며 진행되고 있는 사정이 있었다.

호열은 비록 어쩔 수 없이 행한 일이라 하더라도 자신으로 인해 무림에 피해를 입혔다는 생각에 쉽게 말을 꺼낼 수 없었고, 혜정 대사는 자신의 입으로 마교의 대종사가 아니냐는 험한 말을 담기 거북했던 것이다. 그러나 이러한 이유로 서로에 대한 오해의 골은 점점 깊어져 가고 있었다. 다만 옆에서 돌아가는 사태를 지켜보고 있는 삼풍진인만이 인상을 찡그릴 뿐이었다.

"음… 그렇다면 한 가지만 더 물어보겠네."

"말씀해 보시지요. 제가 답을 해드릴 수 있는 것은 성심을 다해 해드리겠습니다."

"흠……."

혜정 대사의 질문에 대한 호열의 답은 성의가 있는 내용이었지만, 정작 대답을 하는 호열의 얼굴 표정과 태도는 그렇지 않았다. 무엇이 마음에 들지 않는지, 조금은 빈정거리는 어투와 짜증이 섞여 있었던 것이다.

살아온 세월을 무시할 수 없듯, 혜정 대사는 호열의 한마디에서 이러한 것들을 눈치 챌 수 있었다. 이에 비록 혜정 대사가 불심이 심해(深海)보다 깊어 세인들로부터 성불이란 칭호를 받는다 하더라도, 자신보다 백오십여 살이나 아래인 호열에게 무시당하고 있단 생각이 들었다. 당연히 호열의 어투가 마음에 들지 않은 혜정 대사의 잔잔한 이마에 한일 자로 두꺼운 주름 하나가 만들어졌다. 그러나 오늘의 일은 앞으로 너무나 중대한 일이기에, 혜정 대사는 신중을 기하는 마음으로 이야기를 계속했다.

"흠… 혹시 우리들이 누구인지 알고 있는가?"

"글쎄요… 뭐, 대충은 짐작하고 있습니다."

"대충은 짐작하고 있다? 음… 그렇다면 얘기하기가 더욱 수월하겠구먼, 아미타불……."

"그럴 수도 있겠지요. 좋습니다! 뭐, 이왕 일이 이렇게 된 거! 어떻게 알고 오셨는지는 모르겠지만, 저도 구차한 변명은 하지 않겠습니다."

"변명을 하지 않겠다? 그럼……? 음……."

'허허, 그렇다면 정녕 마교인이란 말인가? 정녕! 음… 그나저나 자신감이 넘치는 것인가? 아니면 이미 마교가 일을 진행하고 있는 것인가? 그래, 그렇지 않고서야 아직 젊은 나이인 것 같은데 어찌 우리를 알아보고도 저리 당당할 수가 있다는 말인가? 음… 상황이 내가 생각하고 있는 것보다 더욱 심각한 것 같구나. 아미타불…….'

그 진의가 어찌 되었든, 그동안 혜정 대사가 호열에 대해 고심하던 것들이 단 한 마디로 인해 모두 해결이 되어버렸다. 호열이 무슨 의도로 이와 같은 말을 한 것인지는 혜정 대사에게 중요하지 않았던 것이다. 당사자의 자백을 받아냈다고, 아니, 스스로 모든 진실을 토해냈다 생각한 것이다.

그러나 너무나도 당차고 자신감 넘치는 호열의 자백으로 인해 혜정 대사는 얼굴을 찡그려야만 했다. 황궁에 마교의 대종사로 의심이 가는 자가 떡하니 자리하고 있는 것도 그렇고, 그 옛날 혁무량이 예언했던 백 년이란 시간도 마음에 걸리기 시작한 것이다. 또한 자신이 행했던 바라밀경의 성불기(聖佛氣)에 대항을 할 정도로 거대한 반응을 보일 수 있는 자, 그것은 마교의 패마기(覇魔氣)를 지닌 자가 아니면 안 된다는 것을 너무나도 잘 알고 있었기에 더욱더 깊이 호열에 대한 생각을 좋지 않게 이끌고 있었다. 그러나 무엇보다도 혜정 대사가 좋지 않게 생각하고 있는 것은, 너무나도 자신감 넘치는 호열의 얼굴과 의심쩍은 반응들이었다.

호열의 될 대로 되라는 무성의한 반응과 너무나도 당찬 자신감…….

혜정 대사는 호열의 반응을 살펴보고선, 혹시나 하며 호열이 마교의 대종사가 아닐지도 모른다는 쓸데없는 생각을 접어버렸다. 더 이상 그 문제로 고민하지 않아도 될 정도, 지금 자신의 앞에 나온 호열이 마교의 대종사라 단정한 것도 모자라 확신에 찬 것이다. 이와 같은 확신이 서기까지 수유의 시간이 찰나처럼 지나갔지만, 혜정 대사의 표정은 그 하나하나를 생생하게 나타내 주었으며, 그것을 고스란히 호열에게 보여주고 있었다. 너무나도 적나라하게…….

"아미타불……! 정말로 대단한 자신감이구나! 우리가 이미 누구인지도 알고 있으면서, 또한 왜 이렇게 만나게 되었는지도 알고 있으면서 눈썹 하나 깜빡이지 않고 고개를 뻣뻣이 들고 있다니, 정녕 마의 수괴라 다르긴 다르구나!"

'마의 수괴? 이거 참… 아무리 무림에서 비급을 목숨보다 소중하게 여긴다고 해도 그렇지, 감히 나를 마의 수괴로 몰아? 이…….'

"지금 마, 마의 수괴라고 하셨습니까? 이거, 말씀이 너무 지나친 것 같습니다. 아니, 지나치십니다!"

순조롭게 얘기가 진행되지 않고 있었지만, 갑작스러운 혜정 대사의 불호령과 호열의 반응으로 인해 삽시간에 냉각된 분위기가 주위를 감돌기 시작했다.

"지나치다? 아미타불……! 이미 모든 것을 알고 왔거늘, 무엇이 지나치단 말인가!”

 ‘이… 너무하지 않은가! 비록 나 때문에 일어난 일이라그는 하지만, 음… 후후, 그래… 내가 비록 피치 못할 이유가 있었다고 해도 무림에 물의를 일으켰으니 저들에게 마의 수괴라는 소리를 들을 수도 있겠지. 그러나 여기까지다. 나도 더 이상은 저들에게 고개를 숙일 필요가 없지.’

 “좋소이다. 어차피 나도 인정을 했으니, 그 얘기에 대해선 더 이상 거론하지 않겠소. 또한, 나도 지금부터 그대들에게 연장자로서 대우했던 예우를 접을 것이오.”

 “어차피 마의 무리하고는 한 하늘 아래 살 수 없는데, 그 우두머리에게 어찌 빈승이 예우를 바란단 말인가! 그러니 그런 생각은 일찌감치 접도록 하게, 우리도 바라지 않으니 말이네. 자, 이제 어떻게 하겠는가!”

 “음…….”

 ‘끝내 검을 겨누자는 말인가? 이… 좋다. 이제 더 이상은 나도 물러날 곳이 없으니 살기 위해선 어쩔 수 없게 되었다. 어디 한번 해보자고!’

 혜정 대사와 호열의 신경전.

 두 사람은 서로의 의지를 겨루기라도 하듯, 서로를 바라보는 눈빛이 강하게 빛을 발하며 마주 보았다. 그와 함께 상황이 점점 험악하게 흘러갔고, 그에 따라 호열은 자신의 의지를 표출하기라도 하듯 철혈검을 잡고 있는 손에 조금씩 힘을 가하기 시작했다. 상황은 점점 손쓸 수 없는 험악한 분위기로 몰아치고 있는 것이다.

 “무량수불… 대사, 잠시만 기다리시지요. 아직 속단하기에는 이른

감이 있습니다. 젊은 도우도 잠시 멈추시게."

상황이 갑작스럽게 변하자 냉랭한 분위기를 진정시키기 위해 조용히 상황을 지켜보고 있던 삼풍진인이 앞으로 나섰다. 비록 검과 칼이 오고 가는 험악한 상황까지는 가지 않았지만, 자칫 누가 먼저 손이라도 쓴다면 혈풍이 이는 좋지 않은 상황으로 치닫는 것은 순식간이었기에 어쩔 수 없이 나서게 된 것이다.

"진인, 무엇을 더 확인한단 말입니까? 이미 마의 수괴라는 것이 명백하게 드러났는데 말입니다."

'마의 수괴? 이거 말을 해도 정말 너무하잖아……!'

"그래, 좋소이다. 내가 바로 땡중이 찾는 마의 수괴가 맞다 칩시다. 그렇다고 감히 황제가 기거하는 황궁까지 들어와서 난리를 피우겠다는 것이오?"

"황제? 아미타불… 세월이 많이 흘렀는가? 아니면 황제라도 들먹여 위기를 벗어나기 위함인가? 허허, 언제부터 대종사가 황제를 거론하고 황명을 귀하게 여겨 우리들을 위협하기 위한 도구로 사용하려 하는 것인가?"

"음……."

"대사, 잠시만 언성을 낮추시지요. 잠시만! 음… 고맙습니다. 무량수불… 도우, 혁 도우는 잘 있는가?"

혜정 대사와 호열의 언쟁을 간신히 막은 삼풍진인은 호열을 바라보며 옛 친우의 안위를 넌지시 물어보았다. 늙은 생강이 맵다고, 마교의 교주였던 천마 혁무량의 안위에 대한 호열의 대답 여하에 따라 모든 의문이 종결될 수도 있는 것이었다.

이심전심(以心傳心)이라 했던가?

백여 년이 넘도록 삼풍진인과 함께 삶의 고난과 역경을 헤치며 우정을 다진 혜정 대사는, 그 누구보다 빠르게 삼풍진인의 의도가 무엇인지 알 수가 있었다. 그에 더 이상 진의를 알기 위한 고심과 언쟁을 피하고 모든 신경을 호열에게 집중하였다.

그러나 호열은 삼풍진인의 물음에 신경을 쓰고 있는 것인지, 아니면 다른 생각을 하고 있는 것인지 구분이 가지 않는 괴이한 표정을 짓고 있었다.

"지금 혁무량이 잘 있는지 물어보고 있지 않은가! 대종사, 혁무량은 잘 지내고 있는가?"

"음……."

"……."

호열이 묵묵부답(默默不答)으로 입을 열지 않고 있자 수유의 시간조차 기다리기가 버거웠는지, 혜정 대사는 삼풍진인의 앞으로 나서며 호열에게 삼풍진인이 물어보았던 것을 다시 물어보았다. 그러나 혜정 대사는 삼풍진인과 달리 천마 혁무량의 성명과 대종사라는 칭호를 직접적으로 언급하여 호열의 표정 변화를 관찰하고자 하는 마음이 더욱 컸다.

'대종사? 혁 도우……? 혁무량이 잘 있느냐고……? 지금 이자들이 무슨 말을 하고 있는 거지? 음… 모르겠다. 지금 그 딴 것이 뭐가 중요하다고, 제길! 그나저나 내가 황제를 들먹여 이 상황을 벗어나려고 했다니… 내가 어느새 황제와 황궁 생활에 익숙해져 버린 것인가? 아니면 권력을 알게 된 것인가? 음…….'

호열은 순간적으로 얼굴이 달아오르는 것과 같은 기분이 들었다. 스스로에 대한 허무함인지 아니면 권력의 맛을 알아버린 것에 대한 책망인지 스스로도 알 수 없었지만, 호열은 처음으로 황제와 황궁에 대한 자신의 생각에 대해 고민해 봐야겠다는 생각이 들었다. 또한, 예전에 운영과 함께 주고받던 얘기들이 마치 눈앞에서 펼쳐지듯이 주마등처럼 뇌리 속을 스쳐 지나갔다.

"이… 지금 무엇을 하고 있는 것인가! 자네의 눈엔 우리가 그렇게 우스운 존재로 보이느냐!"

드드드드드…….

불문의 사자후(獅子吼)를 시전한 것도 아니건만, 혜정 대사의 성난 호령 소리에 어둠을 감싸고 있던 안개가 사방으로 퍼진 것도 모자라 새벽 물안개로 인해 젖어 있던 흙이 마른 먼지마냥 한 자 정도를 솟구 쳤다가 가라앉았다. 비록 마른 흙이 아니라 매캐한 먼지가 일지는 않 았지만, 사방을 자욱하게 덮고 있다 사방으로 물러난 안개의 공백을 잠 시나마 메우기에는 충분했다.

책을 읽기 시작하면서 생겨난 호열의 습관이 하나 있었는데, 그것은 바로 무엇을 생각하면 자신도 모르게 깊은 수렁 속으로 빠져드는 것이 었다. 비록 의식 세계가 외부와 완전하게 단절되지는 않았지만, 잠시 나마 깊은 사념에 빠져드는 것에는 그 나름대로 이유가 있었다. 사념 에 빠질 때, 호열은 어수룩했던 자신의 내면 세계가 조금씩 성숙해지는 것을 느끼는 것이었다. 그러나 이러한 사념은 혜정 대사의 천둥 소리 와 같은 호령에 산산조각이 나고 말았다. 무언가 결과물이 나올 것 같 은 시점에서 한순간에 사라져 버린 것이다. 마치 하얀 신기루를 본 것 처럼.

"제길, 혁무량이 잘 있든 말든 그것을 왜 내게 물어보는 것이냐! 이 땡중아! 그렇게 혁무량인지 뭔지가 잘살고 있는지 알고 싶으면 직접 찾아가 보던가! 그것도 아니라면, 어떻게 살고 있는지 알고 있는 사람을 찾아가서 물어보던가! 땡중이라 그것도 모르느냐……!"

혜정 대사의 불호령에 의해 사념에서 빠져 나온 호열은, 구엇인가를 빼앗긴 것만 같은 심정이 되어 혜정 대사를 향해 삿대질과 함께 악의(惡意)가 담긴 험악한 말들을 입에 올리며 응수를 했다.

"뭐라! 아미타불……! 이제야 그 흉악한 마의 본성을 내브이는구나. 좋다. 이 마의 주구야! 오늘 너의 사악함을 만천하에 알려, 더 이상 세상에 발을 붙일 수 없게 해주겠다. 받아라! 대력금강장(大力金剛掌)……!"

후화아앙…….

혜정 대사는 생전 처음으로 험악한 말을 들었다. 지금까지 그 누구도 혜정 대사에게 호열과 같은 말을 한 사람이 없었다. 아니, 몇몇을 제외하고는 무림의 그 누구도 혜정 대사의 앞에서 고개조차 들지 못했는데, 오늘 그러한 것이 산산이 조각난 것이다. 혜정 대사의 자존심과 함께…….

"대사! 잠시, 이런… 음……."

"헉! 뭐, 뭐야? 이……."

삼풍진인이 말릴 사이도 없이, 백오십 관(貫)이 넘는 거석(巨石)도 쉽게 부순다는 대력금강장이 혜정 대사에 의해서 시전되었다

호열은 깜짝 놀랐다. 장법(掌法), 호열은 처음으로 장법을 접한 것이다. 생각지도 않은 기습이라 놀란 것도 있었지만, 장법이 무엇인지 모르는 호열이기에 보이지도 않는 거대한 무언가가 빠른 속도로 주위를 압박하며 다가오는 것에 기겁을 했다.

그러나 입만 벌리고 서 있을 수만은 없었기에, 수유의 시간이지만

놀란 가슴을 진정시키고 어의섬을 시전하여 뒤로 십여 장을 물러났다. 예전의 호열이었다면 행할 수 없는 일을 순간적으로 판단을 내림과 동시에 행동으로 옮긴 것이었다.

쾅! 콰르르르…….

호열이 서 있던 곳에 혜정 대사가 시전한 대력금강장이 정확하게 적중되면서 한 자 정도 깊이의 흙이 파헤쳐졌고, 그로 인해 사방으로 흙먼지가 날렸다.

"역시……! 좋다, 그럼 이것도 받아보거라! 대윤회겁륜장(大輪廻劫輪掌)! 혼원장(混元掌)……!"

호열이 뒤로 피할 것을 짐작하고 있던 혜정 대사는, 대력금강장으로 인해 생긴 흙먼지를 대윤회겁륜장으로 헤치며 재차 호열을 향해 장력을 시전하여 순식간에 호열을 압박해 갔다.

"헛! 이, 이런!"

호열은 자신을 향해 다가오는 무시무시한 회오리바람을 바라보며 입을 다물지 못했다. 진정한 무인의 무공이 무엇이고 어느 정도의 위력을 가지고 있는가 하는 것을 실감할 수 있었다.

혜정 대사의 대윤회겁륜장이 흙먼지로 인해 회전하는 모습이 선명하게 보일 정도로 큰 원을 그리며 호열을 압박함과 동시에, 뒤늦게 더해진 혼원장은 마치 태풍의 눈마냥 공백이 되어버린 대윤회겁륜장의 중심부에서 혜성(彗星)처럼 호열을 향해 직선을 그리며 쏟아져 들었다.

휴우우우… 쾅! 콰르르르… 쾅……!

밤이 되면 그 누구 하나 오고 가는 사람이 없을 정도로 조용하던 외궁의 후원에 지축이 흔들리고 천둥 소리보다 더 큰 굉음이 사방으로 울려 퍼졌다.

“음…….”

‘제길! 오늘 무사히 돌아가기 힘들 것 같군. 어느 정도 짐작은 하고 있었지만, 저 땡중의 실력이 이 정도일 줄은 몰랐는데…….’

막상 혜정 대사의 무위를 직접적으로 경험하게 되자 호열은 쉽게 반격할 엄두가 나지 않았다. 아니, 무림인의 무력에 쉽게 물러나게 되면 황제의 추궁이 있을지도 모르기에 어느 정도 버티다가 물러나려고 했었던 처음의 의도를 고이 접고서, 이젠 어떻게 하든 빨리 이 위기 상황을 벗어나야겠다는 생각이 호열의 온 정신을 지배하게 되었다.

‘제길, 오늘은 그냥 간다만, 내 너의 얼굴을 생생히 기억하고 있으니 다음에 보자! 그땐…….’

“헉! 으… 뭐, 뭐야? 내가 왜… 가, 가슴이……?”

언제나 마음만 먹으면 바로 시전되던 어의공…….

그러나 너무나도 오랜만에 시전하려고 해서 그런지 생각처럼 잘 되지 않았다. 아니, 어찌 된 일인지 어의공을 사용하려고 할 때마다, 누군가가 가슴을 검으로 후비는 것처럼 찢어지는 통증이 일어났다.

호열은 믿고 있던 어의공을 시전할 수 없게 되자 황망한 나머지, 그동안 간신히 유지하고 있던 평정심이 깨지면서 침착함마저 잃어버리고 허둥대기 시작했다. 가장 믿고 있던 것이 사라져 버리자 어찌할 바를 모르는 어린아이마냥 무엇을 해야 할지 갈피를 잡지 못하는 것이다. 그러나 마냥 멍하게 있을 수만은 없었다. 머리는 어지러워도 몸은 좀처럼 멈추지 않는 혜정 대사의 무시무시한 공격을 피하는 데 급급했던 것이다.

쾅! 콰르르르… 쾅……! 쾅……!

“정말 잘도 피하는구나! 언제까지 피하기만 하는지 두고 보겠다. 하앗……!"

혜정 대사의 말을 성실히 이행하기라도 하듯, 호열은 미꾸라지처럼 간발의 차이로 혜정 대사의 공격을 피하고 있었다. 간발의 차이도 아닌, 거의 순간적으로 공격과 회피가 이루어질 정도로 아슬아슬하게 피하고 있어, 어찌 보면 혜정 대사를 놀리는 것처럼 보일 정도였다.

"이… 그렇게 도망만 다니지 말고 어서 실력을 보이거라! 그 잘난 너희들의 무공을 견식하고 싶구나, 설마 도망 다니는 기술만 배운 것이더냐? 아미타불……!"

혜정 대사의 빈정거림이 계속되어도 호열은 눈 하나 깜빡이지 않고 어의섬을 시전하면서도 오늘의 위기 상황을 벗어나기 위해 틈틈이 어의공을 시전하려 노력하고 있었다. 그렇게 몇 번을 시도해 보았다. 하지만 어찌 된 일인지 시전을 하려고 할 때마다 번번이 가슴의 통증으로 인해 중단을 하게 되었고, 그럴 때마다 기다리기라도 한 것처럼 혜정 대사의 장공이 들이닥쳤다. 호열이 간신히 한 치 정도의 간격을 두며 아슬아슬하게 피할 정도의 시간 차를 보이며 혜정 대사가 따라붙고 있었던 것이다.

'제길! 왜 하필 이 녀석이 이때 말썽을 부리는 거야? 오늘같이 중요한 날에! 으…….'

호열은 간신히 자신의 몸 상태에 대해 알 수가 있었다. 삶과 죽음의 외길에서 천신만고(千辛萬苦) 끝에 어의공을 사용할 수 없는 이유를 알게 된 것이다.

마기, 원인은 바로 어의심공에 의해 삼황의 신기와 합쳐졌던 마기였다.

사실 그동안 마기는 삼황의 신기와 상호 균형을 유지하면서 안정적인 형상을 유지하고 있었다. 그러나 언제부터인가 어의심기에 이상한 기류가 형성이 되기 시작했다. 물론 이러한 현상이 일어나고 있다는 것은 호열도 알고 있었다. 자신의 몸에서 일어나는 일이기에 당연할지 모르지만, 무엇보다 어의심기에서 이탈하려고 하는 마기에 의해 살이 떨어져 나가는 고통이 수반되면서 이러한 사실들을 확실히 느낄 수 있었던 것이다.

호열은 느끼지 못하고 있지만, 어의심기는 지금 자연과 완전한 하나가 되어 더 이상 주변의 기를 흡수하고 있지 않았다. 다만, 어의심기에서 벗어나고자 하는 마기만이 끈끈하게 생명을 유지하면서 즈심스럽게 주변의 기를 흡수하며 힘을 키워오고 있었다. 마치 살아 있는 생명체마냥, 스스로 삼황의 신기와 융화된 부분을 과감하게 버리고 새롭게 자신만의 영역을 만들고 있었던 것이다.

이러한 이유로 삼풍진인과 혜정 대사가 호열의 존재를 알 수 있었고, 또한 아직 제대로 자신의 영역을 형성하지 못한 마기는 혜정 대사의 바라밀경에 의해 발휘된 성불기를 방어하지 못하고 큰 타격을 받았다. 그에 살아남기 위한 임시방편으로 어의심기를 방패 삼아 힘을 유지시키고자 하였기에, 어의심기의 공력이 제대로 발휘되어야 시전할 수 있는 어의공을 호열이 쉽게 시전할 수 없게 만들어 곤경에 처하게 만든 것이다.

호열은 상황이 여의치 않자 어쩔 수 없이 어의섬을 시전하여 뒤로 물러서기를 반복하며 빠져나갈 기회를 엿보았다. 그러나 좀처럼 빠져나갈 방도가 없었다. 하지만 순간의 실수로 인해 목숨이 왔다 갔다 하는 위기의 상황에서도 철혈검을 놓치지 않고 있었다. 비록 사용하지 않고 있었지만 자신을 지켜줄 하나의 생명줄처럼 느껴지고 있었기 때문이다.

"제길! 좋다! 나도 더 이상은 봐주지 않겠다! 받아라, 유수섬전……!"

어느새 가슴까지 덮쳐 들어오는 혜정 대사의 대금강권(大金剛拳)을 막기 위해 호열은 유운검법을 시전했다. 더 이상은 도망갈 곳이 없는 막다른 곳까지 온 것이었다.

혜정 대사의 공격을 피하기 위해 뒤로 물러나기만 했으면 이러한 위기 상황을 맞이하지 않아도 되었을 것인데, 안타깝게도 혜정 대사의 노련함으로 공지를 빙글빙글 돌아야만 했던 호열은 퇴로에 가만히 서 있는 삼풍진인과 맞닥뜨리게 된 것이다. 앞에는 무시무시한 힘으로 밀고 들어오는 혜정 대사가 있었고, 뒤에는 침묵으로 일관하고 있는 삼풍진인이 버티고 있었기에 결단이 필요한 상황으로 치닫게 된 것이다.

쾅! 크르르르르… 쾅……!

"윽! 이런! 음……."

호열이 유수섬전으로 빠르게 대처를 했지만, 혜정 대사가 시전한 대금강권의 강맹한 권력(拳力)을 완전하게 막아내지 못했다. 당연히 막아내지 못해서 생긴 모든 대가는 가슴의 통증으로 다가왔다.

아무리 뛰어난 절정의 검공을 익히고 있다 하더라도, 시전자가 적재적소에 알맞은 초식으로 대응을 해야만 제대로 위력을 발휘할 수 있는 것이 무공이다. 그런데 호열은 강맹한 권경을 막아내거나 밖으로 쳐내는 초식을 시전하지 않고 가르기 위한 쾌검을 시전한 것이다.

호열은 가슴에 통증을 느끼고 나서야 자신이 무엇을 잘못했는지 깨달았다. 위기를 벗어나기 위해 허둥대다가 어처구니없는 실수로 귀중한 생명을 잃을 뻔한 것이다.

'제길, 침착! 침착하자……! 여긴 황궁이다. 황궁! 내가 저들보다 유

리하잖아! 그래, 어떻게든 시간을 끌어보자!'

호열은 이곳까지 걸어오면서 보았던 조그마한 연못을 끼고 있는 가옥의 경비병들을 염두에 두었다. 아무리 귀머거리라 하더라도 천둥소리보다 더 큰 굉음이 울리고 지축이 흔들렸는데 오지 않을 황궁의 병사가 없다는 것을 알고 있었기 때문이다. 비록 죽음이나 추후 있을 문초를 회피하기 위함이지만, 자신들의 안위보다 황제의 안위를 먼저 생각하는 것이 황궁을 수호하는 병사들의 책임이자 의무였으므로.

"허, 네가 자랑스럽게 생각하는 곳의 무예가 겨우 그 정도였더냐? 그럼 이것도 한번 받아보아라, 대반야장(大般若掌)이다. 핫……!"

소림의 삼대장법 중 하나인 대반야장이 혜정 대사의 손에서 펼쳐졌다. 다만 대금강권이나 대회륜겁륜장과 같이 육안으로 보이지 않을 뿐, 오히려 거대하고도 광범위하게 사방을 포위하며 공격의 범위를 좁혀오는 것이었다.

대반야장, 이것은 일반 무공처럼 특별한 형식이나 틀이 있는 초식의 형태가 아니라, 초식의 틀에서 벗어난 자연 무예였다. 즉 두초식의 무공인 것이다. 이것은 다시 말해 하나의 심공과 연관을 지을 수 있는데, 바로 소림의 대승반야선공(大乘般若禪功)이다.

대승반야선공.

현재 소림에서뿐만 아니라 불문 최고의 신공으로서 이름이 드높은 것이 바로 대승반야선공이었다. 하지만 이 신공이 세상에 모습을 드러내기까지는 세상이 모르는 비사가 있었다. 이 비사에 얽힌 사연은 소림 최고의 신공이자 신비에 싸여 있는 반야신공(般若神功)과 연결이 된다. 반야신공이 소림에서 최고의 무공이자 신비의 무공으로 불리고 있는 것은 반야대능력(般若大能力)이라는 미지의 힘을 발휘하게 하는 원천이기 때문인데, 반야대능력이 바로 석가모니가 해탈하기 전에 세상에 잠깐 보여주었던 무상대능력(無上大能力)을 말하는 것이기 때문이다.

반야(般若)는 지혜를 말하는 것이다. 곧 부처의 원천(源泉)이요 육바라밀(六波羅蜜)의 원천으로서, 모든 법(法)이 반야에서 나온 것이므로 반야바라밀(般若波羅蜜)을 성취하면 곧 육바라밀을 성취함이 되고 그것이 곧 모든 지혜를 성취하는 지름길임을 말하는 것이다.

다시 말해 반야신공은 불문에서 해탈에 이르는 가장 바른길이자 세상의 모든 악기를 정화할 수 있는 것으로 잘 알려져 있지만, 아직 그 실체가 세상에 나온 일이 없는 무공이기도 했다. 그러하기에 소림에서는 신비의 무공인 반야신공을 대신하여 자신들이 알아낸 것을 종합하여 새롭게 만들어낸 것이 바로 대승반야선공이었다.

호열은 자신을 향해 다가오는 거대한 기를 느낄 수 있었다. 지금까지의 강공(强攻) 일변도에서 느낄 수 없었던 끈끈한 기운이 온몸을 감싸는 것이 느껴졌기에 더욱 신경이 쓰여졌다.

"하앗! 유운천망! 유수낙뇌……!"

츠츠츠츠…….

섣부른 판단으로 대금강권을 막았던 것을 기억하고 있는 호열은, 우선 온몸을 조여오는 기운을 차단하며 몸을 보호하기 위해 유수천망을 사용함과 동시에 유수낙뇌로 혜정 대사의 가슴을 노리며 전진을 했다. 방어라고도 할 수 없는 피하기에 급급하던 호열이 처음으로 제대로 된 방어를 함과 동시에 공격을 하기 시작한 것이다. 그러나 두 힘이 부딪치는 소음은 생각과는 달리 크게 일지 않았다. 워낙 대승반야선공이 소림의 무공답지 않게 유한 기운을 강하게 담고 있는 무공이라 유수낙

뇌의 강맹함을 감싸 안으면서 소음도 일지 않은 것이었다.

그러나 대승반야선공이 아무리 유한 기운을 강하게 내포하고 있다 하더라도 무공을 만든 사람들은 소림인들이었기에 도가의 무공처럼 완전하게 유하지만은 않았다. 유함 속에 강맹함이 독사의 혓바닥처럼 숨어 있었던 것이다.

"크으……."

'제길! 정말 강하군.'

유수낙뇌를 삼켜 버린 대승반야선공의 기운이 유수천망을 뚫기 위해 이곳저곳을 들쑤시기 시작했다. 조금이라도 허술한 틈새가 있는지 확인하고, 그곳을 공략하기 위해 틈을 찾고 있는 것이다.

아무리 완전한 방어가 가능하다고 하더라고, 언제 유수천망이 찢겨져 나갈지 모르는 위태위태한 형세가 이어졌다. 그렇게 일 다경의 시간이 흘렀다. 워낙 실력 차이가 나서 그런지도 모르겠지만, 대승반야선공이 이곳저곳을 들쑤시며 집요하게 물고 늘어지자, 힘겹게 버티고 있던 유수천망의 기운이 조금씩 엷어지며 뒤로 밀리기 시작한 것이다.

이제 수유의 시간만 지나면 유수천망이 갈기갈기 찢겨져 나감과 동시에 호열의 생명도 종지부를 찍게 되는 최악의 형국으로 치닫게 될 것이다. 이러한 결말을 생각하자 호열은 머리가 아득하게 느껴질 정도로 현기증이 일었다. 얼마 전까지만 해도 생각해 보지 못한 일이 지금 일어나고 있다는 것이 믿어지지 않았기에 더욱 충격으로 다가왔다.

'이렇게, 이렇게 끝날 수는 없어! 이렇게 끝나면 너무 허무하잖아! 이건 아니야, 아니야……!'

호열은 생각지도 못한 최악의 상황으로 인해 허무하게 인생을 끝낼 수 없다는 생각이 들자, 어떻게 하든 살아야겠다는 신념과 함께 모든 방법을 생각해 보았다. 그러자 자신이 지금까지 생각하지 못한 것들이 생각나기 시작했다. 아니, 그저 막연하게 심심풀이 장난과 같이 치부하며 지나쳐 버렸던 옛 기억이 생각난 것이었다. 운영의 연습 장면을 보며 자신만의 무공을 만들어가던 그때의 기억, 바로 어의공령검이.

'그래, 그게 있었지. 하지만 잘될까? 아니야! 어떻게 하든 어의공령검을 시전해야만 해, 무슨 일이 있어도……!'

"어의망(唹意網)……! 어의광(唹意光)……!"

호열은 되든 안 되든 최대한 자신이 낼 수 있는 힘을 모아 어의공령검 이초식인 어의망을 먼저 시전했다. 유수천망이 붕괴되기 일보 직전이라 먼저 자신의 몸을 보호하기 위해 취한 조치였다.

그때 생각지 못한 일이 일어났다. 조금은 힘겨울지 모른다는 불안감이 무색할 정도로 어의망이 순조롭게 펼쳐진 것이다. 그에 적지 않은 안심이 되었는지, 호열은 어의망이 유수천망을 대신하며 순조롭게 두터운 방어막을 형성하자 바로 전면의 혜정 대사를 향해 어의광을 시전하며 돌진을 하였다.

"헛! 혜정 대사, 어서 피하십시오! 마기의 힘이 강하게 느껴집니다. 무량수불……!"

"허앗! 수미불면장(須彌佛綿掌)…….."

어의공을 시전하며 돌진하는 호열을 막기 위해 혜정 대사는 자신의 모든 공력을 끌어올려 수미불면장을 시전해야만 했다. 어찌나 빠르게 돌진을 하는지, 영원히 파훼(破毁)되지 않을 것 같던 대반야장의 그물망이 옆으로 물러나며 길을 만들어주는 것처럼 느껴질 정도였다.

스스스스… 쾅! 쾅……! 콰르르르, 쾅……!

섬전보다 빠른 어의광에 의해 파상적인 공격이 이루어지자, 불문 최고의 면장(綿掌)이라 불리는 수미불면장도 힘에 부치는지 조금씩 균열이 가기 시작했다.

'허, 아미타불… 수미불면장이 견딜 수 없다니, 어찌 이런 빠름이 세상에 존재할 수 있다는 말인가? 음…….'

"하앗! 천수여래장(千手如來掌)……!"

"헛! 이런! 어의섬! 어의망……!"

자신의 공격이 먹혀들자 최대한으로 공격을 가하기 위해 돌진하던 순간, 방어에 치중하던 혜정 대사가 다시 무시무시한 공격을 가하자 뒤로 물러설 수밖에 없었다. 사방에서 무섭도록 빠른 속도로 다가오는 날카로운 기운도 그렇지만, 한눈에 파악할 수 없을 정도로 많은 수에 각기 다른 변화를 보이며 공격을 가해왔기에 도저히 맞받아칠 엄두가 나지 않았기 때문이다.

쾅! 콰콰콰쾅! 쾅……! 콰르르르쾅! 콰쾅……!

상황은 순식간에 역전이 되었다. 실전 경험이 거의 전무하다시피 한 호열이었기에, 변화가 많고 빠른 공격에 손을 쓸 새 없이 방어하는 데 급급하게 된 것이다.

'젠장! 정말 무공은 그 끝이 없나 보구나. 어찌 인간의 손에서 저런 것들이 튀어나오냐고!'

쾅! 쾅… 쾅……!

"윽… 제길! 좋다. 변화가 많으면 힘이 분산되겠지. 어디 이것도 받아보아라, 어의붕(哟意崩)……!"

콰르르르르… 쾅! 쾅! 쾅……!

호열의 손에 의해 처음으로 세상에 그 모습을 드러내게 된 어의붕은 세상의 모든 것을 파괴할 수는 없다고 하더라고, 혜정 대사에 의해 발

휘된 불문 최고의 공격 수법인 천수여래장을 튕겨 내기에는 충분하고
도 남을 정도였다.

"헛! 이, 이런 일이… 음……."

혜정 대사는 믿고 있던 천수여래장마저 상대를 패퇴시키지 못하고
오히려 궁지에 몰리자 할 말을 잃어버렸다. 아무리 마교의 대종사라
하더라도 천하에서 삼성이마(三聖二魔) 외의 다른 사람과 겨루면서 생
사의 위기를 느끼게 될 줄은 생각조차 하지 못했었다. 또한 처음 몇 합
이긴 하지만 호열이 자신을 위기로 몰 정도로 뛰어난 무공을 지니고
있다고는 생각하지 않고 있었는데, 그것이 너무도 보기 좋게 빗나간 것
이다.

하지만 연륜이란 정말로 무서운 것인지, 혜정 대사는 호열과 몇 합
을 주고받으면서 어떻게 해야 호열을 상대할 수 있는지 알아냈다. 경
험, 호열에게 경험이 없다는 것을 느낄 수 있었던 것이다.

'마교의 대종사가 대련 경험이 전무한 강호초출(江湖初出)의 모습을
보이다니, 이걸 어떻게 생각해야 한단 말인가? 또한 빠르고 파괴적이
라 패도적인 기운이 강하게 느껴지기는 하지만 초식에선 사악함이 보
이지 않고 있으니… 그러나 분명 지금도 저 아이의 몸에선 사악한 마
기가 느껴지고, 또한 지금은 점점 더 커지고 있는 것도 사실이 아닌가?
음…….'

혜정 대사는 자신이 느끼는 것들을 삼풍진인도 느끼고 있을 것이라
생각하고는 아직 아무런 행동을 취하지 않고 있는 삼풍진인을 바라보
았다. 역시 삼풍진인도 무엇인가 미심쩍다는 표정을 보이며 사태의 추
이가 어떻게 바뀌는지 관심을 가지며 바라보고 있었다.

"음……."

"진인, 진인께선 어떻게 생각하십니까? 지금은 빈승도 이 아이가 정말 마교의 대종사인지 아닌지 구분이 가지 않습니다. 최소한 마교의 대종사라면 빈승을 상대함에 있어 이렇게 허술하지 않을 것이기 때문입니다. 아미타불……."

"빈도도 그렇게 생각합니다. 하지만 저 아이가 발휘하고 있는 마기는……."

"음……."

혜정 대사는 삼풍진인이 무엇을 말하고자 하는지 짐작할 수 있었다. 자신 역시 그러한 점 때문에 처음 의심을 하게 되었고, 확실한 진의를 파악하고자 삼성의 일인으로서 까마득한 후배에게 선공이라는 말도 되지 않는 일을 하게 되었던 것이기 때문이다. 하지만 아직 완전하게 확인이 되지 않고 있었기에 혜정 대사는 좀 더 밀어붙여 보기로 했다. 혹시라도 자신의 신분을 감추기 위해서거나 혼돈을 주기 위해 실력을 감추고 있지 않은가를 파악하기 위함이었다.

"진인, 아무래도 좀 더 확실하게 해야만 할 것 같습니다. 아닐지도 모른다는 생각이 들기는 하지만, 혹시라도 모르니 정확한 판단을 내릴 수 있을 정도로 몰아붙여 보는 것이 좋을 것 같습니다."

"음… 옳으신 생각입니다. 그렇게 하십시오. 빈도가 보기에도 저 아이는 경험이 너무 부족한 것 같습니다. 지금 현 상황을 보아서는 피도 눈물도 없이 세상을 악으로 물들이기 위해 왕림한다는 마교의 대종사로 보기에는 어찌……."

"그렇기는 합니다. 그럼 생명에 위협을 느낄 정도로 위협해 보겠습니다. 제아무리 자신의 정체를 숨기려 해도, 자신의 목숨이 경각에 달려 있다면 정체를 드러내겠지요. 그렇지 않고서는 이 정도의 마기를 지닌 자가 제대로 된 초식 하나 없이 강기만으로 버티지는 않을 것이니 말입니다."

"음… 알겠습니다. 그렇게 하십시오."

"……."

혜정 대사는 삼풍진인이 볼 수 있을 정도로 고개를 크게 끄덕여 보였다. 삼풍진인 역시 자신과 같은 생각을 하고 있다는 것을 충분히 알았기 때문에 주저없이 상대의 허점을 공략하기로 마음먹은 것이다.

모든 무공이 그렇겠지만, 아무리 어의붕이 패도적인 파괴력을 지니고 있다 하더라도 상대방이 맞지 않으면 모든 것이 소용없는 것이다. 또한 처음으로 생사대결을 벌이거나 경험이 별로 없는 강호초출들 대부분이 공격을 한 다음에 허점이 나타난다는 것을 그 누구보다 잘 알고 있는 혜정 대사였다. 이에 혜정 대사는 불영선하보(佛影仙霞步)를 시전하며 어의공의 공격 영향권에서 빠르게 빠져나온 후 바로 호열의 좌측 옆으로 빠르게 접근을 하였다.

"헛! 이, 어의……."

"어딜 가느냐! 하앗! 아라한신권(阿羅漢神拳)! 용왕유권(龍王柔拳)……!"

팍! 파파파팍……! 파팍……!

"윽! 제길……!"

혜정 대사가 접근전을 펼칠 줄은 생각도 못하고 있다가 갑자기 복부와 옆구리에 맹공을 맞으며 호되게 당하게 되자 호열은 정신이 하나도 없었다. 지금까지 서로 손과 발이 어우러지는 결투를 벌인 적이 없기 때문에 사방에서 퍼부어대는 혜정 대사의 날카롭고 빠른 공격을 방어조차 할 수 없어 맨몸으로 막고 있을 수밖에 없었던 것이다.

그러나 다행인 것은 호열이 싸우면서도 어의망을 풀지 않고 있었다는 것이다. 아무리 맹공을 퍼부어대도 호열이 쉽게 정신을 잃어버릴 정도의 큰 충격으로 다가오지 않고 있었다. 하지만 사태가 점점 불리하게 진행되고 있다는 것을 부인할 수는 없었다. 생각지도 못한 접근전보다 혜정 대사가 시전하는 무공들의 환상적인 변화에서 잠시도 눈을 떼지 못하고 있었기 때문이다.

'젠장, 이것이 무공인가? 이것이 진정한 무인들이 펼치는 무공이라면 나는 아직 멀었구나. 단 한 수도 막을 수 없다니…….'

팍! 파파팍! 파팍……! 파파팍……!

간신히 어의망에 의존하며 버티고 있었지만, 점점 시간이 지나고 맞는 회수가 많아지면서 호열의 근육에까지 통증이 누적되고 있었다. 비록 피부에 직접적으로 구타를 당하지는 않고 있었지만, 혜정 대사의 강맹한 기운으로 인해 어의망이 순간적으로 축소되었다가 확장되는 것이 반복될수록 어의심기가 유동을 쳤기 때문이다. 더구나 설상가상으로 원활하게 움직여도 생사를 장담하지 못하는 상황에서 마기가 같이 요동을 쳤기에 호열은 지금 미치기 일보 직전이었다. 그만큼 커다란 심적 부담을 안고 싸운다는 것이 얼마나 힘든 일인지 몸으로 느끼게 된 것이다. 영원히 기억에서 지워지지 않을 정도로 뼈저린 경험을 하고 있는 것이다.

'그래, 어쩔 수 없다. 내 심장이 이 녀석 때문에 터져 버려도 당장은 살아남아야 한다. 이까짓 고통 때문에 여기서 개죽음을 당할 수는 없지 않은가! 어디 한번 해보자!'

"하앗! 어, 어(啊)… 의(意)… 파(破)……!"

혜정 대사의 무지막지한 공력을 이렇다 할 저항없이 받아내고 있던 호열의 몸에서 순간적으로 폭발적인 기운이 뿜어져 나오기 시작했다. 호열은 언제 어떻게 될지 알 수가 없는 마기와 가슴의 통증을 감수하면서 어의공령검의 정수 중 하나라 할 수 있는 어의파를 시전하려고 한 것이다.

어의공령검의 사초식인 어의파와 오초식인 어의멸(唹意滅), 이것은 삼초식까지 펼쳐진 것들하고는 확연히 구분될 정도로 판이하게 다른 위력을 지니고 있었다. 그렇기에 호열 자신도 그 당시 이러한 것은 어떨까 하며 만들어놓기만 했을 뿐, 다시는 시전하지 않겠다 다짐하고 또 다짐했던 무공들이었다. 그만큼 호열이 어의공령검의 후반 두 초식을 시전한다는 것은 모든 것을 감수하면서라도 살아남겠다는 처절함을 대변해 주고 있는 것이다.

호열을 중심으로 삼 장가량의 진공 공간이 형성되었다. 바로 어의파에 의해 형성된 공간이었다. 하지만 이것은 어의파가 시전되기 위한 준비 단계에 지나지 않았다. 그러나 주변의 공간을 자신의 의지 하에 둘 수 있다는 것은 대단한 일이 아닐 수 없었다. 그 공간만큼은 어느 누구의 것도 아닌, 바로 호열만의 공간이었기 때문이다.

"헛! 대사! 조심하십시오. 아, 아니… 뒤로 물러나십시오! 어서! 이런… 하앗! 태극검강……!"

"뭐, 뭐지? 이… 이런! 어찌 이런 공력을 인간이? 대, 대승반야선공(大乘般若禪功)! 여래천수(如來千手)! 금강복마권(金剛伏魔拳)……!"

어의파의 강기가 지닌 위력을 한눈에 알아본 삼풍진인은, 이미 어의파에 의해 형성된 공간 안에 갇혀 버린 혜정 대사가 빠져나올 수 있도록 공간을 만들어주기 위해 강력한 위력을 자랑하는 검강을 시전했다. 또한 그에 맞추어 혜정 대사도 갑자기 자신을 감싸며 조여오기 시작하는 호열의 기운을 떨쳐 내기 위해 자신이 알고 있는 최강의 초식들을 시전했다.

쾅! 콰콰콰쾅! 쾅……! 콰르르르, 쾅……!

"음……."

"흐억, 이런……."

"으악! 크……."

현 무림에 삼성이라 불리는 최강의 고수 두 명의 합공, 호열의 어의파가 아무리 대단하다 하더라도 모두 막아내기란 힘든 일이었다. 더구나 아직 완전히 시전되지도 않은 상황에서 강력한 공격을 받게 된 상황이라, 호열의 기혈은 자신의 자리를 찾지 못하고 이리저리 날뛰며 기승을 부려댔다.

세 명의 기운이 하나의 지점에서 충돌한 여파로 인해, 조용하던 황궁의 한쪽 숲에선 굉음과 함께 지축을 흔드는 충격으로 땅이 일어나고 패이며 갈라지는 등 어수선한 상황이 되어버렸다. 하지만 이런 상황을 만든 장본인들은 흡사 삼재진을 연상시키는 위치에 서서 서로를 바라보고 있었다.

'음… 정말 대단한 기운이었다. 그나저나 이미 초식의 한계를 벗어나 모든 무공이 강기의 형상을 띤 것이란 말인가? 그렇다던 아까 혜정 대사의 공격을 속수무책으로 당하지 않았을 텐데? 휴~ 모르겠다. 저 아이의 능력이 어느 정도고 어디가 한계인지 짐작을 할 수 없구나. 그나저나 아무리 위급한 상황이라 하더라도 내가 비무 중간에 끼어들다니…….'

'정말 큰일 날 뻔했구나. 진인의 언질과 도움이 없었다면 정말 큰일 날 뻔했도다. 정말 음험한 자로다. 단 한 수를 위해 자신의 실력을 철

저히 숨기다니… 그나저나 정말 저 아이가 마교의 인물인지 아닌지 파
악할 수가 없구나. 처음엔 확실히 마교의 인물이라 생각했는데, 자신
의 목숨이 경각에 달려 있는 상황에서도 마교의 무공을 사용하지 않다
니. 아니면 아까 시전되었던 강기가 새롭게 마교에서 만든 무공인가?
허…….'

삼풍진인과 달리 호열이 자신의 실력을 숨기고 있다가 자신을 위협
하기 위해 한 수를 노렸다고 판단한 혜정 대사는 불길처럼 끓어오르는
노기를 담아 호열을 노려보았다. 그러나 그러한 것을 호열에게 뭐라고
할 수는 없었다. 누구나 자신의 생명은 소중한 것이기에, 또한 무림인
으로서 그 정도의 것들은 기본으로 생각하고 있었기 때문이다. 또한
호열이 마교의 대종사라 생각했던 것들에 대해서도 뚜렷한 물증을 잡
아내지 못한 상황이라 쉽게 움직일 수도 없었다.

'크으… 정말 미치겠네, 어의파가 중간에 끊기는 바람에 몸이 더욱
말을 듣지 않게 되었구나. 이 일을 어쩐다? 왜 하필 그 순간에 끼어들
어 가지고…….'

한순간의 충격으로 인해 세 사람은 각자의 상념에 빠져 있었다. 하
지만 번뜩이는 눈으로 상대를 예의 주시하는 것을 잊지 않았다. 지금
이 순간 어느 누군가가 먼저 움직인다면 다시 싸움이 시작되는 것이기
에 온 신경을 집중하여 상대의 상황을 살피는 것이었다. 특히, 호열은
최악의 상황을 맞이하게 되었기에 더욱 신경을 쓰고 있었다.

'제발 이대로 물러가라, 이 정도면 되었잖아! 설마 정말로 내 목숨을
노리는 것은 아니겠지? 제발… 그나저나 이놈의 금의위 녀석들은 왜
아직도 나타나지 않는 거야? 제길……!'

호열은 처음부터 가장 껄끄럽게 생각하고 있던 상대가 자신과 마주

하고 있다는 것이 여간 마음 쓰이는 것이 아니었다. 더구나 땡중이라 생각하고 있던 상대도 혼자의 힘으로 상대하기 벅찬 상황이라 속마음은, 제발 더 이상 자신을 위협하는 행동 없이 아무도 움직이지 말고 황궁의 병사들이 도착하기를 기다렸다가 서로의 체면을 유지한 채로 떠나거나 남았으면 하는 바람뿐이었다.

"음… 도우, 도우는 빛의 기둥을 보았는가?"

"……?"

갑작스러운 삼풍진인의 물음에 호열은 무슨 말인지 짐작하지 못하고 고개를 갸웃하며 삼풍진인의 눈을 바라보았다. 무슨 진의로 자신에게 그와 같은 질문을 한 것인지 알아보기 위함이었다. 하지만 심연처럼 깊은 눈은 아무런 것도 가르쳐 주지 않았다. 그저 자신의 내면이 깊숙한 늪에 한발 다가선 것이 아닌가 할 정도로 맑고 정심한 기운을 느꼈을 뿐이었다.

"음… 아직 보지를 못한 것이로구먼."

'다행이구나. 아직 저 아이가 선계의 문을 보지 못했다면 마기를 막을 방도가 있으니… 그나저나 마교의 인물이 아니라면 저 정도의 마기를 몸에 축적할 수 있는 곳이 없다 여겼거늘, 정말 세상은 넓고도 넓은 곳이로다. 세상 밖의 세상이 있다는 말이 실감나는구나…….'

삼풍진인은 호열의 표정을 보고선 자신도 모르게 안도의 한숨이 나왔다. 비록 호열의 강기가 강력하기는 하지만, 그것을 제어할 수 있는 방안이 있었기 때문이다. 비록 최후의 수단이기는 하지만.

"……? 무엇을 보지 못했다는 것인지 모르겠소이다. 내게 묻는 것이 정확히 무엇이오?"

호열은 혜정 대사를 향해서 했던 투박한 말투보다 좀 더 유순하면서 반존대어를 섞은 어투로 물어보았다. 평소의 호열이었다면 생사의 대결을 벌이면서 자신의 생명을 위협했던 상대에게 있을 수 없는 일이었지만, 지금과 같은 상황이 일어난 것은 그만큼 호열이 삼풍진인을 어렵게 여기고 있다는 것을 단적으로 보여주고 있는 것이었다.

"솔직히 우린 자네의 마기를 따라서 이곳까지 온 것이네. 자네에게서 느껴지는 마기는 상당히 위협적이라 혹시 자네가 마교의 인물이 아닐까 해서 확인하고자 했었던 것이지. 지금도 그 의문을 확실히 풀지 못했지만 그것은 어쩔 수 없겠지. 또한 이 상황에서 자네가 자신의 입으로 마교의 인물이 아니라고 해도 우린 그것을 곧이곧대로 믿어줄 수 없는 상황이고."

삼풍진인은 혜정 대사와 달리 호열에게 직접적으로 물어보았다. 이 상황에서 더 이상 짐작만 가지고 최악의 상황으로 치닫는 일이 일어나지 않아야 하기 때문이기도 했지만, 무엇보다 황궁과 무림이 복잡하게 얽혀 있는 일이라 생각되었기에 확실하게 매듭을 짓지 않으면 후환이 생길 소지가 다분하다 판단되었기 때문이다.

'내가 마교의 인물일지 모른다고? 그럼 비급 때문에 나를 찾은 것이 아니란 말인가? 이거 참… 그나저나 어떻게 그런 황당한 생각을 하게 된 거지? 정말 어처구니가 없군.'

호열은 삼풍진인의 설명을 듣고 나자 황당함을 이루 다 말할 수 없어 입이 다물어지지 않을 정도였다. 하지만 상황이 말 한마디로 끝낼 수 있을 정도로 쉽지 않았기에 차분하게 다음의 일을 생각해야만 했다.

"그럼 어떻, 흑! 음… 어떻게 할 생각인 거요? 내가 아니라고 부… 부인을 해도 믿을 수 없다니 더 이상 다른 말은 못하겠고, 어디 다른 방법이 있으면 말을 해보시오."

"자네가 그렇게 말을 하니 좋구먼. 그럼 말하겠네. 아까도 말했지만 문제는 자네의 마기라네. 아까 경험해 보니까 자네의 경지가 상당하더구먼. 그러나 자네는 잘못된 길을 택했네. 왜 하필 정도를 걷지 않고 사악한 마도를 택했는지 모르겠지만, 그러한 것은 개인의 사정이니 다른 말은 하지 않겠네."

"……."

"단, 우리가 원하는 것은… 자네가 스스로 무공을 제어해… 주었으면 하는 것이라네."

삼풍진인은 마지막 말을 힘겹게 끝냈다. 또한 옆에서 이러한 상황을 지켜보고 있던 혜정 대사는 삼풍진인이 마지막 말을 들으면서 깜짝 놀라는 한편, 어쩌면 좋은 생각일지 모른다고 생각했는지 크게 고개를 끄덕였다. 상황이 이렇게 되면 호열이 마교의 인물이든 아니든 상관없이 무림에 후환이 될지 모를 위험 인물을 제거할 수 있다 생각되었기 때문이다.

"스스로 나를 제어하라 했습니까? 여기서 제어라는 말은 ……?"

"그건 자네가 더 잘 알지 않은가! 더 이상 위험한 길을 걷지 말고 다시 정도로 시작해도 그리 늦지 않을 것이네. 비록 정도나 마도도 그 정점에 이르면 하나로 합쳐지기는 하지만, 그렇게 되기 위해선 너무도 많은 위험 요소가 산재하여 자칫 위험한 일을 당할 수도 있고, 또한 스스로를 제어하지 못해 세상에 큰 재앙을 일으킬 수도 있네. 그러니 더 이상 위험한 길을 걷지 말라는 것이네."

"음… 무슨 말인지 알겠는데, 좀 더 자세히 설명해 주었으면 하는데……."

호열은 말을 다 끝마치지 못하고 마무리를 희미하게 끝었다. 지금에

와서 갑자기 존칭으로 바꾸려고 하니 너무 어색했던 것이다. 또한 아직 스스로 제어하라는 말의 뜻을 정확히 이해하지 못하고 있었기에 더욱 그러했다. 정도를 걸으라는 상대의 말이 좋은 의도로 하는 것일지도 모르고 또한 그렇게 들리기는 하지만, 정확히 자신에게 무엇을 어떻게 하라고 하는 것인지 잘 이해되지 않고 있었기 때문이다.

"허, 알았네. 자네가 그렇게 얘기를 하니……."

"흠흠, 정말 답답한 중생이도다. 어찌 이다지도 답답하단 말인가? 정말 모르는 것인가, 아니면 알면서도 일부러 그러한 말을 하는 것인가?"

혜정 대사는 호열의 반응이 영 시원하지 않자 삼풍진인보다 먼저 앞으로 나서며 호열을 다그쳤다. 하지만 그 이면에는 삼풍진인을 배려하는 차원에서 일부러 자신이 앞으로 나서게 된 것이다.

아무리 세월이 흘러 강산이 수십 번 바뀌었다고 하더라도 삼성의 일인으로서 삼풍진인과 혜정 대사는 무림을 영도해 가는 사람들이었다. 그런데 아무리 마도를 걷는 인물이라고 하지만 삼풍진인과 혜정 대사는 까마득한 후배에게 무림인으로서 심히 해서는 안 될 말을 직접적으로 해야 한다는 것이 마음에 걸렸다. 그러나 누군가 하지 않으면 안 되는 것이었기에…….

"이거 참! 그대들이 내게 무엇을 바라는지 모르니까 물어보는 것이지, 그럼 내가 알면서 물어보겠소?"

"흠… 그럼 말해 주겠네. 우리가 원하는 것은, 자네가! 음… 스스로 무공을 파기해 주었으면 하는 것이네. 이건 무림인으로서 해서는 안 될 말이긴 하지만, 자칫 자네가 마도로 빠져든다면 세상을 도탄에 빠져들게 하는 위협적인 인물이 될지 모르기에 이러한 말을 하게 된 것이네.”

“지금 내가 세상을 도탄에 빠지게 만들지 모른다고 했소이까? 이거
참… 난 지금까지 혼자 살아오면서 한 번도 세상에 피해를 끼친 일이
없었소. 오히려 세상이 날 가만히 내버려 두지 않았을 뿐이란 말이오.
그런데 당신들이 무엇이라고 내게 이래라저래라하는 것이오? 난 지금
까지 살아남기 위해 발버둥 치며 질긴 목숨을 연명하고 있는데, 내게
단 하나 남은 것까지 스스로 버리라고 하는 것이오? 정말 너무 한다고
생각하지 않소?”

호열은 삼풍진인과 혜정 대사가 말하고자 하는 의도가 무엇인지 정
확히 알게 되자 스스로 통제하지 못하고 울분을 토해냈다. 그동안 마
음속으로만 간직하고 밖으로 표출되지 않고 있던 울분이 한순간에 밖
으로 나온 것이다.

“음… 무량수불…….”

“아미타불…….”

“도대체 세상이 내게 해준 것이 무엇이 있다고! 또한 내가 앞으로 어
떻게 살아갈지 안다고, 당신들이 내가 세상을 위협할지 안 할지 어떻게
안다는 것이오? 난 당신들과 똑같은 인간이오. 똑같이 살아남기 위해
서 행한 일이었는데 어찌 당신들과 다르다고 할 수 있는 것인지 모르
겠소이다. 단지 내가 사용하는 것이 당신들과 맞지 않는다고, 내가 걷
는 길이…….”

“갈! 어찌 마도가 정도와 같다는 말인가! 마도는 마도일 뿐이다. 그
러니 마도와 정도는 한 하늘 아래 같이 존재할 수 없음인데, 아직까지
그러한 것을 모르고 있었단 말인가! 마도는 세상을 혼돈으로 몰고 가
기 위해 존재하는 무림의 해악인데, 어찌 그러한 길이 옳다고 하는 것

인가!"

혜정 대사가 호열의 말을 자르며 호열을 향해 호통을 쳤다. 마도와 정도가 같다는 말이 심히 듣기 거북했던 것이다. 아무리 살아남기 위해 마도의 길을 택했다 하더라도, 그것은 개인의 사정일 뿐이지 세상이 그것을 알아주지 않는다고 하는 것은 투정을 부리는 어린아이의 볼멘 목소리라 생각한 것이다.

"하하, 좋소이다. 그대들이 그렇게 생각한다면 더 이상 내가 뭐라고 할 수는 없겠지. 이제 당신들에게 해줄 말은 없소이다. 난 내 방식대로 살아갈 것이오. 그러니 당신들의 요구를 들어줄 수 없게 되었소이다. 자, 이제 어떻게 하시겠소?"

"뭐라고? 이……."

"음… 그렇다면 자네에게는 미안한 일이지만 어쩔 수 없이 마지막 수단을 사용해서라도 잘못된 길을 가로막을 수밖에 없네. 그것이 자네 의 생명을 거두는 일이라도 말이네. 무량수불……."

"하하하… 이제야 제대로 된 말을 하는구려. 진작에 그러한 의도를 가지고 이 밤중에 날 여기까지 불러낸 것이 아니오? 어디, 그럼 끝까지 해봅시다. 비록 오늘 이 자리에서 내가 죽는다고 하더라도, 난 당신들 의 생각에 동조할 수 없소. 그리고! 만약 내가 운이 좋아 이 자리를 벗 어난다면, 그땐 그 잘난 당신들이 응징을 받아야만 할 것이오. 내 이것 만은 약조를 하지요."

"음……."

"……."

호열의 굳은 의지가 실린 마지막 말에 삼풍진인과 혜정 대사는 침음 을 속으로 삼켜야만 했다. 이제 더 이상 손에 온정을 둘 수 없게 되어

버렸다. 비록 호열의 무공을 파기한다고 해도, 호열의 약조대로라면 무림에 커다란 위협으로 돌아갈 것이 분명했다.

그것은 지금 세 사람이 서 있는 자리가 바로 황궁이었기 때문이다. 비록 호열이 황궁에서 차지하고 있는 자리가 어느 정도인지 모르지만, 깊은 밤중에 아무런 제지를 받지 않고 황궁 깊숙한 곳까지 자유롭게 움직일 수 있다는 것만으로도 호열이 황궁 내에서 차지하는 비중이 적지 않다는 것을 단적으로 짐작할 수 있게 했다. 그렇기에 삼풍진인과 혜정 대사는 호열이 마교인이 아니면 목숨만은 보장해 주려고 했던 생각을 접고, 무슨 일이 있어도 오늘 호열의 목숨을 취해야만 하는 최악의 상황이 된 것이다.

'이제 어쩔 수 없게 되었다. 저들은 분명 오늘 날 죽이려고 할 것이니 무슨 수단을 동원하더라도 오늘 이 자리를 벗어나야만 한다. 그것만이 후일을 기약할 수 있는 방법이고, 내가 살아남을 수 있는 방법이다. 그래… 오늘 이 자리가 내 생애 마지막 자리라 생각하고 최선을 다하자!'

"하압! 받아라……!"

"헛! 이, 이런……! 좋다. 내 이미 이럴 줄 알았다. 합! 사자모니인(獅子牟尼引)……!"

아무리 비무가 아닌 생사대결이라 하더라도 선배에 대한 예의를 지킨다는 차원에서 자신이 시전할 초식 명을 밝히는 것이 꼭 상례라 할 수 없지만, 호열은 그러한 것을 모르고 있었고 딱히 알려주고 싶지도 않았기에 기습적으로 어의섬을 시전하여 혜정 대사를 향해 돌진을 하면서 목을 향해 날카로운 공격을 시작했다. 웬만한 사람들은 목을 향해 공격을 가하면 몸을 움츠리던가 뒤로 물러난다는 것을 알고 있었기에 행한 것이었는데, 상황은 호열의 의도대로 전개되지 않았다. 강호 경험이 풍부한 삼풍진인과 혜정 대사는 호열이 기습을 할 줄 알고 있었기에 어렵지 않게 피한 후 반격을 가해왔던 것이다.

'젠장! 역시 여기서 빠져나가기 쉽지 않겠군.'

호열이 어의섬과 함께 시전한 공격은 꽤 날카로웠다. 비록 뒤늦게 어의신보(唹意神步)를 가미하면서 시전하는 어의광이 천지개벽하는 폭음과 같은 굉음은 나지 않았지만, 호열의 손가락이 가리키는 곳에는 어김없이 땅이 패이고 나무들이 갈라지면서 삼풍진인과 혜정 대사를 당혹스럽게 만들었다. 그러나 아무리 호열이 최선을 다해 공격을 해도 어의광에 격중된 사람은 없었다.

'허, 비록 단순한 공격의 연속이긴 하지만 정말 날카롭기 그지없구나. 더구나 빠르기는 전율스럽기까지 하니……'

"응? 이런……."

"진인, 황궁의 병사들이 가까이 다가오고 있습니다. 더 이상 시간을 끌어선 우리에게 이득이 없으니 속전속결로 나가야 할 것 같습니다."

"알겠습니다. 아무래도 그래야만 할 것 같습니다."

조금은 늦은 감이 있지만 황궁의 수비를 담당하던 병사들이 다가오는 소리를 감지한 두 사람은 서로의 의사를 확인하고선 무차별적으로 공격을 퍼붓고 있는 호열을 향해 조금씩 전진을 하고 있었다.

'미꾸라지가 따로 없구만, 노친네들의 근력이 대단하군. 제길! 이걸로는 안 되겠다.'

아무리 어의광의 위력이 대단하다고 해도 상대가 맞아야 어떻게든 해볼 텐데, 상황은 그렇지 못했다. 그렇다고 어의붕을 시전한다는 것은 아무리 경험이 없는 호열로서도 맞지 않다는 것을 알고 있었다. 그에 생명이 위험하다는 것을 알면서도 어쩔 수 없이 조금 전에 시전하려다 삼풍진인의 방해로 중도에 그친 어의파를 사용할 수밖에 없다는 생각이 들었다. 아무리 머리를 굴려보아도 다른 대안이 없었던 것이다.

호열은 어의섬을 시전하면서 조금씩 어의파를 시전하기 위해 안간힘을 쓰며 기를 끌어올렸다.

'제발… 이번엔 제발 날 좀 도와다오. 내가 죽으면 너도 사라지는 거잖아! 그러니 제발……!'

호열의 간절한 기도가 효험이 있는지, 그토록 괴롭히던 마기의 활동이 서서히 줄어들기 시작했다. 정말로 영성(靈性)이 있는 것인지 아니면 힘이 다해서 그러한 것인지 모르지만, 호열에겐 지금 당장 그러한 것이 중요한 게 아니었다. 다만, 이제 어느 정도 어의공령검을 시전할 수 있게 되었다는 것이 중요할 뿐이었다.

'됐어! 하하하, 그래… 고맙다!'

"하압……! 어의… 파!"

쿠! 쿠르르르르…… 팡! 파파파팟! 파팡……! 쾅……!

호열의 전신에서 시퍼런 뇌전(雷電)과 회오리가 일기 시작했다. 어의파가 정식으로 세상에 그 첫선을 보이려고 하는 순간인 것이다.

"이런, 우리가 한발 늦은 것 같습니다. 그래도 목숨만은 보존시켜 주려고 했는데… 진인, 진인께선 잠시 뒤로 물러나 계십시오. 이젠 정말로 어쩔 수 없게 되었습니다."

"아닙니다. 지금 저 아이의 기세로 보아 쉽게 막을 수 없을 것 같습니다. 더구나 황궁의 병사들이 지척까지 이른 지금, 최대한 시간을 아껴야 할 것입니다. 무량수불……."

"진인, 하지만 우린… 휴~ 알겠습니다. 그럼 그렇게 하십시오. 비록 도리가 아닌 줄은 알지만, 진인의 말씀에 따르겠습니다. 죄송합니다, 진인. 우화등선을 앞두신 진인께 이런 일을 하시게 하다니……."

"허허허, 아닙니다. 오늘의 일 때문인지 잘 모르지만, 그날 제가 우화등선을 미룬 일이 어쩌면 하늘의 뜻일지도……."

"옛? 그 무슨……? 음……."

혜정 대사는 호열에게 가한 질책과 공격이 마음에 걸려 쉽게 살수를 쓰지 못하고 있었는데, 상황이 최악으로 치닫게 되었다는 것을 알고는 고개를 가로저으며 애써 애석한 마음을 숨겨야만 했다. 그러나 호열에 대한 마음의 가책은 크게 작용하지 않았다. 다만 아쉬운 것은, 이번의 일로 말미암아 무림과 황궁의 관계에 냉기류가 흐르지 않을까 염려하는 마음이 더욱 컸다.

삼풍진인은 호열 앞 칠 장까지 이른 후 하늘로 뛰어오르며 하늘을 향해 두 팔을 펼쳐 보였다. 그 순간, 이미 검을 내려놓은 지 오래된 삼풍진인의 손에서 세상 그 어떠한 검보다 날카롭고 빠르며 강하기 그지없는 신검이 만들어졌다. 바로 자신의 내공을 이용해서 만든 검이었다.

"애석한 일이나 어쩔 수 없구나. 아미타불… 보리옥룡인(菩提玉龍印)……! 대력금강지력(大力金剛指力)……!"

"아무리 강한 강기라 해도 태극의 기운이 합일된 일검(一劍)을 막지는 못하리라. 태극일원검강(太極一元劍罡)……!"

삼풍진인과 혜정 대사는 그동안의 풍부한 경험으로 모든 힘을 한곳에 집중해야 한다는 것을 잘 알고 있었다. 쓸데없이 힘을 분산시켜서는 호열이 시전하는 어의파를 뚫을 수 없다는 것을 직감한 것이다.

이에 혜정 대사는 자신이 알고 있는 것들 중에서 가장 실효성이 있으면서 패도적인 살예(殺藝)를 시전했으며, 삼풍진인은 자신이 만들고 아직 세상에서 단 한 번도 펼쳐 보이지 않았던 태극검법의 마지막 초식, 바로 세상에 뚫지 못하는 것이 없다는 최강의 패극검(霸極劍) 태극일원검강을 시전하였다.

쿠우우우우우…… 쾅! 쾅쾅쾅……! 콰아아앙……!

능히 천하제일인으로 불리며 세상을 독패할 수 있는 고수가 한 명도 아닌 두 명이 서로 힘을 합쳐 공격을 가하기 시작하자, 홀로 공격을 받아내고 있는 호열을 제외하고 사방은 모두 두 고수로 인해 발생된 공력의 여파로 나무가 부러져 나가고 땅이 파헤쳐지며 주위의 공기가 회오리치기 시작했다.

"크으… 실력의 차이인가 아니면 경험의 차이인가? 공격을 하기 위해 시전했는데, 어의파가 시전되면서 성공했다 생각했는데. 이게 뭐야? 제길……!"

처음 어의파가 시전되면서 호열은 득의에 찬 표정을 잠시나마 지을 수 있었다. 그러나 정말 잠시 동안이었다. 어의파의 공력이 혜정 대사와 삼풍진인의 지척에 이르지도 못하고 목숨을 위협하는 무서운 공격이 거센 폭풍처럼 어의파를 헤집어놓은 것은 말할 것도 없고 어의망까지 파고들었기 때문이다.

"진인, 이대로는 안 되겠습니다. 저 아이의 공력이 생각보다 더욱 강한 것 같습니다. 또한 금의위 위사들이 지척에서 지켜보고 있습니다."

"음……."

"진인, 저 아이의 주의를 끌어 정신을 분산시킬 것이니 그때 저 아이를 제압하십시오. 더 이상 이곳에 머물러서는 득보다는 실이 클 것입니다.”

“알겠습니다, 그럼 그렇게 하시지요. 무량수불…….”

혜정 대사가 뒤로 물러나면서 삼풍진인은 자신의 공력을 배가시켰다. 혜정 대사의 공백을 채움과 동시에 힘의 균형을 맞추기 위함이었다.

“하앗! 다라엽지(多羅葉指)! 일지선공(一指禪功)! 구련조화인(九蓮造化印)……!”

혜정 대사는 연대구품(蓮臺九品)과 불영선하보를 시전하면서 호열을 향해 맹공을 가하기 시작했다. 바로 강맹하기 그지없는 어의파를 흔들어놓아 삼풍진인이 공격할 수 있는 기회를 만들어주기 위함이었다.

호열의 정신을 흐트러 놓는다는 혜정 대사의 생각은 보기 좋게 적중하기 시작했다. 주변을 빠르게 돌며 강맹한 공격을 가하기 시작하자 호열은 정신을 차릴 수가 없었다. 가뜩이나 정면에선 어마어마한 기운을 담고 있는 삼풍진인의 태극일원검강이 호시탐탐 기회를 노리며 다가오고 있어 상황은 점점 최악의 상황으로 가고 있었다.

‘크으… 이럴 줄 알았으면 좀 더 무공에 신경을 쓰는 건데, 젠장! 이제 더 이상 버틸 수 없게 되었다. 크크, 버티고 싶어도 버틸 수 없다는 말이 맞나? 제길……! 이렇게 된 이상 되든 안 되든 마지막 수단을 사용할 수밖에. 그런 연후에 바로 이곳을 빠져나가야만 한다. 그래야만 오늘의 위기를 벗어날 수 있다. 제발……!’

강맹한 공력을 자랑하던 어의파는 제대로 힘 한번 써보지도 못하고 사그라져 들어간 지 오래되었다. 호열이 철인이나 신선이 아닌 이상 평생토록 어의파를 시전할 수는 없기에 지금은 간신히 삼풍진인의 공격을 막고 있는 실정이었다. 또한 거듭되는 공격으로부터 영원히 지켜

줄 것만 같았던 어의망도 혜정 대사의 공격에 조금씩 균열이 가기 시작하고 있었기에 극단의 결심을 하지 않고선 안 될 상황이었다.

"진인, 이제 저 아이도 한계에 이른 것 같습니다. 제가 마지막 공격을 가할 것이니 죄송하지만 마지막 마무리를 해주십시오. 아미타불……."

"음… 알겠습니다. 정말 대단한 공력입니다. 공력 하나만으로 우리들의 공격을 막는 사람이 존재하다니……."

"하앗! 마의 주구가 되느니 여기서 생을 마감하는 것이 중생에게 보답하는 길일 것이다. 반야신장(般若神掌)……!"

능공천상제(凌空天上梯)를 시전하며 하늘로 힘껏 뛰어오른 혜정 대사는 자신이 발휘할 수 있는 최고의 공력을 담아 불문 최후의 장법이라 일컬어지는 반야신장을 시전하여 호열을 향해 힘껏 밀어냈다.

"크으… 오늘의 일, 내가 죽기 전엔 영원히 잊혀지지 않을 것이다. 그대들이 아끼는 무림……! 무림을 파괴하는 한이 있더라드 오늘의 빚은 꼭 받아내고 말겠다. 하앗……! 어의(唹意)… 멸(滅)……!"

드드… 드드드드… 파앗! 파아아아앙……!

"헛, 이… 이럴 수가……!"

"무량수불… 아직까지 저런 공력을 발휘할 수 있다니, 정녕 오늘 저 아이를 막기 위해 그날 우화등선하지 않은 것이 하늘의 뜻이란 말인가? 정녕……? 아……."

혜정 대사의 반야신장을 튕겨내며 허공으로 서서히 떠오르고 있는 호열의 모습을 바라보며, 삼풍진인은 혼자만의 독백인지 구별이 안 갈 정도로 조용히 중얼거리며 한동안 하늘을 바라보았다. 그러나 그것도 잠시, 서서히 자신의 두 손을 미간 사이로 모으며 호열과 오 장을 격한 위치까지 부양한 후 그 자리에 서서히 멈추어 섰다.

"큭, 크억… 헉, 헉! 오늘의 일, 으… 여, 영원히 기억하라, 영원히……!"

호열의 전신에서 시퍼런 뇌전을 일으키는 청색의 기운과 함께 호열의 미간에서는 조금씩 백색의 빛무리가 일렁이기 시작했다. 그러나 그것도 잠시, 한순간 주위를 환하게 밝히는 백색의 빛이 황궁의 후원을 뒤덮으며 어의멸이 시전되었다.

하지만 혜정 대사와 삼풍진인은 백색의 빛 중심에 일렁이고 있는 검붉은색 기운을 볼 수 있었다. 석양의 노을빛과 같은 검붉은 핏빛이 원과 같은 구형을 형성하며 호열의 미간 정점에 자라나고 있는 것을 본 것이다.

"마, 마의 씨앗이 잉태되고 있도다. 아, 아니… 완전하게 마의 주구로 변하였구나, 마황(魔皇)이 나타났어. 마황이, 아미타불……."

비록 어의멸을 시전하고 있었지만 삼풍진인이 자신의 앞에 서게 되면서 호열은 자신의 위기를 직감했다. 하지만 더 이상 물러날 곳이 없었기에 최선을 다하고자 자신이 지닌 모든 힘을 한곳에 집중했다. 바로 삼풍진인을 향해서…….

'아… 이젠 어쩔 수 없구나. 정이 아닌 마를 택한 지금, 더 이상 주저할 수는 없게 되었는데 무엇을 더 바라겠는가. 이 일로 인해 우화등선을 하지 못한다 해도 이 모든 것이 모두 허황도군의 뜻이로다. 무량수불…….'

"모든 법이 정해진 모양이 없으며, 머무르는 바 없이 마음이 가는 곳으로 갈지어다. 대자연이여! 허황도군의 정기가 담긴 우담화(優曇華)여, 너의 생명력으로 마황을 잠재울지어다. 하앗……!"

삼풍진인의 두 눈썹 중심에 멈추어 있던 중지 끝에서 희미하게 금빛이 일렁이기 시작하더니 금화(金花)의 형상이 만들어지기 시작했다. 마치 아지랑이처럼 희미한 금빛을 발하더니, 모든 것을 감싸 안으며 하나의 공간을 만들어갔다.

'헉! 이, 이럴 수가… 저, 저건……?'

호열은 볼 수 있었다. 지금까지 볼 수 없었던 현상, 바로 삼풍진인이 대자연과 하나가 되어가는 것을 두 눈으로 확인할 수 있었던 것이다.

장백산 운영의 집에서 경험했던 신비한 현상…….

주변의 기운, 바로 대자연의 기운을 느낄 수 있었고 직접 볼 수 있게 된 이후로 처음 보는 현상이 지금 삼풍진인에게서 벌어지고 있는 것이다. 인간이 완벽하게 대자연과 하나가 되어버린 것을…….

호열은 직감적으로 자신의 위기를 알 수 있었다. 무슨 이유 때문인지 모르지만, 필생의 각오로 시전한 어의멸로도 막을 수 없을 것 같다는 불안감이 온몸을 엄습한 것이다. 그에 자신도 모르게 피해야만 한다는 생각이 들어 바로 어의섬을 시전하려고 했다. 그러나… 어의섬으로는 도저히 벗어날 수가 없을 것 같다는 생각에 이를 악물고 어의공을 시전했다. 몸이 충격을 이겨내지 못해 산산이 폭발한다고 해도 다른 방법이 없기에 최선을 다했다.

그러나 그것은 호열의 생각으로 끝나 버렸다. 삼풍진인의 금빛 기운, 희미한 금빛을 발하던 금화가 한순간 어둠을 몰아낼 정도로 빛을 내뿜으면서 삼풍진인의 몸을 감싸더니 호열을 향해 돌진하 왔다.

"헉! 이런! 아직은 안 돼……."

'아, 안… 돼…….'

"크, 크악……! 크… 으……!"

금화가 만들어지고, 삼풍진인의 몸을 감싼 금빛이 호열이 시전한 어의멸을 뚫고 반대쪽에 멈추어 선 것이다. 수유의 시간이 흐른 것도 아니었고, 초유의 시간이 지난 것도 아니었다. 이 모든 일들이 한순간에 벌어졌다.

두 기운이 충돌한 것이 분명한데 아무런 소음도 일지 않았다. 그저 한줄기 금빛이 일직선으로 호열을 관통한 것만 빼고는 상황은 조금도 변하지 않은 것이다. 다만, 삼풍진인의 모습이 금빛에서 서서히 모습을 보이기 시작하면서 어의멸의 기운이 심하게 요동을 치기 시작한 것을 빼고는.

"크아… 내 지금은 물러나지만, 곧 알게 될 것이다. 그대들, 무림이… 무림이, 으…….”

호열은 삼풍진인과 혜정 대사가 잠시 방심하고 있는 틈을 타서 최대한으로 공력을 일으켜 어의공을 시전했다. 비록 마음과 같이 멀리 가지는 못한다고 해도 이 위기의 순간을 모면할 수 있다면 그것으로 되었다는 판단 하에, 어의멸이 파괴되어 가슴은 물론 온몸의 통증으로 움직일 수 없는 심각한 상황에서 위험을 감수하며 어의공을 시전한 것이다. 자신의 몸이 어떻게 되든, 호열은 위기를 벗어날 수만 있다면 모든 것을 감수하고서라도 살아야겠다는 의지를 불태웠다. 살아남기 위해…….

"아, 안 돼! 대사, 지금 저 아이를 놓치면 안 됩니다. 어서…….”
"헉, 이… 이런! 머, 멈추어라……!"

삼풍진인의 안위에 신경을 쓰던 혜정 대사는 호열의 모습이 시야에서 사라지자 소스라치게 놀라며 호열이 서 있던 곳으로 신형을 날렸다. 그러나 이미 호열은 후원에서 사라져 버린 후였다.

“이, 이럴 수가… 눈앞에서 마의 주구를 놓치다니… 이런 실수를 하다니…….”

“으…….”

“이, 이런! 진인, 괜찮으십니까? 정신 차리십시오. 진인……!”

호열을 놓쳤다는 아쉬움에 멍하니 정면을 주시하고 있던 혜정 대사의 귀에 삼풍진인의 신음 소리가 천둥처럼 들려왔다. 그에 소스라치게 놀란 혜정 대사는 한 번도 세상에 보인 적이 없을 정도로 빠르게 삼풍진인이 쓰러져 있는 곳으로 신형을 날렸다.

“대사, 어서… 어서, 날 자소봉(紫宵峰)으로, 으…….”

“아, 알겠습니다. 조금만, 조금만 참으십시오, 진인.”

“음…….”

“아, 아미타불… 세상이 어찌 되려고 마의 주구는 살려주고 선인을 죽음으로 몰고 가는가? 아…….”

가슴을 부여잡고 기절해 있는 삼풍진인을 등에 업은 혜정 대사는 주위를 둘러볼 여유도 없이 불광어기류(佛光於氣流)를 시전하여 하늘로 솟구치더니 능공천상제와 초연물외신법(超燃物外身法)을 시전하며 황궁의 높은 성벽을 벗어났다. 순식간에 황궁의 후원을 헤집던 세 명이, 너무나 허무하게 그 모습을 감추어 버린 것이다.

한바탕 회오리가 지나간 것처럼, 세 명의 고수가 떠나간 자리엔 풀 한 포기조차 찾아볼 수 없을 정도로 폐허가 되어 있었다. 하늘 높은 줄 모르고 곧게 뻗어 있던 나무들은 이곳저곳에 쓰러져 있는 것도 모자라 뿌리까지 뽑힌 상태로 파헤쳐졌으며, 빽빽하게 자라고 있어 사람이 다니는 길조차 보이지 않았던 숲은 무려 삼십 장이 넘는 공지로 변해 버린 것이다. 이곳저곳 흩어져 있는 잔해들만 남긴 채.

"아… 어찌 인간의 무력이 이런 위력을……!"

"음……."

금의위 위사들은 이미 오래전부터 후원에 도착해 있었다. 다만 너무나 무시무시한 공격들로 인해 아무도 나설 수가 없어 후원을 포위하며 상황을 지켜보고 있었다. 그러나 한순간에 황궁을 어지럽힌 범인들이 모두 사라져 버리자, 위사들의 가슴엔 허탈감보다는 오히려 안도감과 경이감이 팽배하게 자리 잡아가고 있었다.

"대장님, 이 일을 어떻게 손 도독님께 보고하실 겁니까? 소인은 아무리 생각해도 뭐라고 설명을 드려야 할지……."

"음……."

"나도 다 보고 있었다. 그러니 그런 걱정하지 않아도 된다."

비룡군 부대장 팽전인이 갑자기 들려온 대답에 깜짝 놀라며 뒤돌아보니, 어느새 비룡군 위사들 사이로 손 도독이 모습을 드러내고 있었다.

"오셨습니까, 도독님."

"그래, 동 부영반도 잘 있었는가? 그렇지 않아도 후원에서 소호 공주를 호위하느라 고생이 많다고 들었네."

"별말씀을 다 하십니다. 그나저나 오늘의 일은……."

"음… 오늘의 일은 황제 폐하께 내가 직접 보고하겠네. 그나저나 오면서 살펴보니 소호 공주를 호위하고 있어야 할 비룡군 위사들 전원이 이곳에 모여 있는 것 같던데……?"

"예, 그렇습니다. 모두 제 불찰입니다. 소호 공주가 기거하는 연못 주변을 벗어나서는 안 되지만, 작약(炸藥)이 터지는 듯한 폭발음이 끊임없이 들려 반란군이 난입한 것이라 생각되어 비룡군 전원을 모두 대동하고 오지 않을 수 없었습니다.”

손 도둑은 동광서의 말에 고개를 끄덕였다. 상황을 가만히 생각해 보니, 어쩌면 자신 역시 동광서와 비슷한 판단을 하였을지 모른다고 이해되었기 때문이다.

“음… 자네의 말뜻을 알겠네. 그러나 다음부터는 무슨 일이 있더라도 십여 명 정도는 남겨두도록 하게.”

“그렇게 하겠습니다.”

“좋아, 그럼 난 황제 폐하께서 계시는 태화전(太和殿)으로 가서 상황을 고하도록 하겠네. 그러니 자네가 이곳의 일을 잘 마무리하고 뒤처리를 해주게.”

“알겠습니다. 그렇게 하겠습니다.”

동광서에게 지시를 한 손 도둑은 무거운 걸음으로 황제가 기거하는 내궁으로 발걸음을 옮겼다.

‘이 상황을 어떻게 보고한단 말인가? 내가 직접 눈으로 보고도 믿어지지 않는데, 휴……’

비록 자신이 보고를 하겠다고 했지만, 손 도둑은 신선들이 벌인 전투와도 같은 상황을 어떻게 황제께 보고해야 할지 눈앞이 깜깜했다. 두 눈으로 직접 목격하고서도 아직까지 실감이 나지 않고 있는데, 그것을 제삼자에게 상세하게 설명을 해야만 한다는 것이 너무나도 어렵게 느껴진 것이다. 더군다나 황제께는…….

‘휴~ 그나저나 내가 본 것이 확실하다면, 마지막에 사라진 사람은 분명…….’

제 3 장

그 사람이 철철 패군이었구나

◆제3장 그 사람이 철혈패군이었구나

숙부의 명에 의해 황궁의 후원에 유배를 당한 후, 소호 공주는 몇 달이 지났는지, 지금이 언제인지 등 일반 사람들이 생각하는 세월을 잊고 있었다. 비록 어쩌다 한 번씩 찾아오는 선혜 공주 주혜영의 반가운 얼굴을 볼 수 있다고는 하지만, 매일매일이 너무나 고요하고 적막하여 살아도 산 것처럼 느껴지지 않고 항상 누군가의 감시 하에 있다는 생각에 답답한 마음이 들어 속병을 앓아가고 있는 중이었다.

더군다나 숙부의 성격을 너무나도 잘 알고 있는 소호 공주는 자신의 생명이 얼마 남지 않았다는 것을 잘 알고 있었다. 지금은 비록 동생 혜제의 행방을 찾지 못해 인질로 살려두고 있지만, 만약 소호 공주의 이름이 중신들 입에서 거론된다면 두말없이 형을 집행할 것이다. 더 이상 황위를 찬탈했다는 꼬리표를 달지 않기 위해서라도 빨리 흔적을 지워야만 하기 때문이다. 그것이 비록 조카라 할지라도.

그렇게 숙부의 명을 하루하루 기다리면서 오늘도 살아 있구나 하는 자조 섞인 마음을 뒤로하고 잠을 청하여 보았지만, 오늘은 유난히 잠을 이루지 못하며 밤새도록 뒤척이고 있었다. 그러나 내일에 대한 두려움이 없기에 억지로 잠을 청하지 않았다. 내일도 운이 좋다면 오늘처럼 금의위의 보이지 않는 감시를 받으면서 하루를 보내게 될 것이기 때문이다.

하지만……!

소호 공주를 잠에 들 수 없게 하는 일이 벌어졌다. 아니, 소호 공주뿐만 아니라 태화전에서 잠을 자고 있던 영락제를 비롯해서 황궁의 모든 내관과 병사들이 긴장을 늦출 수 없는 긴급한 상황이 벌어진 것이다.

영락제는 태화전을 경계하고 있는 병사들뿐만 아니라 금의위 위사들까지 모두 불러들였고 지축을 울리는 괴음의 진원을 알아보라고 호령을 하였으며, 병사들은 영락제의 명을 이행하기 위해 이곳저곳을 움직이면서 경계의 눈초리를 풀지 않았다.

영락제가 황위에 오른 후 한 번도 없었던 긴급 상황이 벌어졌기에, 금의위 위사들과 내궁의 병사들이 일사불란하게 움직이는 모습을 바라보면서 반란이 일어난 것이 아닌가 하는 우려의 목소리가 내관들 사이에서 조용히 오고 가는 상황이 벌어지고 있었다. 바로 숙부에 의해 황위를 빼앗긴 혜제가 병사들을 모아서 황궁에 난입한 것일지도 모른다는.

소호 공주 또한 이들과 별로 다르지 않은 생각을 하고 있었다. 동생인 혜제가 지금 어떠한 상황에 있는지 대강 짐작하고 있었기에 이곳에 오지 않았다는 것을 알고 있었지만, 비록 동생이 아니더라도 자신을 구하기 위해 옛 신하였던 장수들과 병사들이 오지 않았나 하는 마음에 걱정이 들어 문밖을 나와 서성이고 있었던 것이다.

"정말로 병사들이 황궁에 들어온 것인가? 아… 아무쪼록 모두 무사해야 할 텐데……."

어느 순간부터 소호 공주는 자신을 바라보던 감시의 눈초리들을 느낄 수가 없었다. 비록 지금까지 두 눈으로 확인할 수 없었지만, 소호 공주는 항상 자신을 감시하며 매서운 눈길을 보내는 병사들이 황궁의 금의위 위사들이란 것을 직감적으로 느끼고 있었다. 그런데 후원 쪽에 폭음이 들리기 시작한 후 얼마 지나지 않아서부터 그러한 것이 전혀 느껴지지 않은 것이다.

당연히 많은 수의 병사들이 폭음의 진원지로 향했을 것이란 것을 잘 알 수 있었기에, 어쩌면 황궁을 벗어날 수 있다는 희망보다 누군지 모를 사람들을 걱정하는 마음이 더욱 컸다.

'제발… 대자대비(大慈大悲)하신 부처님, 만약 오늘의 일이 이 못난 중생 때문에 빚어진 일이 아니길 비옵니다. 더 이상은 충신들의 피가 황궁에 흐르지 않기를…….'

"으……."

"응? 누, 누구……?"

걱정스러운 마음에 홀로 연못 언저리를 서성거리던 소호 공주는, 연못과 얼마 떨어지지 않은 곳 바닥에 웅크리고 있는 물체를 발견하고는 소스라치게 놀랐다. 하지만 곧 어둠 속에서 움직이는 물체가 사람이라는 것을 확인하고는 오늘의 소란을 만든 장본인 중 일인인지도 모른다는 생각에 저절로 발걸음이 움직였다.

조심스럽게…….

소호 공주는 조심스럽게 다가갔다. 그런 후 쓰러져 있는 사람이 정신을 잃었다는 것을 확인하고서야 상처를 살피기 위해 조심스럽게 몸을 돌려보았다. 땅에 고개를 박고서 엎어져 있기에 어디를 다쳤는지 확인할 수가 없었기 때문이다.

"세, 세상에… 이런 중상을 입고서도 살아 있을 수 있다니……."

소호 공주는 쓰러져 있는 사람을 바라보다 자신도 모르게 고개를 돌렸다. 너무나도 처참한 광경에 차마 직시하지 못한 것이다.

그러나 하나는 확인할 수 있었다. 비록 누더기로 변해 있지만 중상자가 입은 의복으로 자신을 구하기 위해 온 사람이 아니라 황궁의 사람이라는 것을.

'숙부의 병사였구나… 아니지, 아니야! 이러고 있을 수만은 없지 않은가. 비록 이 사람이 동생의 병사가 아니고 나를 위해 온 사람이 아니더라도 목숨이 경각에 달린 부상자가 아닌가! 인명은 하늘에서 내린다고 했다. 이 사람이 부상을 입고서 내가 기거하는 곳까지 온 것도 그렇고, 또 내가 이 사람을 발견한 것도 모두 인연일지 모르지 않은가! 비록 숙부의 병사지만 목숨이 경각에 달린 것 같으니 살리는 것이 도리리라…….'

중상자를 살려야겠다는 결정을 한 소호 공주는 즉시 자신의 침소로 옮기기 위해 병사의 몸을 일으켜 보았다. 그러나 생각보다 몸이 무거운지 쉽지 않았다. 하지만 차가운 냉기가 흐르는 땅바닥에 있는 것보다는 무리를 해서라도 침소로 옮기는 것이 옳다는 판단 하에 중상자의 팔을 자신의 어깨에 얹은 후 천천히 자신의 처소로 발걸음을 옮겼다.

"으… 누, 누구인가……?"

"너를 죽이지는 않을 것이니, 조금이라도 정신이 들었다면 안심하고 발을 떼어보거라. 그래야 위태위태한 너의 명을 이을 수 있을 것이다."

"음……."

소호 공주가 힘겹게 자신의 처소로 옮기고 있는 중상자는 바로 호열이었다. 삼풍진인과의 혈전 이후 사라졌던 호열이 소호 공주의 가옥 앞에 그 모습을 드러낸 것이다.

후원에 오기 전에 보았던 가옥과 황병들.

호열은 자신의 안전을 위해 황병이 있던 곳으로 가고자 했기에 정신이 없는 상황에서도 자신이 어디에 있는지 잘 알고 있었다. 그런데 황병의 목소리가 아닌 낯선 여인의 퉁명스러운 소리가 들리자 의아해했지만, 퉁명스럽게 들리는 말투에도 불구하고 살았다는 생각에 그만 정신을 잃어버렸다. 왠지 모르게 안심이 되어 그만 의식의 끈을 놓아버린 것이다.

"이런, 어서 정신을… 휴~ 지금 정신을 잃어버리면 어떻게 옮기라고……."

소호 공주는 처음으로 남자의 육중한 무게를 느꼈다. 가뜩이나 정신을 잃은 상태인지라, 소호 공주가 느끼는 호열의 무게는 쉽게 지탱할 수 없을 정도였다. 하지만 마냥 서 있을 수는 없는 상황인지라 자신의 침소로 한 걸음씩 발걸음을 옮겼다. 마치 자신의 어두운 운명을 헤쳐나가기 위해 한 걸음 한 걸음씩 한 점도 안 되는 빛을 향해 걸어가는 소녀처럼.

*　　　　*　　　　*

황궁 깊숙한 곳에 위치해 있는 태화전은 어둠이 걷힌 지 오래되었다. 황궁에 기거하고 있는 황병들이 모두 태화전에 모여 있는 것처럼 사방을 밝히는 횃불과 함께 빽빽하게 자신들의 자리를 지키고 있었다.

"후원에서 들린 폭음이 무엇인지 아직까지 알아내지 못했느냐?"

"폐하, 아직 그 진상을 확인하지 못했습니다. 하지만 우려하시는 사항은 아닌 것 같사옵니다."

"장 제독, 확실하지 않은 것을 가지고 지금 짐에게 고하는 것인가? 짐은 확실한 것만을 듣고 싶다. 어서 알아보도록 하라!"

"예… 그, 그렇게 하겠사옵니다."

장 제독은 황제의 불안감을 해소시키고자 앞으로 나섰는데, 황제가 호통을 치자 괜히 나섰다는 생각이 들었다. 하지만 평소 황제의 성정이 어떠한지 잘 알고 있었기에 말을 아끼며 자신의 자리로 돌아갔다.

"황제 폐하… 금의위 손 도독 들었사옵니다."

"오~ 어서 들라 해라."

영락제는 손 도독이 태화전에 들었다는 환관의 말에 굳어 있던 얼굴이 조금 펴졌다. 병사들이 아무리 많아도 무공을 할 줄 아는 손 도독이 곁에 있다는 것보다 못하다 생각되었기 때문이다. 그러나 손 도독이 왔다는 것만으론 불안한 마음이 모두 사라지지 않는지 얼굴 한쪽에 불안함이 자리하고 있었다.

"폐하… 신, 손화령 들었사옵니다."

"손 도독이 왔구먼. 짐이 그대를 기다리느라 얼마나 노심초사(勞心焦思)했는지 알고 있는가? 흠흠… 그래, 왜 이렇게 늦었는가?"

"예, 태화전에 금의위 위사들이 철통같은 경비를 하고 있는 것을 확인하고는 폭음이 들린 외성 후원으로 가서 원인을 확인하고 돌아오는 길입니다."

“오~ 그러한가? 역시… 역시 손 도독이네. 황궁에서 짐이 믿을 충신은 자네밖에 없구먼, 허허허…….”

“황송하옵니다, 폐하…….”

“아니야, 충신은 그대와 같은 이를 가리키는 것이네. 음… 그나저나 철혈금부의 임 도독은 아직도 도착하지 않았느냐? 아니지, 혹시 손 도독하고 같이 갔었는가?”

영락제는 손 도독과 호열이 후원에 같이 갔다가 왔을지도 모른다는 생각이 들었다. 평범한 범부도 황궁의 어둠을 일거에 깨운 폭음을 들었는데, 무공을 할 줄 아는 고수가 듣지 못했을 리가 없기 때문이었다.

“폐하, 그렇지 않아도 그 일 때문에 드릴 말씀이 있사옵니다.”

“응? 그 일 때문이라니? 후원의 폭음을 말하는 것인가, 아니면 임 도독을 말하는 것인가?”

“예, 폐하… 두 가지 모두이옵니다.”

“두 가지 모두……? 그래, 어서 고하여 보라.”

“예, 소신은 후원에서 들린 폭음에 놀라 폐하께서 기거하시는 태화전의 안전을 확인하고는 금의위 위사들과 황병들을 배치한 후 바로 후원으로 달려갔사옵니다. 그리고… 그곳에서 소신은 도저히 인간들의 전투라 할 수 없는 광경을 직접 목도(目睹)하였습니다.”

“인간들의 전투라 할 수 없는……?”

“폐하, 소신이 본 것은 신(神)들의 전투였습니다. 그들의 한 수 한 수에 거목들이 날아가고 땅이 파이며 갈라지고 어둠이 사라지는 천지개벽(天地開闢)할 일들이 일어났습니다. 지금 폐하의 앞에서 말하고 있는 소신조차 두 눈을 의심하며 환상이라 여기고 싶을 정도의 엄청난 광경이었습니다.”

　　손 도독은 후원에서 벌어졌던 무시무시한 전투를 영락제에게 소상히 고하였다. 비록 처음부터 목격한 것이 아니라 누가 어떠한 이유 때문에 황궁에서 싸우게 된 것인지 확인할 수 없었지만, 그들이 떠나고 난 후 폐허가 되어버린 후원을 보는 것만으로도 전율이 흐르던 당시의 생생함을 더하지도 않고 빼지도 않은 사실 그대로 전달하였다.

　　손 도독의 설명이 모두 끝난 후 태화전은 한동안 정적이 흘렀다.

　　직접 두 눈으로 보지 못한 대신들은 손 도독의 설명을 모두 들은 후에도 믿을 수 없다는 표정이 대부분이었지만, 황제인 영락제가 조용히 침묵하고 있기에 반박할 수 없었다.

　　"음… 손 도독의 설명을 들으니 짐과 대신들이 우려하던 사태가 일어난 것이 아닌 것 같구먼. 그러나 손 도독의 얘기를 들으니 오늘의 사태를 일으킨 사람은 모두 세 명인데, 어떻게 단 세 명만으로 그와 같은 일을 할 수 있다는 말인가? 이거 참… 그리고 손 도독의 얼굴을 보니 아직 얘기가 모두 끝난 것이 아닌 것 같은데……."

　　"그러하옵니다, 폐하… 소신이 직접 두 눈으로 확인하지는 못했지만, 그들 중 한 명이 임 도독인 것 같사옵니다."

　　"뭐라? 임 도독……? 임 도독이 무슨 일로 후원에서 혈투를 벌인단 말인가? 손 도독이 잘못 본 것일 거야……."

　　영락제는 손 도독의 말에 손을 휘휘 저으며 부정을 했다. 그러나 손 도독의 말을 완전하게 부정한 것이 아니었다. 아직 진상을 확인하지 못했고, 또한 황궁에 큰일이 일어났는데도 호열이 나타나지 않고 있었기 때문이다.

　　"좋다. 임 도독의 문제는 직접 만나 확인하면 되는 것이고, 날이 밝으면 짐이 직접 후원에 나가 두 눈으로 확인해 보겠다. 장 제독과 초 제독, 그리고 내각대학사는 후원에 먼저 가서 혈투가 벌어졌던 주변을 정리하고 짐이 확인할 수 있는 모든 준비를 하도록 하라. 그리고 조 대도독과 삼보태감, 그리고 손 도독을 비롯하여 대신들은 짐과 같이 갈 수 있도록 준비를 하라.”

“옛, 폐하… 그렇게 하겠사옵니다.”

영락제가 후원에 도착한 것은 오시가 조금 넘은 대낮이었다. 간밤의 원인 모를 폭음으로 가슴을 졸이며 잠을 청하지 못하고 있다가 안정이 되어서인지, 영락제는 새벽이 되어서야 금의위의 호위를 받으며 침소에서 들었기에 생각보다 늦게 도착한 것이었다.

후원에 도착한 후 영락제는 간밤에 들었던 손 도독의 말을 실감할 수 있었다. 또한 너무나 어이가 없어 한동안 입이 다물어지지 않았다. 분명 아름답게 가꾸어져 있어야 할 후원이 이곳저곳 나무들이 쓰러져 있고 대지가 파헤쳐져 있어, 영락제가 아닌 그 누가 보더라도 풀뿌리 하나 없는 폐허로 변해 있었기 때문이다.

“이거 참… 이것이 겨우 세 명의 칼부림으로 만들어진 광경이란 말인가? 이것이? 도저히 믿어지지가 않는구먼, 음… 내각대학사, 어디 조사된 것이 있으면 보고해 보아라.”

“예, 폐하… 소신이 이곳에 먼저 와서 확인해 본 것은 작약으로 인해 생긴 폭발의 흔적을 확인하는 것이었습니다. 작약을 사용하지 않고는 도저히 인간의 힘으로 이와 같은 폐허를 만들 수 없다고 판단하였기 때문입니다. 그러나 그 어디에서도 작약이 터졌던 흔적이나 냄새를 확인할 수가 없었습니다. 그리고… 금의위 부영반인 비룡군 대장 동광서를 비롯해 비룡군 위사들 전원이 당시의 치열했던 혈투를 직접 목도 했다 하옵니다.”

“음… 그럼 손 도독의 말이 참이란 말이로군, 이거 참…….”

“폐하… 그들이 누구인지 모르지만, 확실한 것은 모두 무림고수들이란 것입니다. 그것도 한 명 한 명의 무공이 초극에 이른 절세의 고수…….”

“장 제독, 그대가 말하지 않아도 그 정도는 짐도 짐작할 수 있다. 그러나 짐이 알고 싶은 것은, 그들이 과연 누구냐는 것이다. 누구! 알겠는가? 감히! 짐이 기거하는 황궁에 난입한 것도 모자라 황궁의 역사와 함께해 온 후원을 폐허로 만들어놓다니…….”

영락제는 마치 자신이 두 눈을 뜨고 있는 상태에서 농락당했다는 생각이 들었다. 자신의 안방을 마음대로 휘젓고 달아났는데, 정작 자신은 그들이 누구인지도 모른다는 생각이 들자 너무나도 어이가 없었던 것이다.

“짐을 비롯해서 이곳에 모인 만조백관(滿朝百官) 모두 직접 두 눈으로 보아서 알 것이다. 이번의 일은 대명제국의 황제인 짐을 농락한 것이라 할 수 있다. 이에 짐은 이번의 일을 도저히 묵과할 수 없도다. 무슨 일이 있더라도 오늘의 일을 명명백백(明明白白)히 조사하여, 이번 일과 관련된 자들을 기필코 용서하지 않겠다. 조 대도독과 장 제독은 앞으로 나와 짐의 명을 들어라!”

“옛! 폐하……!”

“하명하시옵소서, 폐하!”

“각 지방의 민정을 담당하고 있는 포정사(布政使)와 군정을 담당하고 있는 도지휘사(都指揮使)들에게 짐의 명을 전할 것이니, 조 대도독과 장 제독은 오군도독부와 각 지방의 포정사사(布政使司) 및 도지휘사

사(都指揮使司)에 속해 있는 병사들을 동원하여 난입자들을 찾아보도록 하라. 이번의 일은 분명 무림인들의 소행일 것이다. 그러니 그대들은 무력으로 난입자들을 색출하려 들지 말고, 각 지방의 지리와 인물에 밝은 병사들로 하여금 황궁에 난입할 가능성이 있는 무림인들을 가려내라는 것이다. 알겠는가?"

"옛, 충심을 다하여 황명을 받들겠사옵니다."

"그리고 초 제독은 임 도독이 어디에서 무엇을 하고 있는지, 지금 당장 확인하도록 하라!"

"알겠습니다, 폐하……."

"황궁에 큰 변이 일어날 뻔했는데, 도대체 임 도독은 어디에 있다는 말인가? 음……."

"폐하… 신 손화령, 임 도독이 지금 어디에 있는지 알아냈습니다."

"지금 임 도독이 어디에 있는지 알아냈다고 했는가? 그래, 지금 어디에서 무엇을 하고 있던가?"

"예, 비룡군 동 대장의 말에 따르면 임 도독은 지금 소호 공주의 처소에서 부상을 치료받고 있다 하옵니다. 아마도 간밤의 일 때문에 부상을 당한 것이 아닌가 합니다."

"뭐라? 임 도독이 부상을 당해? 소호 공주가 치료하고 있다? 이거 참… 그렇다면 어서 소호 공주가 있는 곳으로 가도록 하자."

"옛, 그렇게 조치를 하겠사옵니다."

영락제가 초 제독에게 호열의 행방을 알아보라고 추궁하고 있을 때, 손 도독은 비룡군 위사의 보고를 받고 있었다.

손 도독의 명을 받은 후, 비룡군은 폐허가 되어버린 현장을 지키는 몇 명의 위사들을 제외하고 모두 소호 공주의 처소로 돌아갔었다. 그러다가 소호 공주가 자신의 처소에서 부산하게 움직이는 것을 수상히 여긴 동 대장의 지시로 처소 안을 살펴보게 되고, 거기서 호열이 부상으로 누워 있는 것을 확인한 것이었다.

"어떻게 이런 부상을 당하고도 살아남을 수 있었는지, 정말 신기한 사람이구나."

소호 공주는 호열을 치료하면서 자신이 어떻게 이러한 일을 서슴없이 하고 있는 것인지 스스로 놀라고 있었다. 난생처음 자신의 처소에 이름도 모르는 남자를 들인 것도 그렇고, 또한 부상당한 사람을 치료하는 것도 처음이라 새로운 경험을 아무렇지 않게 받아들이고 있는 자신에게 놀란 것이다.

"으… 여, 옆에 누가 있느냐?"

"이제 정신이 들었느냐? 이곳은 네가 안위를 걱정하지 않아도 되는 곳이니 안심해도 좋다. 그러니 애써 일어나지 말고 누워 있거라. 또한, 네가 누워 있는 곳은 본인의 처소니라."

'여인의 목소리로군. 그렇다면 내가 정신을 잃기 전에 보았던 것이 꿈은 아닌가 보구나.'

호열은 정신을 차리자마자 몸을 일으키기 위해 안간힘을 썼으나, 생각과는 달리 몸이 말을 듣지 않았다. 또한 나지막이 들려온 여인의 목소리를 들으니, 어느 정도 안정을 되찾을 수 있었기에 마음을 편히 가졌다.

"누구인지 모르겠지만, 이렇게 신경을 써줘서 고맙소이다. 이 은혜, 꼭 보답하리다."

"보답을 바라고 한 일도 아니거니와, 네가 은혜라고 생각할 것도 없으니 신경 쓰지 말거라. 그리고 지금은 네 몸이나 신경 쓸 대인 것 같구나."

"그 무슨……? 으… 음……."

호열을 여인의 당찬 말에 어떤 여인인지 얼굴을 보려고 고개와 몸을 돌려보고자 하였으나, 어찌 된 일인지 손끝 하나 움직일 수 없었다.

"가만히 누워 있도록 하라. 지금 너도 네 몸이 어떻다는 것을 느껴서 알겠지만, 내가 보기에 너는 쉽게 움직일 수 없을 정도로 큰 부상을 입었다. 비록 내가 의원이 아니라 너의 몸 상태에 대하여 뭐라고 말할 수는 없지만, 너를 데려가기 위해 병사들이 오기 전에는 되도록 움직이지 않는 것이 좋을 것이다."

"지금 병사들이라고 했소?"

"그렇다. 아마 지금쯤이면 네가 주군으로 섬기는 사람에게 소식이 전해졌을 것이다."

"음… 주군이라……? 후후, 어찌 되었든 고맙소이다."

'……?'

"고마워할 것 없다. 내가 전한 것은 아니니까."

"음……."

'주군이라? 후후, 그나저나 대체 이 여인이 누구이기에 황제에게 반감을 가지고 있다는 말인가? 황궁 내에서 황제에게 반감을 가지고 있는 사람이 나 말고 또 있었나? 거기다 스스럼없이 드러내기까지 하다니…….'

호열은 여인의 말투에서 황제에 대한 반감을 읽을 수가 있었다. 호열 자신 역시 황제에 대한 반감을 지니고 있었기에 쉽게 그러한 느낌을 받을 수 있었던 것이다.

호열은 점점 정체를 알 수 없는 여인에 대해 궁금증이 생겨나고 있었다. 왠지 모르게 동병상련(同病相憐)과도 같은 감정이 일어난 것이다. 그러나 호열의 이러한 감정은 그리 오래가지 못했다. 얼마 지나지 않아 정신이 혼미해지면서 혼수상태에 빠져들었기 때문이다.

"정신을 잃었나 보구나. 그나저나 이 사람이 누구인지 궁금하구나. 분명 간밤에 있었던 폭음과 연관이 있을 것 같은데… 훗, 내가 지금 무슨 생각을……? 어차피 이 사람도 그자의 신하일 텐데……."

"고, 공주님. 지금 밖에 화……."

"너는 됐다. 내가 직접 공주님께 고하겠다. 공주님, 비룡군 대장 동광서입니다. 잠시 밖으로 나와주셔야 할 것 같습니다."

"그렇지 않아도 기다리고 있었다. 본인은 상관없으니 동 대장은 들어와서 이자를 데리고 나가거라."

"저, 음… 제가 안으로 들어가는 것은 어렵지 않으나, 지금 처소 밖에 황제 폐하께서 납시었습니다. 그러니 밖으로 나와 예를 갖추시는 것이……."

"지금 황제 폐하라 했느냐? 호호호, 황제 폐하라… 본인에게 있어 황제 폐하는 단 한 분일 뿐이다. 그러니 본인은 예를 갖출 수가 없으니 너는 어서 이자나 밖으로 데리고 나가거라."

소호 공주는 동 대장의 말에 조금은 놀랍다는 표정을 짓다가, 이내 정색을 하고는 문과 반대 방향의 벽을 향해 정좌를 하고 앉으며 눈을 감았다. 비록 밖에 있는 동 대장이 볼 수 없다고 하더라도, 자신은 더 이상 아무런 말도 않겠다는 무언의 행동을 취한 것이었다.

"공주님, 그러시면 안 되십니다. 지금 황제 폐하께서……."

"그만 하라. 음… 소호 네가 무슨 생각을 하고 있는지 짐도 잘 알고 있다. 그리고 짐도 너를 보기 위해 이곳까지 온 것이 아니니 애써 나올 필요 없다. 동 대장은 무엇을 하고 있느냐! 어서 들어가 임 도독의 상태를 확인한 후 밖으로 데리고 나오도록 하라.”

“예? 그렇게 하겠습니다. 폐하의 명을 받들겠습니다. 펑 부대장과 내의원, 그리고 너희 둘은 나를 따라 들어오도록 하라.”

영락제의 명을 받은 동 대장은 비룡군 부대장인 팽전인과 황제의 명을 받고 달려온 내의원, 그리고 위사 두 명을 대동하고 소호 공주 처소 안으로 들어갔다.

“죄송합니다, 공주님. 임 도독의 상태를 확인한 후 바로 나가도록 하겠습니다.”

“…….”

동 대장의 말을 듣고도 소호 공주는 아무런 대답을 하지 않고 벽을 향해 앉아 있었다. 동 대장은 이미 그럴 줄 알았다는 듯이 아무렇지 않게 내의원을 향해 가까이 오라고 손짓을 했다.

“음… 내의원은 어서 임 도독님의 상태를 확인해 보게.”

“예, 알겠습니다.”

내의원은 호열의 부상 정도를 확인하기 위해 앞으로 나섰다가 호열의 상태를 보고는 깜짝 놀랐다. 굳이 호열의 부상을 확인하지 않아도 빨리 치료하지 않으면 위중하다는 것을 한눈에 알아볼 수 있었던 것이다.

“동 대장님, 어서 임 도독님을 내의부(內醫府)로 옮겨야 할 것 같습니다. 더 이상 지체하다간 목숨을 보장할 수 없을 정도로 심각한 상황입니다.”

“정말인가? 이런, 그렇다면 큰일이로군. 무엇을 하느냐! 너희 둘은 어서 도독님을 내의부로 안전하게 모실 수 있도록 조치를 하라."

"알겠습니다."

내의원의 다급한 말에 동 대장을 비롯한 비룡군 위사들은 호열을 내의부로 옮기기 위해 부산하게 움직였다. 언뜻 보기에도 호열이 중상을 입었다는 것을 한눈에 알아볼 수 있었던 것이다.

호열이 비룡군 위사들에 의해 내의부로 옮겨지면서 후원의 연못 주변도 여느 날과 똑같이 한산해졌다. 황제인 영락제를 비롯해서 연못 주변에 진을 치고 있던 대신들도 모두 함께 내의부로 향했기 때문이다.

'아… 어느새 중양절(重陽節)도 지나가고 신년(新年)이 다가오는구나. 그런데 나는… 부처님, 소녀는 어찌하면 좋겠사옵니까? 천륜을 어기고 황위를 찬탈한 숙부는 날이 갈수록 황제의 위엄을 세우며 만조백관 위에 우뚝 서서 세상을 호령하고 있는데, 소녀는 아우를 위해 아무것도 할 수 없는 처지로 세월만 보내고 있사옵니다. 부디… 부디, 이 못난 중생에게 길을 일러주십시오.'

초겨울답지 않게 한낮에 따스한 햇빛이 비치면서 가을의 마지막 정감을 느낄 수 있게 해주었다.

"공주님, 오늘 아무것도 들지 않으셨습니다. 지금 준비를 할까요?"

"아니다. 사람이 살면서 제때 식사를 하는 사람이 몇 명이나 되겠느냐? 그리고 오늘은 먹고 싶지가 않구나. 그러니 너는 신경 쓰지 말거라."

"알겠습니다. 그럼 드시고 싶을 때 말씀하십시오. 제가 금방 올리겠습니다."

"그래, 그렇게 하마."

　처음 소호 공주의 처소에 시중들러 왔을 때만 하더라도 전 황제의 누님이자 현 황제의 조카라는 신분으로 인해 일정한 거리를 두며 시중 들던 시녀였다. 그러나 시간이 지날수록 소호 공주에 관해 알게 되고 서로 얘기를 하게 되면서 지금은 많이 친숙하게 지내고 있었다.

　"공주님, 혹시… 낮에 황제 폐하께서 직접 납시어서 내의부로 옮겨진 분이 누군지 궁금하시지 않은가요? 실은, 저 그분이 어떠한 분인지 알고 있는데."

　"그러냐? 그 사람이 누구이건 무슨 상관이 있더냐. 어차피 나와는 아무런 관계가 없는 사람인데……."

　"하긴… 그렇기는 하지요. 그렇지만……."

　"후후, 네가 심심한가 보구나?"

　소호 공주는 하루 종일 자신의 옆에 있으면서 심심해하는 시녀의 모습에 고개를 끄덕여 보였다. 그런 후 시간은 충분하니 시녀에게 하고 싶은 말이 있으면 들어주겠다고 하며 천천히 연못가에 쪼그리고 앉았다.

　"호호호, 공주님께서 그렇게 나오실 줄 알고 있었습니다. 공주님께서도 그분에 대해서 궁금해하실 줄 알고 있었습니다."

　"그러냐? 후후, 아까 동 대장이 그 사람을 가리켜 임 도독이라 하던데……?"

　"예, 맞습니다. 그 누가 있어 황제 폐하께서 직접 납시는 것도 모자라 내의원을 동원해 내의부로 옮기겠습니까? 현재 황궁에서 황태후(皇太后) 폐하를 제외하고 그 정도의 대우를 받으실 분은 딱 한 분밖에 없습니다. 바로! 철혈패군 임 도독님이지요."

　"철혈패군 임 도독? 그렇다면……?"

　"예, 지금 황제 폐하의 전폭적인 지원을 받으며 대신들의 자제 분들을 훈련시키고 있는 철혈금부의 도독님 말입니다. 아마도 간밤에 있었던 폭음 때문에 큰 부상을 당하신 것으로 추정하는 사람들이 많은데, 내의부 의원들의 말로는 상태가 굉장히 안 좋다고 합니다. 언제 숨이 끊어질지 모른다는 말이 나올 정도랍니다."

　"음… 그렇구나……."

　'그 사람이 철혈패군이었구나, 그 사람이었어…….'

　소호 공주는 몇 달 전에 선혜 공주에게 들었던 한 사람에 대한 기억을 더듬어보았다. 겉으로 내색을 하지 않았지만, 당시 선혜 공주의 말을 들으면서 놀랍기도 했지만 속이 시원했었던 적이 있었기에 기억에서 지워지지 않는 이름이었다.

　'후, 우습구나. 당시 선혜의 말을 들으면서 숙부의 명조차 거역할 수 있는 배짱과 힘이 부러워 어떤 사람인지 궁금하기도 했는데, 막상 만나 보니 그 사람도 여느 사람들과 똑같구나. 아니, 어쩌면 더욱 초라해 보였다. 아무리 지금 숙부가 그의 말을 들어주며 허물을 묻지 않고 아긴다 할지라도, 어차피 황실에선 이방인에 지나지 않으니 후엔 지금의 내 처지와 다르지 않을 것이다. 그도 그러한 것을 알고 있겠지.'

　소호 공주는 시녀의 말을 들으면서 왠지 모를 안타까움과 동정심이 들었다. 비록 단 한 번의 짧은 만남이었지만, 자신이 숙부를 황제가 아닌 주군이란 말로 호칭했을 때 보인 호열의 눈빛이 자꾸만 머리 속을 맴돌며 떠나지 않았다. 왠지 모를 그리움과 우수의 눈빛이 자신을 보는 것만 같았기 때문이다.

제가 소임을 다 한 것이옵니까?

◆ 제4장   제가 소임을 다 한 것이옵니까?

하늘을 찌를 듯한 기세로 곧게 뻗어 있는 산봉우리들이 즐비하여, 가히 신선이 아니면 살 수 없을 것만 같아 신성시되는 산.

바로 무당산의 자소봉.

소림사와 함께 백도무림을 영도하는 양대 산맥 중 최고의 지위를 차지하고 있는 무당파가 자리 잡고 있는 무당산의 한 봉우리로서, 현재 삼풍진인이 은거해 있다 알려지고 있는 봉우리였다.

또한 세상이 낮인지 밤인지 구분할 수 없을 정도로 자소봉의 정상은 구름으로 인해 세상과 단절되어 있었다. 세상에 그 뿌리가 뻗어 있지만, 너무나 높아 구름이 지나가는 것을 생생하게 내려다볼 수 있을 정도로 봉우리의 정상은 사람들의 발길이 전무한 곳이었다.

그러나 지금 자소봉의 정상을 향해 십여 장씩을 도약하며 오르는 그림자가 있었다. 한낮에도 오르기가 힘든 산행인데, 자시가 가까워지는 한밤중에 자소봉의 정상을 향해 오르고 있는 것이다.

"진인, 자소봉입니다. 이제 다 왔으니 정신을 차리십시오."

"음… 고생이 많으셨습니다."

"고생이라니요, 당치 않습니다. 그나저나 몸은 어떠십니까?"

"그 아이의 기운이… 음, 너무 패도적이더군요. 간신히 진정시키고 있지만, 허허… 얼마 버티지 못할 것 같습니다. 무량수불……."

"음……."

혜정 대사는 삼풍진인의 말을 듣고는 노안에 눈물이 고이는 것을 억지로 참았다. 아무리 높고 고강한 무공과 정심한 심정을 지닌 고수라 해도, 혜정 대사 역시 인간이 지닌 감정을 모두 털어버리지 못하였기에 오랜 지우(知友)의 말에 노안이 붉어진 것이다.

"허허, 대사 역시 나이를 속이지는 못하는가 봅니다."

"그러게 말입니다. 아직 불심이 모자란 것인지, 아니면 세상 사람들 말처럼 늙으면 눈물만 많아진다고 해서 그런 것인지 눈에 눈물이 고입니다. 아미타불……."

"너무 자책하지 마시지요. 이미 세상에 미련이 없을 정도로 오래 살았습니다."

"아닙니다. 진인께서 우화등선하실 수 있는 기회를 빼앗았습니다. 그것도 모자라 이렇게……."

"그런 말씀 마십시오. 모두 하늘의 뜻이고 허황도군의 뜻입니다. 그때 대사께서 오지 않으셨어도 결과는 마찬가지였습니다. 저 또한 그 아이의 기운을 느끼고 있었기에 대사께서 찾아오지 않으셨어도 우화등선하기 전에 찾아갔을 것입니다. 만약 그렇게 되었다면 결과는 더욱 예측할 수 없었겠지요. 그러니 대사께서 저를 살리셨다고 할 수 있습니다.”

“아, 아미타불······.”

애써 자신을 위로하는 삼풍진인의 자상함에 절로 고개가 숙여지는
혜정 대사였다.

“대사, 저를… 저를 단상에 정좌할 수 있도록 도와주십시오.”

“옛? 지금 움직이시면 아니 됩니다. 내상이 심해 자칫 잘못 움직이
면 화가······.”

“무량수불, 대사… 걱정하지 않으셔도 됩니다. 대사의 도움으로 아
직 움직일 수 있는 여력이 남아 있습니다. 그리고 훗날 제자들이 이곳
을 찾았을 때 제가 이런 모습으로 누워 있는 것을 발견하게 하고 싶지
않습니다. 그러니 도와주십시오.”

“음… 아미타불, 알았습니다. 그렇게 하겠습니다.”

삼풍진인의 부탁대로 혜정 대사는 동굴 안쪽에 위치한 단좌에 삼풍
진인이 정좌할 수 있도록 도와주었다.

“허허, 누워 있는 것보다 정좌해 있는 것이 훨씬 편합니다그려······.”

“아미타불······.”

“휴~ 그나저나 그 아이 때문에 걱정입니다. 세월이 지나면서 우담
화의 정기가 마기를 파괴시킬 수 있다 하더라도, 그 아이가 지닌 패도
적인 기운은 어찌할 수 없을 것입니다. 비록 시간을 벌어놓기는 하였
지만 임시방편에 지나지 않습니다. 음… 아마도 훗날 몸을 추스를 수
있게 된다면 우리에게 복수하려고 할 것이 분명합니다.”

“그렇겠지요. 그 아이는 분명 그러고도 남을 것입니다. 아니, 어쩌
면 빈승이나 진인에게 복수하는 것으로 끝나는 것이 아니라 무림 전체
에 칼날을 들이댈지도 모르지요. 아미타불······.”

“허허, 아마도 그렇겠지요. 그 아이가 우리들의 정체를 알게 된다면 분명 그렇게 할 것입니다. 자신을 위기로 몰아넣은 것을 우리의 뜻이 아닌 무림 전체의 뜻으로 생각할 것이 분명하니까요. 그러니 대사께선 훗날의 일을 대비하셔야 할 것입니다. 어쩌면 혁 도우보다 더욱 큰 위험이 될지도 모르기 때문입니다.”

“아미타불, 그럴지도 모르지요. 황궁의 힘을 등에 업고 있으니, 어쩌면 무림의 사활(死活)이 걸린 혈투가 일어날지도…….”

삼풍진인과 혜정 대사는 호열에 의해 벌어지게 될지도 모를 훗날의 혈투를 떠올려 보았다. 너무나도 끔찍한 일들이 눈앞에 아른거렸다. 수십만에 이르는 황병들의 창칼에 쓰러지는 무림동도들의 모습이 보이는가 하면, 수많은 세월 동안 꿋꿋하게 버티며 무림을 영도해 온 자신들의 방파가 화염에 휩싸이는 모습도 보였다.

“음… 그러한 일이 일어나게 할 수는 없습니다. 꼭 막아야 할 것입니다.”

“그렇습니다, 대사. 그 아이가 황궁의 힘을 동원할 수 없도록 막아야만 할 것입니다. 그러기 위해선 대사께서, 크으… 대사께서 황궁으로 들어가셔야 할 것입니다. 음…….”

“황궁으로……? 진인, 그 무슨 말씀이신지……?”

“호, 호랑이를 잡기 위해선 호랑이 굴로 들어가라는 말이 있지 않습니까? 그 아이가 황궁의 도움을 받지 못하도록 하려면, 화… 황제를 설득하는 것은 물론 입지 또한 약화시켜야만 할 것입니다. 그, 그 길만이 무림과 황궁과의 마찰이 일어나지 않도록 하는 방법입니다. 혁, 혁…….”

“음…….”

　“또, 또한 최악의 경우를 대비하여 그 아이를 상대할 수 있는, 음… 혁 도우와 독고 도우에게 그 아이에 관해 알려야 할 것입니다. 헉, 헉…….”

　“진인, 그들은 우리와…….”

　혜정 대사는 힘겹게 말하는 삼풍진인의 조언에 고개를 가로저었다. 삼풍진인의 말대로 혜정 대사가 두 명의 도움을 바란다는 것, 그것은 현재로서는 도저히 가망성이 없는 불가능한 일이었기 때문이다. 예전 한때는 둘도 없는 지우들이었으나, 지금은 서로 등을 돌린 것도 모자라 상쟁 관계에 있는 사람들이었기 때문이다.

　삼풍진인은 고뇌에 빠져 있는 혜정 대사가 안쓰럽게 느껴졌다. 그러나 점점 숨이 가빠오고 있는 것을 느끼며, 세상에 자신이 하줄 수 있는 것이 더 이상 없다는 것을 깨닫고는 처량한 마음이 들었다. 절로 한숨이 나오는 것을 어찌하지 못했다.

　하지만 이대로 혜정 대사가 자괴감에 빠지는 것을 보고 있을 수만은 없었다. 무슨 말을 하더라도 혼자 그 무거운 짐을 짊어지게 할 수가 없었기 때문이다.

　“대, 대사… 그 아이의 실력을 과소평가하지 마십시오. 헉, 헉… 그날 그 아이는 자신의 실력을 모두 발휘하지 못했습니다. 하지만 다음에 대면하게 된다면, 으… 그, 그런 상황은 없을 것입니다. 그런 꿈과 같은 상황을 기대한다는 것 자체가 어, 어불성설이지요. 더구나 그 아이의 무공원류를 알지 못하면 그 누구도 일 대 일로 상대할 수 없을 것입니다. 음… 제 말, 무슨 뜻인지 아시겠지요? 무량수불…….”

　“음… 진인의 말씀, 깊이 되새기도록 하겠습니다. 그들을 만나보도록 하겠습니다. 그러니 몸을 생각하셔서 말씀을 아끼십시오. 계속 심기를 상하시면 몸에 좋지 않습니다."

"허허, 어차피 죽으면 썩을 것을……"

"진인, 더 이상은 그 아이에 관해 근심하지 마십시오. 제가 머리를 땅에 박는 일이 있더라도 그들을 만나 도움을 청해보겠습니다. 음……"

'진인… 하지만 그들이 쉽게 도와주지는 않을 것입니다. 혁 시주와 독고 시주는… 제게 원한이 사무쳐 있는 상태이니 도움을 바란다는 것은… 아미타불, 이러할 때 현원 시주가 살아 있었으면 큰 도움이 되었을 텐데, 아무리 원나라의 가신이었다는 것이 만천하에 알려졌고 현원 세가가 고립무원에 놓였다고 하더라도 목숨까지 끊을 필요는 없었는데… 아~ 이 죄악을 어이 하면 좋다는 말입니까? 석가세존이시여……'

혜정 대사는 힘겹게 숨을 고르고 있는 삼풍진인의 모습을 보면서 시간이 얼마 남지 않았다는 것을 느낄 수 있었다. 또한 어린 시절 함께 소림사에 몸담았던 그때부터 알고 지냈던 오랜 지기의 안타까운 죽음을 바라본다는 것이 너무나 힘이 들었다.

"대사, 그런 표정 짓지 마십시오. 혁, 혁… 도교에 심취했던 지난 백 칠십여 년의 세월, 지금 생각해 보니 꿈만 같았습니다. 마, 많은 우여곡절이 있었고 즐거웠던 일들도 참 많았습니다. 하지만 그것이 모두, 으… 모두 무림이 있었기에 가능했던 일입니다. 그러니……"

"진인……"

"혁, 혁… 잘 알고 있습니다. 아, 아마도 허억, 쉬… 쉽지 않겠지요. 음… 후~ 그러나 대사, 그들에게 그 아이에 관해 알려주는 것만으로도 훗날을 대비할 수 있을 것입니다. 그들도 역시 무림을 사랑하는 무림인이니까요. 그러니… 그것만으로도 대사께서는 최선을 다하시는 것입니다. 무량수불…….”

“아미타불…….”

흐릿하게 풀려가던 삼풍진인의 눈동자에 순간 번쩍이는 정광이 어리며 손에 힘이 들어갔다. 하지만 혜정 대사는 그러한 현상이 무엇을 뜻하는 것인지 잘 알고 있었다.

회광반조(廻光返照).

지금 삼풍진인은 길고 길었던 백구십 세월을 마감하는 삶의 마지막 기점에 이른 것이었다.

“대사… 아마 일 대 일로 그 아이를 상대할 수 있는 사람은 혁무량, 혁 도우뿐일 것입니다. 혁 도우가 자신의 예언대로 깨달음을 얻었다면 말이지요. 그러니 부디… 흐억, 으… 혁 도우를 찾아가 도움을… 음…….”

‘허황도군이시여, 제가 소임을 다 한 것입니까? 그렇습니까? 무량수불…….’

“지, 진인! 정신을… 이런! 진… 인…….”

한 시대를 풍미했던 거성(巨星)이 떨어졌다.

삼풍진인 장삼봉(張三峯).

원나라의 횡포에 당당히 맞서 싸웠으며 소림사와 함께 명성을 떨치고 있는 도교의 한 문파인 무당파의 개파조사(開派祖師)로서, 삼성이마 중 항상 천마 혁무량과 함께 사람들의 입에 거론되며 백도무림의 영도자로서 한자리를 굳건히 지켜온 거목이 쓸쓸하고도 처량하게 생을 마감한 것이다.

흑백양도 가릴 것 없이 숭상하며 따르는 수많은 무림인들과 제자들이 있었지만, 그 누구 하나 삼풍진인의 마지막 가는 길을 지켜볼 수 없었다. 하늘의 제왕이라는 독수리조차 쉽게 오를 수 없는 무당산 자소봉의 한 동굴, 평생을 살면서 함께해 온 오랜 지우 혜정 대사만이 쓸쓸하게 삼풍진인의 마지막 모습을 지켜보았을 뿐이었다.

혜정 대사는 삼풍진인이 숨을 거두기 전 마지막 모습 그대로 놔두었다. 그 어떠한 것 하나 손을 댈 수가 없었다. 너무나도 숭고한 모습, 삼풍진인은 마지막까지 정좌를 풀지 않고 조용히 숨을 거둔 것이었다.

혜정 대사는 두 시진가량 불경을 외우며 삼풍진인의 넋을 위로해 주었다.

"아미타불… 진인, 진인께선 지금까지 살아오면서 그 소임을 다하셨습니다. 그것은 어느 누구도 부인할 수 없는 진실입니다. 그러니 부디 극락으로 영도되시길 바랍니다. 아미타불."

'휴~ 그나저나 정녕 황궁에 들어가야 한다는 말인가? 지금 황궁에 들어간다면 얼마 지나지 않아 그 아이에게 걸려들 것이 분명한데… 어찌하면 좋다는 말인가……? 진인의 말씀대로 호랑이를 잡으려면 그 방법밖에는 없는데… 그래, 어차피 상황이 좋지 않게 되었는데 무엇을 더 망설인단 말인가! 우선은 만나보아야 할 사람들을 찾아 나서는 것이 좋겠다. 그래야 황궁에서 내가 잘못되더라도 훗날을 기약할 수 있을 것이니……'

혜정 대사는 삼풍진인을 향해 길게 읍을 한 후 자소봉을 내려갔다. 세상의 모든 근심을 훌훌 털어버리고 한가롭게 오고 갔던 날들이 주마등처럼 혜정 대사의 뇌리에 스쳐 갔고, 삼풍진인과 함께 한 동이 곡차에 인생을 담아내던 옛 기억들이 생생하게 기억이 났다. 하지만 지금부터는 그 무엇보다 중대한 일을 하기 위해 힘껏 박차 오르며 하늘로

도약을 했다.

그렇게….

혜정 대사는 황궁과 무림의 안녕(安寧)이라는 무거운 짐을 두 어깨에 짊어진 것이다. 어쩌면 지금까지 살아오면서 느꼈던 삶의 무게보다 몇 배나 무거운 짐을…….

이제 혜정 대사는 더 이상 삼풍진인을 보기 위해 자소봉에 오르는 일이 없을 것이다. 더 이상은…….

혜정 대사가 자소봉을 완전히 내려간 후 일각이 지났다. 일각이 지나지 않아 새벽을 알리는 닭의 울음소리가 울리며 세상을 깨울 것이다. 또한, 자소봉의 아침도 시작될 것이다.

그러나 자소봉의 아침은 생각보다 일찍 다가왔다. 자소봉 밑 세상은 아직 새벽 어둠이 모두 걷히지 않았는데, 자소봉 정상엔 어둠이 사라지고 있는 것이다. 아니, 천공에서 시작된 황금빛 서기가 자소봉 정상을 관통하며 삼풍진인이 정좌해 있는 곳까지 이르렀다. 마치 삼풍진인의 안타까운 죽음을 달래주기 위해 영혼을 깨우듯, 그렇게 서기는 점점 짙어져만 갔다.

'허황도군이시여, 제가… 제가 소임을 다 한 것이옵니까? 그렇습니까?'

'그대의 결정과 용기에 찬사를 보내노라. 분명 힘든 결정이었는데, 그대는 그것을 충실하게 해내었다. 그대의 도심(道心)이 세상을 구원하는 도성(道聖)이로다.'

'무량수불… 아닙니다. 어찌 저만의 영달을 위해 세상의 번민(煩悶)과 고통을 방관하겠습니까? 비록 제가 우담화의 정기를 잃어 우화등선할 수 없다 하더라도, 그것이 세상을 어지럽힐 마기를 파괴할 수 있다면 기꺼이 내놓아야 마땅했습니다. 지금도 제 결정에 후회는 없습니다. 하지만 그 아이의 능력을 완전하게 소멸시키지 못한 것이…….'

'허허, 앞으로 그 아이에 관한 일은 그대나 우리의 소관이 아니니 자책하지 않아도 된다. 그대는 최선을 다하였고, 또한 우리의 기대를 저버리지 않았다. 그것만으로도 그대는 자신의 소임을 다하였다. 그대의 자애함으로 세상이 평안해질 것이다.'

'음……'

'비록 우담화의 정기로도 그 아이의 능력을 감소시키지 못한다 할지라도, 마기의 유출로 인해 세상이 어지러워지는 것은 막을 수 있게 되었다. 유구한 세월과 함께 잉태된 마기를 소멸시킬 수 있게 되었다는 것만으로도 세상은 그대의 희생에 감복할 것이다.'

'아닙니다. 제가 해야할 일을 했을 뿐입니다.'

'허허허, 세상이 감복할 도심이로다.'

'……'

'음… 무엇보다 이번의 일로 인해 그 아이 역시 마기의 위험성을 새롭게 인식하게 될 것이다. 우린 그것을 바랐고, 그대는 그것을 충실하게 해주었다. 그에 그대에게 길을 열어줄 수 있게 되었다.'

'……?'

'허허허, 그대의 용기와 도심에 감명을 받은 여러 지우들이 그대가 우화등선할 수 있는 길을 열어주었노라. 특히, 이번의 일을 주관했던 세 명의 지우들은 그대에 대한 고마움을 대신하여 우화등선할 수 있도록 그대에게 힘을 줄 것이다. 그러니 망설이지 말고 어서 오르라…….'

'아…….'

삼풍진인의 전신을 감싼 서기가 그 농도를 더하는가 싶더니, 천공에서 세 줄기 빛이 소용돌이를 치면서 삼풍진인을 향해 쏟아져 내렸다. 거대한 힘을 내포하고 있는 세 줄기 빛은 순식간에 삼풍진인의 정수부터 감싸 돌기 시작했다.

또한 시간이 지나면서 삼풍진인의 모습이 점점 희미해졌다. 세 줄기 서기가 진인의 육체를 완전하게 감추어 버린 것이다.

삼풍진인의 모습이 서기에 의해 동굴에서 완전히 자취를 감추어 버린 한순간, 자소봉을 밝히던 황금빛 서기가 순식간에 사라져 버리면서 언제 그랬냐는 듯 동굴 안은 어둠의 정적만이 자리했다. 황금빛 서기도 없었고 회오리를 치던 세 줄기 빛도 사라져 버린 것이다. 다만 단상에 정좌하고 있는 삼풍진인의 모습이 희미하게 보일 뿐이었다.

그렇게 일 다경이 지날 무렵, 동쪽 하늘을 뚫고 찬란한 태양이 그 모습을 드러내기 시작했다. 길고 길었던 세상의 어둠을 몰아내듯이, 햇빛은 자소봉 동굴 안까지 비쳤다.

동굴 가장 깊은 곳에 위치해 있는 단상에 정좌하고 있는 삼풍진인.

햇빛이 점점 동굴 깊숙한 곳까지 파고들면서 어둠 속에 가려져 있던 삼풍진인의 모습이 서서히 드러났다. 평소와 다름없이 곧은 자세로 정좌하고 있는 모습이 보였으며, 의복은 하늘의 빛깔을 담아놓은 듯 고운 자태를 뽐냈다. 하지만 무엇보다 눈에 띄는 것은, 삼풍진인의 편안한 얼굴이었다. 세상의 모든 근심을 훌훌 털어버리고 우화등선을 한 신선처럼, 삼풍진인은 편안한 모습으로 자소봉 정상에서 세상을 굽어보고 있었다.

제 5 장

지금부터는 내가 직접 움직여야겠구나

◆ 제5장 지금부터는 내가 직접 움직여야겠구나

　시간은 흐르는 유수(流水)와도 같다는 말이 실감날 정도로 빠르게 흘렀다. 호열이 부상을 당하여 내의부에서 치료를 받은 지 벌써 열 달이 훌쩍 지나 보름 후면 대명제국의 삼대 명절인 중추절(仲秋節)이었다.

　중추절.

　봄에 뿌린 곡식들을 거둬들이면서 풍년에 감사하는 날로서, 석가모니의 탄생일을 축복하는 관등절(觀燈節)과 일 년 중에 양기가 가장 성한 날이라 하여 예로부터 가장 큰 명절 가운데 하나인 중양절(重陽節)과 함께 한인(漢人)들의 삼대 명절 중 하나였다.

　"도독님, 오늘은 어떠십니까?"

　"네 덕분에 많이 좋아진 것 같다. 어제는 일각 정도 걸음을 옮길 정도였으니 조금씩 나아지겠지. 그동안 나 때문에 애 많이 썼다."

　"별말씀을 다 하십니다. 내의부에 오셨을 때만 하더라도 모두들 가망성이 없다 하였는데, 이 정도까지 쾌차하신 것은 모두 도독님의 체력이 강성했기 때문입니다. 그러니 얼른 회복되십시오."

"하하, 알았다. 내 너의 성의에 보답하기 위해서라도 얼른 자리를 박차고 일어나야겠구나."

"그러시면 더욱 좋고요. 그럼 건강 조심하시고 내일 아침에 뵙겠습니다."

"그래, 알았다."

'그거참… 보면 볼수록 귀엽구만. 아니… 영리해 보인다고 해야 하나……?'

어린아이였다. 아니, 어린아이라고 칭하기보다는 소년이라 불려야 할 정도로 나이가 어린 소년이었다. 하지만 소년은 권력이 무엇인지 돈이 무엇인지 어떻게 살아야 하는지 등 세상 물정을 너무나 잘 알고 있었다. 그러나 소년은 자신의 삶에 충실했다. 세상 물정 모르던 어린 시절 부모를 일찍 여의고 고아로 떠돌아 다녔던 경험이 있어서 그런지, 누구의 도움 없이 황궁에서 살아남기 위해 다른 사람들보다 더욱 더 열심히 땀을 흘렸던 것이다.

그러나 소년이 내의부에서 하는 일은 보잘것없었다. 소년은 내의부의 모든 허드렛일을 도맡아서 하고 있었던 것이다. 그러나 소년의 얼굴에선 항상 웃음이 떠나지 않았다. 아무리 고단하고 힘든 일을 해도, 환자의 방을 청소할 때나 환관들이 자신들의 일을 대신 시켜도 웃으며 그 일을 했다. 비록 소년이 힘이 없어 당하는 것이었지만, 소년은 아무런 불평불만이나 가식없이 그들의 일을 대신해 주었다. 아무런 힘이 없는 소년은 웃음으로 당당히 세상과 맞섰던 것이다.

내의부의 의관들이나 시녀, 하다못해 환관들이나 내의부에서 소년처럼 허드렛일을 하는 일꾼들도 처음엔 자신들의 요구를 아무런 불평이나 불만 없이 들어주는 소년을 무시했었다. 하지만 시간이 지나고 소년이 열심히 일하는 모습을 지켜보면서 내의부의 많은 사람들에게 귀여움을 받게 되었다. 소년의 행동이 아무런 사심 없이 다른 사람들을 먼저 생각하고 배려해 주는 모습으로 다른 사람들의 눈에 비쳤던 것이다. 비록 그것이 어쩔 수 없이 행해진 것이라 하더라도 조금씩 소년의 처지를 이해하며 서로 배려하는 마음이 형성된 것이다.

호열은 소년이 자신이 기거하는 방을 청소한 후 밝은 미소와 함께 인사를 하며 밖으로 나가자 자신도 모르게 얼굴에 미소가 지어졌다. 아직 나이를 물어보지 않아서 정확히 몇 살이고 이름은 무엇인지 모르지만, 대략 열다섯 정도 되어 보이는 소년이었는데 성격이 활달하고 붙임성이 많아 귀엽다는 생각이 들었다.

"그나저나 잠깐 눈을 붙였다 뜬 것 같은데 내가 내의부에 열 달이나 누워 있었다니, 음… 그동안 별다른 일은 없었는지 궁금하구나."

"도독님, 무엇이 궁금하십니까?"

"응? 아~ 이게 누군가? 추 총관이 아닌가?"

"예, 삼 일 전에 정신을 차리셨다는 말을 들었는데 지금에서야 오게 되었습니다."

"아니네, 이렇게 와준 것만도 고맙네. 그렇지 않아도 철혈금부로 사람을 보낼 생각이었는데……."

"그러셨습니까? 사실 조 무장을 통해 어제 걸음을 옮기실 수 있을 정도로 상태가 호전되었다는 전갈을 듣고 온 것입니다."

"조 무장이……?"

"주군, 쾌차하셔서 다행입니다."

"응? 오~ 조 무장도 왔는가? 하하하… 이렇게 얼굴을 보니 반갑구만. 그래… 그동안 잘 있었는가?"

"예, 처음에 주군께서 부상을 당하셨다는 소식을 들었을 때를 빼고는 추 총관님 덕분에 그럭저럭 잘 지냈습니다."

"하하, 그래……?"

처음 대면했을 때만 하더라도 서로 말을 아끼던 사이였는데, 열 달이란 시간이 그렇게 만든 것인지 아니면 어떤 계기가 있었는지 상당히 친숙하게 보였다. 그에 호열은 조 무장의 말을 들으면서 슬며시 추 총관을 바라보았다. 어떻게 된 일인지 넌지시 물어본 것이었다.

추 총관은 호열의 눈빛이 무엇을 말하는 것인지 금방 알아차릴 수 있었다. 이미 호열이 행동 하나하나에 어떠한 의미를 담고 있는지 알아볼 수 있을 정도였기 때문이다.

"도독님, 조 무장은 도독님이 내의부에 들어오신 그날부터 지금까지 밤낮으로 곁에 있으면서 호위를 자청했습니다. 식사를 할 때도 말입니다. 하하, 그런 조 무장의 충심에 제가 감명을 받았습니다. 어찌 상관을 충심으로 따르는 자를 소홀히 대하겠습니까."

"그런 일이 있었구만. 음… 조 무장이 나 때문에 그동안 많은 고생을 했구만. 정말 고맙네."

"아닙니다. 추 총관께서 쓸데없는 말씀을 하셨습니다. 저는 당연히 제가 해야 할 도리를 다했을 뿐입니다."

"흠흠, 여하튼 고맙네. 내가 아무런 탈 없이 깨어난 것이 모두 자네의 공이구먼. 하하하… 참, 그나저나 내가 자리를 비운 사이 철혈금부엔 아무 일도 없었는가?"

호열은 조 무장의 충심을 고맙게 받아들였다. 자신을 위해 아낌없는 충심을 보여준 조 무장에 대한 예우로서 충복으로 인정을 해준 것이다.

"예, 대원들을 훈련시키는 것 말고는 철혈금부엔 아무 일도 없었습니다. 다만… 도독님의 부상으로 황궁이 예전보다 더욱 바쁘게 움직이고 있지만요."

"응? 내 부상으로……? 그게 무슨 말인가?"

"그렇습니다. 열 달 전, 황제 폐하께선 도독님이 큰 부상을 당하신 것에 충격을 받으셨는지 오군도독부와 지방의 병사들을 동원하여 도독님과 혈투를 벌였던 무림인들을 찾으라고 조 대도독과 초 제독에 명하신 후 일주일가량 국정을 전폐하신 일이 있었습니다. 그 후 황제 폐하께선 국정을 재정비하기 시작하셨습니다. 모두 세 가지라 할 수 있는데… 하나는 삼보태감을 주축으로 대규모의 남방 원정을 준비하시는 것이었고, 두 번째는 북쪽으로 물러났던 원나라의 잔존 세력 중 가장 큰 세력인 타타르 국과 오이라트 국을 치기 위해 병사들을 맹훈련시키는 것이었습니다. 그리고 마지막으로 세 번째는 선혜 공주님께서 훈련시키고 있는 금위등룡부(禁衛騰龍府)에 상당한 힘을 실어주고 계신 것입니다."

"음… 내가 누워 있는 사이 그런 일들이 있었구먼. 그러나 말이야… 나와 싸웠던 자들을 찾는 것은 그렇다고 쳐도, 황제가 병사들을 훈련시키는 것이 꼭 내가 부상을 당했기에 일어난 일이라 볼 수는 없을 것 같은데……?"

호열은 추 총관의 설명을 이해할 수가 없었다. 아니, 의구심이 들었다. 황제가 겨우 신하 한 명의 부상 때문에 충격을 받았다는 것도 그러했고, 그러한 것이 남방이나 북방 원정과 병사들의 훈련에 영향을 주었다는 것도 믿을 수가 없었다.

"도독님 말씀처럼 아무런 상관이 없을 수도 있습니다. 그러나 중요한 것은, 그날 이후로 황제 폐하께서 무공의 위력과 중요성을 실감하셨다는 것입니다. 또한… 이제 도독님께서 쾌차하신 지금, 철혈금부는 물론 도독님 역시 황궁에서 상당히 영향력을 행사하실 수 있을 정도로 신뢰를 받으시게 되었다는 것입니다."

"내가? 하하… 추 총관, 황제가 내게 전폭적인 지지를 해준다고 해도 한시적일 뿐이라네."

"상관없습니다. 철혈금부의 총관으로서 도독님을 보필하는 것이 제 임무니까요. 그리고… 지금까지 몇 분의 상관을 보필해 왔지만, 도독님처럼 부하들에게 인자하며 강인하게 대해주시는 분은 없었습니다. 그러니 앞으로도 충심을 다해 보필할 것입니다."

"하하, 이거 참… 내가 대역죄를 짓는다 해도 말인가……?"

"옛……? 그 무슨……?"

"아니네, 추 총관이 너무 부담을 주기에 내가 장난을 친 것이네. 하하하… 신경 쓰지 말게. 그리고… 충심을 다해 보필하겠다는 말, 정말 고맙네. 고마워……."

호열은 추 총관의 어깨를 몇 번 두드려 주고는 서 있는 것이 힘에 겨운지 침상에 걸터앉았다.

"그나저나 보름 후면 중추절이라고? 내가 오래 누워 있기는 했나 보구먼."

"예, 철혈금부 대원들 모두 도독님께서 쾌차하시기를 바라고 있습니다. 그러니 도독님께선 몸조리를 잘 하시고 건강에만 신경 쓰십시오. 그래야 이 답답한 내의부에서 나오실 수 있을 정도로 호전될 것이 아닙니까."

"고맙구만, 고마워……."

호열은 천천히 침상에 몸을 뉘었다. 오랜만에 몸을 움직이며 신경을 썼더니 몸이 고단했던 것이다.

"도독님, 오랜만에 움직이셔서 피곤하실 테니 저희들은 이만 나가보겠습니다. 몸조리 잘하셔서 빨리 회복하시길 바랍니다."

"그래, 알았네. 내 몸이 정상으로 돌아오면 철혈금부로 가겠네. 그때 보세나."

"알겠습니다. 그럼 이만……."

"음……."

추 총관과 조 무장이 방에서 나간 후 호열은 천천히 침상에서 일어났다. 비록 부상의 후유증이 모두 치료가 된 것이 아니라 해도 어의심공에 의해 자연 치료가 되고 있었기에 움직이는 데는 아무런 지장이 없었다. 그러나 일부러 힘이 드는 것처럼 한 이유는 자신만의 시간을 가졌으면 하는 마음에서였다. 정신을 차린 후 경황이 없어 상황이 어떻게 돌아가는지 살펴볼 여유가 없었기 때문이다.

"음… 내 몸속에 있는 마기를 찾아왔다고 했는데, 그들은 과연 누구였을까? 그날 조금만 지체했었다면 목숨을 잃었을 것이다. 정말 무서운 자들이었어……."

호열은 병실 안에 마련되어 있는 의자에 몸을 의지하면서 조용히 눈을 감았다. 다시는 생각하고 싶지 않은 악몽이었지만, 자신의 상황을 정확하게 알아야만 했기 때문에 천천히 정리해 보기 위함이었다.

'그래… 그날 난 어의멸이 깨지는 것을 두 눈으로 확인했었어. 그랬었지…….'

"허억! 헉, 헉… 휴~ 음……."

호열은 어의멸이 깨지며 거대한 기운이 몸을 관통하던 당시의 기억에 순간적으로 온몸이 경직되며 전신이 깨질 것 같은 고통이 엄습해오자 정신이 번쩍 들었다.

'후후, 아직까지 그날의 고통이 엄습하다니… 그나저나 정말 대단한 자였다. 그 땡중은 말할 것도 없지만, 그 도인의 기운은 마치 장백산의 삼황(三皇)을 연상시킬 정도로 거대하게 느껴졌었지. 이거 참… 세상이 넓은 것인가, 아니면 무림에 고수가 많은 것인가? 세상에 삼황과 같은 괴물들을 연상시킬 정도의 고수가 또 있었다니…….'

당시 호열은 삼풍진인의 마지막 일격에 어의멸에 균열이 생기기 시작하는 것을 느끼고는, 더 이상 버틸 자신도 없었기에 무엇보다 먼저 처음의 의도대로 어의공을 시전하는 데 온 정신을 모았다. 어차피 죽을 것이라면 마지막 발악이라도 해보자는 심정으로 이를 악물고 어의공을 시전하는 데 모든 의념을 발휘했던 것이다.

하늘의 보은이 있어서일까? 다행히 삼풍진인의 공격은 호열이 어의공을 시전하는 과정에서 일어났기에 죽음만은 벗어날 수 있었다. 아무리 허황도군의 정기와 우담화의 정기가 합쳐진 거대한 기운이라 해도, 공간과 공간을 연결해 주는 순간에 이루어진 공격이라 호열의 목숨을 거두어들일 수 없었던 것이다.

다만 아쉬운 것이라면, 공간과 공간을 이어주는 어의공이 깨지면서 쉽게 치유할 수 없는 상처를 입은 것이다. 다행이라면 호열은 이미 무혈지체의 몸을 지니고 있었다. 무혈지체가 발휘하는 무혈지기의 자연적인 방어 본능에 의해 살아날 수 있었던 것이지, 만약 호열이 무혈지체가 아니었다면 그 자리에서 산산조각이 나는 것도 모자라 한 줌의 먼지로 화했을 것이었다.

또한 설상가상(雪上加霜)으로 후원을 빠져나가기 위해 또 무리하게 어의공을 시전했다. 자신의 의지대로 몸조차 움직일 수 없는 심각한 부상을 당한 상태에서 호열이 무리하게 어의공을 시전하는 바람에 온 몸의 조직들이 파괴되면서 심각한 상황을 만들었다. 비록 그 시도로 인해 혜정 대사의 독수로부터 목숨을 보존할 수 있었지만…….

호열은 자신의 몸 상태를 천천히 점검해 보았다. 머리에서 발끝까지 세밀하게.

"이거 참… 내 몸이 정상으로 돌아오려면 꽤 시간이 걸리겠구만. 정말 대단한 공격이었어. 그나저나 아직도 이 녀석은 사라지지 않고 있었던가……? 정말 끈질긴 녀석이구만."

다행히 몸은 어의심공에 의한 자연 치료로 더 이상 악화되지 않고 있었다. 모든 것들이 예전의 자리를 찾기 위해 분주하게 움직이고 있었던 것이다. 그러나 호열의 몸 안에선 지금도 치열한 공방전이 치러지고 있었다.

삼풍진인에 의해 침투된 허황도군과 우담화의 정기가 마기를 파괴하기 위해 안간힘을 쓰고 있는 것이 느껴졌다. 또한 마기는 살아남기 위해 어의심공을 끌어들이며 필사적인 발악을 하고 있었던 것이다.

"후후, 아직도 싸움이 모두 끝난 것이 아니었구나. 그렇겠지… 이 녀석이 사라지지 않는 한, 그들과 나와의 싸움은 끝났다 할 수 없겠지."

호열은 의자에서 일어나 천천히 침상으로 갔다. 지금 자신이 할 수 있는 일이 없었기에 시간이 흐르면서 상황을 두고 볼 수밖에 없다는 판단을 내린 것이다. 아직 자신의 몸조차 쉽게 움직일 수 없는 상황이었기에.

호열은 천천히 잠을 청했다. 우선은 몸을 회복하는 것이 급선무였기에 최대한 휴식을 취하기 위함이었다.

'아직 끝난 것이 아니다. 내 몸이 회복되면, 언젠가는 그날의 빚을 받아내겠다. 꼭……!'

보름이 지났다. 시간이 흐른다는 것은 많은 것을 변하게 만든다. 비록 그것이 짧은 시간일지라도 사람마다 다르게 받아들이는 것이다.

그것은 호열에게도 마찬가지였다. 혼자서는 쉽게 걷지도 못하던 보름 전과는 달리, 이젠 혼자서도 충분히 걸을 수 있을 정도가 되었을 뿐만 아니라 퇴원을 할 수 있을 정도로 병세가 호전된 것이다.

"도독님, 내일 아침엔 퇴실을 하실 수 있다고 수의관장(首醫官長)께서 말씀하셨습니다. 경하(慶賀)드립니다."

"하하, 그러하냐? 하긴, 많이 좋아지긴 했지. 음……."

"예, 내의관들께서도 놀라운 회복력이라고 말씀하시는 걸 들었습니다. 사실 소인이 보기에도 그렇고요."

"그래? 허허, 참! 그러고 보니 아직까지 네 이름도 모르고 있었구나."

"옛? 미천한 소인의 이름을 무엇에……?"

소년은 호열의 갑작스러운 물음에 당황한 듯 동그란 눈을 하며 호열을 바라보았다. 혹시 자신이 무엇인가를 잘못해서 물어보는 것이 아닌지 불안감이 들었기 때문이다.

"하하, 그렇게 볼 것 없다. 열 달 넘게 병간호를 해주었는데 이름도 모른다면 말이 되겠느냐? 그래서 물어보는 것이다."

"아~ 예, 소인의 이름은 길영복(吉榮福)이라 하옵니다. 아직 관령(官令)을 받지 못해 그대로 쓰고 있습니다."

"길영복이라……? 이름은 좋구나. 그런데 관령을 받지 못했다고 했는데, 관령이란 무엇이냐……?"

"예, 소인이 말한 관령이란 환관을 가리키는 것입니다. 사실 제 꿈이 환관이 되는 것이거든요."

"뭐? 환관이 되는 것이 꿈이라고……?"

"예, 그렇습니다. 그리고… 이번에 잘만하면 환관의 명부에 이름을 올릴 수 있을 것 같습니다. 그러면 새로운 이름을 하사받게 됩니다."

"음……."

'허, 정말 희한한 꿈도 다 있구만. 환관이 꿈이라니…….'

호열은 소년의 말에 어이가 없었다. 환관에 대해 좋지 않은 선입관을 지니고 있던 호열이기에 소년의 말은 황당하게 다가왔던 것이다.

"너는 환관이 무엇을 말하는 것인지 알고 있느냐?"

"옛? 그게… 무슨 말씀이신지요?"

"흠흠, 환관이 되는 것이 무엇을 뜻하는 것인지 알고 있느냔 말이다. 그리고! 어찌 사내대장부로 태어나서 환관 따위가 되는 것을 꿈이라고 말한단 말이냐……!"

"아~ 도독님께서 무엇을 말씀하시려고 하는지 알겠습니다. 음… 사실 환관이 된다는 것이 도독님 말씀처럼 사내로서의 일생을 포기하는 일인 줄은 알고 있습니다. 그렇지만… 신분이 보장되고… 출세도 할 수 있고……."

"알았다. 네가 알고 있으면서도 환관이 꿈이라면 더 이상 할 말이 없구나. 꿈이라고 하는데 내가 무슨 말을 하겠느냐!"

"……."

소년은 호열이 화난 표정을 짓자 주눅이 들어 고개를 들 수가 없었다. 딱히 자신이 무엇을 잘못했는지 알 수 없었지만 호열이 역정을 내고 있으니 어쩔 줄 몰라 발만 동동거리며 서 있을 뿐이었다.

호열은 자신의 앞에서 어찌할 줄 몰라 하는 소년의 모습을 가만히 내려다보면서 고개를 가로저었다. 자신의 역정 한마디에 사시나무 떨 듯 주눅이 들어 있는 소년의 모습에서 안타까운 마음이 들었던 것이다.

"길영복이라 했느냐? 음… 출세를 하기 위해 환관이 된다는 것은 내가 생각하기에 별로 좋은 생각이 아닌 것 같구나. 하지만 네 인생이니 내가 관여할 것은 아니겠지. 우선은 지금 네 꿈이 환관이라면 열심히 해보거라. 그리고 환관이 되거든 그 위의 꿈을 꿔보거라. 네가 나중에 어떤 위치에 있을지 모르지만, 훗날 사내로서 환관을 택했던 자신에게 후회가 되지 않도록 말이다. 알겠느냐……?"

"예, 알겠습니다. 도독님 말씀대로 꼭! 그렇게 하겠습니다."

"그래, 알았다. 그럼 나가보거라."

"예……."

호열은 소년이 밖으로 나가자 의자에 등을 기대며 창문을 통해 하늘을 바라보았다. 창문 밖 하늘은 맑고 청명해 보였다.

'휴… 나는 무슨 꿈을 꾸고 있었지? 내가 지금까지 무슨 꿈을 꾸며 살아왔지? 나에게도 꿈이 있었던가……? 음… 한때는 꿈이 있었지. 그러나 지금은… 후후, 그래… 찾아가야겠다. 찾아가 보자. 나도 한번 꿈이란 것을 꿔보자…….'

*　　　*　　　*

중추절.

명나라의 삼대 명절 중 하나로서 추수가 끝나 풍년을 맞이했다는 기쁨을 함께 누리며, 조상의 은덕과 보은에 감사하는 마음으로 정성스럽게 음식들을 올리는 즐거운 명절이다.

"오늘이 중추절이더냐?"

"예, 공주님. 오늘이 중추절입니다. 중추절을 맞이하여 황제 폐하께서 백성들의 노고에 보답한다는 공표를 하시면서 지방의 대신들에게 음식과 술을 하사하셨다 합니다."

"그래? 그러한 일이 있었더냐? 음……."

'숙부가 백성들의 민심을 잡기 위해 국고를 사용하는구나. 하지만 조카를 몰아내며 황위를 찬탈했다는 오명을 쉽게 벗지는 못하리라.'

소호 공주는 천천히 연못으로 걸음을 옮기며 붉은 단풍이 들기 시작하는 나무들을 바라보았다.

'올해도 어김없이 단풍이 들고 있구나. 나는 아직 이곳에 감금을 당해 있건만, 세상은 점점 나와 아우를 잊어가고 있으니… 정녕 세월이란 인간의 힘으로 어찌할 수 없는 것이던가……?

"공주님, 누가 찾아왔는데요."

"응? 나를……?"

소호 공주는 느닷없이 손님이 찾아왔다는 시녀의 말에 뒤로 고개를 돌렸다.

"안녕하셨습니까?"

"누군지……?"

"하하, 역시 기억하지 못하시는군요. 하긴… 작년에 공주님의 도움을 받기는 했지만, 잠깐 동안 머물다 갔었으니 기억 못하시는 것도 당연하지요. 임호열이라 합니다."

"작년? 도움을 받았다고……? 아! 그럼 혹시?"

"맞습니다. 그래도 기억하시는군요. 죄송합니다. 미리 찾아뵈었어야 하는데, 그때는 경황이 없었고 또 부상을 치료하느라 지금에서야 인사를 드리게 되었습니다."

호열은 소호 공주를 향해 정중하게 고개를 숙여 감사함을 표했다. 비록 소호 공주가 전 황제인 건문제의 누이이자 현 황제인 영락제의 조카라는 신분으로 후원에 감시를 받으며 볼모로 감금되어 있는 신분이었지만, 호열은 그러한 것에 개의치 않고 내의부에서 퇴원하는 즉시 소호 공주가 기거하는 후원으로 찾아와 고마움을 전한 것이다.

"음… 그대가 누구인지 알겠군. 그러나 나에게 감사할 것은 없다. 모두 그대가 주군으로 모시고 있는 숙부의 보살핌으로 회복된 것인데 왜 내게 감사를 하는 것인지 모르겠군. 그러니 감사를 하고 싶으면 숙부에게 가봐라."

"하하, 그렇지요. 비록 황제가 저를 통해 목적한 것을 이루어야 하기 때문에 신경을 써주긴 했지만, 미천한 제 목숨을 살려주었으니 황제에게 감사하다고 말해야 하는 것은 당연하겠지요. 그러나 공주님은 아무런 사심 없이 제가 부상당한 것을 안쓰럽게 여겨 도움을 주셨습니다. 그것도 같은 하늘 아래 살고 있는 것조차 용납할 수 없는 황제의 수하였는데 말입니다. 그런데 어찌 오지 않을 수 있겠습니까. 정말 진심으로 감사의 말씀을 전하고자 합니다."

"음……."

상대의 싸늘한 말투에 아랑곳하지 않고 정중히 인사를 하는 호열을 바라보며, 소호 공주는 새삼 자신의 앞에 서 있는 남자에 대한 관심이 일었다. 자신의 생각을 너무나 당연하다는 듯이 세상 밖으로 내뱉을 수 있는 자신감 넘치는 모습이 보기 좋았던 것이다.

"그대는 내가 지금까지 보아왔던 다른 사람들하고는 다른 점이 많구나. 아니, 오히려 그러한 점이 보기 좋았다. 하지만 그대는 오늘 큰 실수를 한 것 같다. 그대도 잘 알 것이다. 내가 누구인지, 그리고 이곳이 어떤 곳인지 말이다. 이 주변엔 나를 감시하기 위해 삼백 명의 비룡군 위사들이 철통같은 감시망을 펼치고 있는 곳이다. 당연히 그대가 한 말들 모두 숙부의 귀에 들어가겠지."

"그럴 것입니다. 저들의 임무가 그런 것이니 당연히 그렇겠지요. 그러나 그런 것들 때문에 은인에게 감사하다는 말조차 못한다면 어찌 살아 있다 할 수 있겠습니까? 그러니 그 문제에 대해선 공주님께서 신경 쓰지 않으셔도 됩니다."

"음······."

'배짱은 대단한 사람이구나. 분명 오늘의 일이 숙부에게 전달될 것은 자명한데, 어찌 저렇게 태평할 수가 있다는 말인가······?'

"그대의 배짱이 마음에 드는구나. 하지만 너무 자신만만해하지 말거라. 네 효용 가치가 사라졌을 때, 숙부는 오늘의 일까지 염두에 둘 것이니 말이다."

"하하하, 잘 알겠습니다. 공주님 말씀 명심하겠습니다. 음··· 그럼 다음에 또 오겠습니다. 오늘 내의부에서 나오는 길이라 아직 금부에 가보지도 못했습니다. 그리고··· 다음에 오게 되면 너무 서운하게 대해 주지 마십시오."

"······."

"아, 안녕히 가십시오."

"하하, 그래··· 너도 잘 있거라. 다음에 또 보자꾸나."

　호열은 시녀의 인사에 애써 웃음을 보인 후, 아직 굳은 얼굴로 자신을 바라보고 있는 소호 공주에게 고개를 숙여 정중하게 인사한 다음 천천히 철혈금부를 향해 걸음을 옮겼다. 주변의 단풍으로 물든 나무들과 함께 걸음걸음마다 여유가 넘쳐흐르는 것이 영락없이 서생의 모습이었다.

　"말씀 하나하나 행동 하나하나 기품이 느껴지는 것이, 정말 멋진 분이십니다. 저런 분이 어찌 그 무시무시한 혈투를 벌였는지 모르겠습니다. 무림인들은 모두 거칠고 천박하다 하던데… 황궁에 들어오시기 전에 무림인이었다는 것이 믿어지지 않습니다."

　"글쎄다. 그가 예전에 무림인이었는지 아닌지는 모르겠지만, 사람을 외관만 보고 평가해서는 그 사람의 진면목을 알 수 없단다. 그러니 향아 너도 사람을 사귈 때 신중하게 사귀어야 한다."

　"호호, 저도 그 정도는 알고 있습니다. 그러니 너무 걱정 마세요."

　조향(調香)은 소호 공주의 말이 무슨 뜻인지 알고 있었기에 자신의 가슴을 두드리며 웃었다. 너무 걱정하지 말라는 것을 익살스럽게 표현한 것이다.

　그동안 조향은 다른 공주의 시녀들과 달리 모시는 공주와 친하게 지내고 있었다. 그것은 모두 소호 공주의 배려가 컸다고 할 수 있었다. 그러나 그러한 이면에는 소호 공주의 감금 생활의 영향이 컸다. 비록 소호 공주가 다른 공주들보다 침착하고 어린 성품을 지닌 것이 한몫했지만, 황궁에 구금되어 생활하고 있었기에 말벗이 없어 붙임성 있는 조향의 활달한 성격을 흔쾌히 받아들였던 것이다.

　하지만 이 모든 것이 소호 공주의 배려 때문만은 아니었다. 처음 조향이 소호 공주의 옆에 머물 때만 하더라도 서로 얼굴을 보는 것조차 거북해했었는데, 어느 날부터 조향이 소호 공주에게 친숙하게 대하면서 서로 마음을 열기 시작한 것이었다.

"훗훗… 알았다. 네가 어련하겠느냐. 그럼 우리도 요기나 하는 것이 어떠하냐? 배가 고프구나."

"알았습니다. 조금만 기다리세요. 금방 차리겠습니다."

조향은 소호 공주의 말에 얼른 부엌으로 달려갔다. 자신 역시 배가 고프던 차에 잘되었다 생각한 것이다.

소호 공주는 조향의 내심을 이미 알고 있었기에 주방으로 뛰어가는 모습을 보면서 입가에 웃음이 어렸다.

'그렇게 배가 고팠더냐? 호호… 그나저나 임호열이라 했던가? 향아의 말대로 겉모습만 보아서는 책이나 읽는 서생의 모습이로구나. 그런데 어디서 숙부의 명에 반박할 수 있는 힘이 나온단 말인가? 그것이 무공의 힘인가……?'

소호 공주는 천천히 자신의 처소로 향했다. 어느새 밥상을 차렸는지, 향아가 어서 오라며 손짓을 해왔기 때문이다.

*　　　*　　　*

내의부에서 퇴원한 후 호열은 며칠 동안 바쁜 나날을 보냈다. 황제를 알현해서 자신의 건강에 관심을 가져 주었던 일에 대하여 감사함을 전해야만 했고, 또한 그 보답으로 철혈금부 대원들을 열심히 훈련시키겠다 다짐도 했다.

호열이 알아서 고개를 숙여 감사를 표현하자, 영락제는 호쾌하게 웃으며 호열을 맞이했다. 비록 호열의 몸이 아직 정상으로 회복되지 않았지만, 영락제는 호열의 반응에 흡족해하면서 대신들을 불러 큰 연회를 열기까지 했다. 또한 호열은 그날 영락제로부터 뜻밖의 선물을 받기까지 했다.

수많은 영약들.

어디서 어떻게 구했는지 알 수 없었지만, 호열은 영락제가 대원들의 훈련에 사용하라고 하사한 영약들을 감사하게 받았다. 비록 자신을 위해 하사하는 것이 아니었지만, 호열은 영락제가 철혈금부와 자신에게 전폭적인 지원을 아끼지 않는 것에 대해 감사하는 마음으로 고맙게 받은 것이다.

그러나 호열을 바쁘게 한 것은 황제의 연회가 끝난 다음날부터 시작되었다. 조 대도독과 초 제독은 물론, 하루에도 대신들이 몇 명씩 찾아와 건강을 물어보며 대화하기를 청하였기 때문이다. 이 모든 일들이 황제인 영락제 때문에 일어난 일이었다. 황제의 신임이 날이 갈수록 더해지자 대신들은 물론 일반 중신들까지 찾아와 인사를 청했던 것이다.

장장 십여 일, 철혈금부에 들어와서도 금부 대원들의 얼굴조차 볼 수 없을 정도로 호열은 바쁜 일상을 보냈다.

"추 총관, 오늘부터는 아무도 내 방에 들이지 말라. 이러다가는 아무 일도 못하겠다."

"하하… 알겠습니다, 도독님."

"그건 그렇고… 전에 내가 말했던 것을 보고해 보게. 그동안 어떤 훈련들을 시키고 있었는가?"

"옛, 그럼 보고드리겠습니다. 우선적으로 말씀드리자면, 금부 대원들의 훈련은 열 달 전이나 지금이나 변함이 없습니다. 다만, 대원들의 훈련량과 각 금군마다 전술 훈련을 시킨 것 정도입니다."

"음… 그럼 무공비급을 가져와 가르치지 않았다는 말이로군. 알았
네, 계속해 보게."

호열은 추 총관에게 계속 보고하라고 손짓을 했다.

"예… 우선 훈련량에 대해 말씀드리겠습니다. 현재 대원들은 묘시
에 기상하여 팔십 리를 뛰는 것으로 시작합니다. 그 후 아침 식사를 하
고 난 후 다시 백 리를 뛰고 한 시진은 정지 자세를 취하는 것으로 오
전 일과를 마칩니다. 점심 식사 후 미시부터 두 시진 동안 각목을 내려
치는 훈련을 시켰으며, 유시부터 술시 초까지 각 금군의 일사불란한 지
휘 체계와 통제 및 움직임을 위해 전술 훈련과 병행하여 각자 부족한
부분을 집중적으로 훈련할 수 있는 시간을 주었습니다."

"음… 그동안 잘했군. 그리고……?"

"옛? 아, 전술 훈련은 제가 담당을 했습니다. 우선 기마술(騎馬術)과
기본적인 진법에 따라 움직이는 훈련을 시켰으며, 지금은 창과 활을 다
루며 백병전을 할 수 있는 전술을 훈련시키고 있습니다."

"잘 알았네. 그럼 각목을 내려치는 것은 어느 정도 성과가 있었는
가?"

"옛? 성과라 하심은……?"

추 총관은 호열의 의중을 알 수가 없었다. 각목을 내려치는 훈련의
성과를 물어보는 것은 알겠는데, 어떠한 성과를 말하라는 것인지 짐작
할 수가 없었던 것이다.

"이거 참……! 현재 오후 훈련은 누가 담당하고 있는가?"

"예, 안형기 교관과 여창남 부관이 훈련을 시키고 있습니다."

"그래? 그럼 그들을 불러오게. 내 그들에게 그동안의 성과를 직접

물어보겠네. 아니지, 밖에 누구 없느냐?"

"옛! 부르셨습니까, 도독님?"

"그래, 너는 어서 가서 안 교관과 여 부관을 불러오너라. 그동안의 훈련에 대해 그들에게 물어볼 것이 있다."

"알겠습니다. 그럼 잠시만 기다리십시오. 빨리 다녀오겠습니다."

일각 정도가 지난 후 호열의 명을 받은 두 명이 집무실에 도착했다. 소식을 전하기가 무섭게 달려온 것이 눈에 보일 정도로 거친 숨을 몰아쉬었다.

"도독님, 부르셨습니까?"

"그래, 내 자네들에게 물어볼 것이 있어 불렀네."

"옛, 말씀하십시오. 저희들이 알고 있는 것이 있다면, 성심을 다해 대답하겠습니다."

"좋아, 그럼 물어보지. 자네들이 대원들의 오후 훈련을 맡아서 한다고 들었는데… 각목을 내려치는 것 말이야. 어떻게 훈련을 시키고 있는가?"

"옛? 그 훈련이라면… 지금은 큰 통나무를 박아놓고 그것을 내려치는 훈련을 시키고 있습니다만……."

"그런가? 그럼 어느 정도 성과가 있었는가?"

"옛? 성과라 하심은……?"

안 교관과 여 부관 역시 호열이 무엇을 물어보는 것인지 정확히 알 수 없다는 표정을 지어 보였다. 그에 두 사람은 옆에 서 있는 추 총관의 표정에서 어떤 단서라도 찾아보고자 하였으나, 추 총관 역시 모른다며 고개를 저어 보였다.

콱!

"이거 참……! 그럼 지금까지 두 사람은 마냥 서 있는 통나무나 내려치자고 각목 훈련을 시켰단 말인가? 하다못해 자신이 내려치고자 하는 곳을 정확히 내려칠 수 있는지, 아니면 얼마나 빠르게 내려칠 수 있는지, 그것도 아니면 빠르게 내려치던 도중 멈출 수 있는지 등등 얼마나 많은 훈련들이 있고 그에 따라 나타나는 성과들이 있는데… 그런데 자네들은 도대체 지금까지 무엇을 훈련시키고 있었다는 말인가!"

호열은 책상을 손바닥으로 내려치며 두 사람을 향해 언성을 높였다. 아무리 자신이 명을 내리지 않았다고 하더라도, 최소한 황제의 명에 의해 창설된 철혈금부의 교관으로 올 정도면 그 정도는 알아서 할 줄 알았는데 그것이 아니었기 때문이다.

'운영이 각목을 내려치는 연습을 할 때 보아서 알았지만, 그 녀석 역시 혼자서 터득하고 스스로 훈련했었는데… 이들은 도대체 무슨 생각을 하고 살았기에 그 정도도 알아서 하지 못한단 말인가? 휴…….'

"도독님, 저희들이 부족하여 거기까지 생각하지 못했습니다. 죽여주십시오."

"죽여주십시오."

"어쩔 수 없지. 자네들만 믿고 신경 쓰지 않은 내 잘못이 크겠지. 음… 오늘은 평소와 같이 훈련시키고, 내일부터는 내가 직접 훈련장에 나가보겠다. 그리고 추 총관은 지금 당장 내의부에 가서 수의관장(首醫官長)을 만나도록 하게. 내 명령을 받고 왔다 하면 아무런 문제 없이 저번에 황제가 준 영약들에 관한 것을 일러줄 것이네. 그럼 오늘은 이만 하고 내일 미시에 보도록 하지."

"알겠습니다. 그럼 편히 쉬십시오."

호열이 피곤하다는 표정을 지으며 손짓으로 나가라는 행동을 취하

자, 추 총관을 비롯하여 안 교관은 죄송스런 표정을 지으며 밖으로 나
갔다.

"휴~ 어쩔 수 없이 지금부터는 내가 직접 움직여야겠구나. 어쩔 수
없지. 지금은 하루라도 빨리 어느 정도 성과를 황제에게 보여줘야 할
테니까… 가뜩이나 지금은 내 몸도 성치 않은 상태라 주의해서 모든
것에 신경을 써야 할 때다. 어서 빨리 마기를 파괴할 수 있는 방법을
찾아봐야 할 텐데……."

제6장

내 결정이 잘못된 것이 아니길……

◆ 제6장　내 결정이 잘못된 것이 아니길…….

추 총관을 비롯해서 남대호 교관과 안형기 교관, 그리고 위마영 부관과 여창남 부관 등 철혈금부의 훈련을 맡고 있는 담당자들의 얼굴엔 긴장감이 어려 있었다. 지금까지 한 번도 없었던 일이었기에 금부 대원들 모두 덩달아 긴장감에 휩싸일 수밖에 없었다.

'오늘 무슨 일이라도 있나? 왜들 얼굴이 굳어 있는 거야?'

"도독님 나오십니다. 모두 정렬해 주십시오."

호열은 조 무장을 대동하여 천천히 단상으로 걸어왔다.

"잘 잤는가? 오늘 날씨가 정말 좋군."

"잘 주무셨습니까? 그렇지 않아도 대원들 모두 도독님이 나오시길 기다리고 있었습니다."

"알았네, 그럼 바로 시작하지."

"옛, 알겠습니다. 흠흠… 대원들 모두 정렬! 오늘은 도독님께서 직접 훈시를 하시겠다. 그러니 모두 도독님의 말씀에 주목하도록!"

"옛! 알겠습니다."

금부 대원들은 호열이 직접 훈시를 한다는 추 총관의 말에 이구동성으로 대답했다. 비록 백 명밖에 안 되는 인원의 목소리였지만, 그 크기는 천 명의 병사들이 대답하는 것처럼 웅장하게 철혈금부의 담장을 두들겼다.

"흠흠, 좋군. 오랜만이다. 정말 오랜만에 이 자리에 서는 것 같다. 너희들의 얼굴을 보는 것도 반갑고, 너희들의 우렁찬 목소리도 반갑다. 그동안 교관들의 지시에 따라 열심히 훈련하고 있었으리라 짐작한다. 내 짐작이 맞는가?"

"……."

"대답이 없군, 대답이 없는 것을 보니 내 짐작이 틀렸다는 말인가? 그런가?"

"아닙니다. 열심히 훈련했습니다!"

"이제야 대답을 하는군. 그런데 열심히 훈련했다……? 그 말, 내가 믿어도 되겠는가?"

"옛! 그렇습니다."

"오~ 그래……."

금부 대원들의 당당한 말을 한 귀로 흘리며, 호열은 천천히 단상을 한 바퀴 돌았다.

"그럼 한번 봐야겠군, 얼마나 훈련을 열심히 했는지 말이야. 부관들은 대원들을 데리고 훈련장으로 집결시켜라! 얼마나 열심히 훈련을 했는지 보겠다."

"옛! 알겠습니다. 너희들은 나를 따라 훈련장으로 가자!"

"옛!"

두 명의 부관을 따라 훈련장으로 향하는 대원들의 뒷모습을 바라보며 호열은 추 총관과 교관들에 가까이 오라 손짓을 했다.

"오늘 자네들은 내가 대원들에게 지시하는 것들이 잘되는지 아닌지 확실하게 적어서 보고를 해야 할 것이네."

"알겠습니다."

"그래, 그리고 추 총관은 내의부에 연락을 했는가? 오늘 의관 열 명 정도 데리고 오라 했었던 것 같은데?"

"예, 아침에 기별을 넣었으니 곧 올 겁니다."

"알았네, 그럼 같이 훈련장으로 가보도록 하지."

백 명의 금부 대원들은 자신의 키보다 큰 육 척 높이의 통나무를 앞에 두고 서 있었다. 호열의 지시가 내려지기를 기다리며 언제든지 각목을 휘두를 수 있는 자세를 취한 상태로 서 있었다.

하지만 아무리 기다려도 호열의 명령이 떨어지지 않았다. 그렇게, 대원들은 반 시진 동안 발검을 위한 자세로 서 있을 수밖에 없었다.

가을의 따뜻한 햇살이 대원들의 온몸을 두드렸다. 비록 아침나절이라 한여름 태양처럼 뜨거운 열기를 품고 있지는 않았지만, 시간이 지나면서 가을 특유의 따가운 기운이 더해졌다. 또한 반 시진이란 시간 동안 머리카락 한 올조차 움직이지 못하고 서 있으려니 하나둘씩 대원들은 오금이 저려오는 것을 느낄 수 있었다.

'제길! 오늘은 훈련이 쉽지 않겠군.'

삼 장도 안 되는 지척에서 대원들의 행동 하나하나를 면밀히 살피는 호열을 보면서 대원들은 진땀을 흘리고 있었다. 또한 다른 날과 달리 정색을 하며 기립해 있는 추 총관이나 다른 교관들의 표정에서 심상치 않은 느낌을 받았기에, 대원들 모두 호열의 눈치를 살피며 훈련에 임했다. 아니, 평소와는 달리 더욱더 신경을 쓰지 않을 수 없었다.

"좋군, 좋아……."

호열은 무엇이 좋다는 것인지 옆에 서 있던 조 무장조차 알아들을 수 없을 정도로 나지막이 속삭이면서 교관들 옆을 지나 대원들 앞으로 걸어갔다. 한 걸음 한 걸음 옮기는 데 얼마나 신중한지, 대원들과 일장 정도 떨어져 있는 곳까지 다다르는 데 무려 일각이란 시간이 걸렸다.

호열은 철혈패왕군 대장 조대호의 앞에 멈추어 섰다. 그런 후 천천히 뒤돌아 서며 조 무장을 향해 가까이 오라 손짓을 했다.

"그럼 자네들이 얼마나 열심히 훈련에 임했는지 알아보겠다. 조 무장은 이리 가까이 오게."

"옛! 알겠습니다."

조 무장이 호열의 명을 받고 앞으로 나오자, 호열은 조 무장과 조대호를 번갈아 본 후 천천히 통나무의 앞에 섰다.

"조 무장, 만약 이 통나무가 적이라면 자네는 어디를 내려칠 것인가? 그리고 대원들은 어떤 곳을 내려쳐야만 할까? 아마도… 이곳이겠지……?"

우뚝 서 있는 통나무를 가리키며, 호열은 위에서부터 비스듬히 아래로 손가락을 내리그었다. 만약 통나무가 사람이라면 적의 심장이 있는 곳을 정확히 내리그을 수 있는 자리였다.

"예, 그렇습니다. 주군께서 내리그으신 곳은 정확히 인간의 심장이 있는 곳입니다."

“그래……? 심장이 있는 곳이라… 그럼 검으로 상대를 찌를 때도 이곳을 찔러야겠구만. 안 그런가?”

“맞습니다. 심장에 검이 박히면 즉사를 면할 수 없기에 가장 강한 공격이라 할 수 있습니다.”

“그럼 되었네. 자네는 대원들 앞에 서 있는 통나무에 방금 내가 손으로 가리켰던 곳에 검상(劍傷)을 만들어주게. 내 말 무슨 뜻인지 알겠는가?”

“알겠습니다. 그럼!”

호열의 명을 받은 조 무장은 조대호 앞에 서 있는 통나무부터 시작해서 다른 대원들 앞에 있는 통나무에 모두 검상을 냈다. 정확히 호열이 손으로 그었거나 찔렀던 자리였다.

대원들은 모두 조 무장이 자신들의 앞에 있는 통나무에 검상을 내는 것을 바라보며, 왜 호열이 이런 일을 하는지 이해할 수 없다는 표정을 지었다.

조 무장이 모든 통나무에 검상을 만들어놓고 호열의 앞으로 돌아오자, 호열은 고개를 끄덕이고는 천천히 교관들이 서 있는 곳으로 걸어갔다.

“이제부터 그대들의 실력을 보겠다. 그동안 훈련을 열심히 했다면 누구나 쉽게 할 수 있을 것이다.”

“…….”

“교관들과 부관들은 모두 대원들 앞으로 가서 살펴보도록 하라. 내가 명을 내리면 한 명씩 검을 내려칠 것이니, 그대들은 목검이 조 무장이 만들어놓은 검상에 정확히 일치하는지 않은지를 살펴도면 된다. 알겠는가?”

"옛! 그렇게 하겠습니다."

호열의 명을 받은 교관들과 부관들 네 명은 가장 앞에 서 있는 조대호 주변에 서며 자신들의 위치를 잡았다. 조대호가 편하게 목검을 휘두를 수 있도록 일정한 거리를 유지한 상태로 관찰할 수 있는 자리를 잡은 것이다.

"좋아, 그럼 철혈패왕군 조대호가 먼저 시작한다. 실시하도록."

"옛! 하앗……! 핫……!"

팟……! 딱!

조대호는 혼신의 힘을 다해 발검을 한 후, 빠르게 목검을 내리그었다가 멈추지 않고 바로 조 무장이 만들어놓은 한 점을 향해 찌르기를 했다. 모두 촌각도 되지 않은 시간에 발검에서부터 목검을 회수할 때까지 깨끗이 마무리된 것이다.

"빨라서 좋군. 그럼 정확도를 볼까? 교관들은 자신들이 본 것을 말해 보라. 안 교관, 어떠했는가?"

"예, 조대호의 발검은 생각보다 빨랐습니다. 또한 내려치는 각도도 좋았습니다. 하지만 마지막 찌르기에서 약간의 오차가 있었습니다."

"그래? 그럼 다른 사람들은……?"

"안 교관이 설명한 그대로입니다. 저도 그렇게 봤습니다."

"저희들도……."

"알았다. 그럼 그것을 기록하고, 다른 대원들도 모두 지금과 같이 실시한 후 보고하도록 하라. 그리고 조금 있다 내의부에서 의관들이 올 것이다. 내가 대원들을 모두 진맥하게 하였으니, 그대들은 의관들이 성실히 일을 수행할 수 있도록 도와주어라. 그들은 앞으로 대원들이 무공을 익힐 수 있도록 하기 위해 각자의 몸 상태를 점검할 것이다. 알았는가?”

“예, 그렇게 하겠습니다.”

“좋아, 교관들과 부관들은 그들을 도와 차질없이 일을 진행할 수 있도록 한 후, 모든 것이 마무리되면 빠짐없이 보고할 수 있도록 하라. 나는 추 총관과 함께 집무실에서 기다리겠다.”

“옛! 알겠습니다.”

호열은 네 명의 교관들과 부관들에게 나머지 일을 시킨 후 추 총관과 조 무장을 대동하고 집무실로 올라갔다.

“추 총관은 어떻게 보았는가? 훈련의 성과가 있었다고 보는가?”

집무실에 들어오자마자 호열은 의자에 앉으며 추 총관을 향해 조대호에 관한 것을 물어보았다.

“예, 비록 조대호가 기본적으로 무술을 할 수 있었다고는 하지만 훈련을 통해 많은 발전이 있었다고 생각합니다. 처음 목검을 들고 훈련을 받았을 때와는 비교도 안 될 정도로 자세가 안정되어 있었습니다.”

“그래? 그럼 조 무장의 생각을 들어보지. 조 무장, 자네는 어떻게 보았는가?”

“음… 제가 처음부터 본 것이 아니라서 뭐라고 말씀드릴 수는 없지만, 지금까지 훈련 과정을 거치면서 대원들 모두 안정된 자세를 보이는 것은 맞는 것 같습니다. 다만 너무 단순화된 훈련의 반복으로 인해 얼마 전부터 대원들의 마음 자세가 흐트러지면서 성장이 멈추었었는데, 오늘을 계기로 대원들이나 교관들 모두 정신 무장을 새롭게 다지는 발판을 만들었다 봅니다.”

“조 무장의 말대로 그렇게 된다면 다행이라 할 수 있겠지. 음… 조

금 있다가 교관들의 보고를 들어보면 정확히 알게 되겠지만, 나도 조대
호의 시범을 보면서 대원들이 무공을 연마할 수 있는 기본적인 자질을
어느 정도 갖추었다고 판단했네. 하지만 아직 멀었어, 아직 갈 길이 멀
다는 말이네. 내 말, 무슨 뜻인지 알겠는가?"

"예, 도독님이 무슨 말씀을 하시는지 알겠습니다. 제가 그동안 너무
안일하게 생활하고 있었습니다. 도독님이 자리에 안 계시는 동안 좀
더 체계적인 훈련을 시켰어야 했는데, 그렇게 하지 못했습니다."

추 총관은 호열의 앞에 무릎을 꿇으며 고개를 숙였다. 호열의 의도
가 무엇인지 어느 정도 짐작을 할 수 있었기에, 그동안 자신의 실수를
인정한 것이다.

"그만 일어나게, 이제부터라도 열심히 하면 되는 것이지. 음… 내가
왜 오늘과 같은 일을 시켰으며 교관들에게 그들을 지켜보라고 했는지,
이미 총관도 짐작하고 있을 것이네. 그렇지 않은가?"

"그렇습니다."

"그럼 말하기 훨씬 좋겠군. 음… 얘기에 앞서 이 말은 하고 싶군. 그
동안 추 총관이 사적으로 나를 많이 생각해 주고 따라주었다는 것을
잘 알고 있네. 하지만 그것은 사적인 일이고, 오늘의 일은 공적인 일이
니 내가 하는 말에 섭섭한 마음을 가지지 않았으면 좋겠네."

"도독님께서 저를 그 정도로 생각해 주시는 것에 감사함을 금할 수
없습니다. 하지만 저도 공적인 일과 사적인 일을 구분해야 한다는 것
을 잘 알고 있습니다. 그러니 고쳐야 할 것이 있으면 말씀하십시오. 모
두 제가 부족하여 생긴 일이니, 도독님의 기대에 부흥할 수 있도록 최
선을 다해 노력하겠습니다."

"추 총관이 그렇게 생각한다니 정말 고맙네. 그럼 말하겠네, 우선 총

관이나 교관들이 실수한 것은 대원들의 심리나 몸 상태를 정확히 파악하지 않고 훈련을 시켰다는 것이네. 인간의 신체는 정말 오묘하여 예측할 수 없지. 이런 비유가 맞을지 모르겠지만, 나는 훈련이란 고통을 주는 고문과도 유사한 점이 있다고 보네. 처음엔 받아들일 수 없을 정도로 힘이 들더라도 시간이 지나면서 조금씩 몸이 그것을 받아들이고 수용하게 되지. 몸이 고통은 물론 모든 것에 익숙해져 가기 때문에 일어나는 현상인데, 그렇기 때문에 훈련을 담당하는 교관들은 대원들의 상태가 어떤지 정확히 파악한 후 새로운 자극을 줄 수 있는 훈련을 시켰어야 했다는 말이네.”

“…….”

“또한, 우리가 대원들을 훈련시키는 진정한 목적을 잊어버린 것이네. 어쩌면 가장 중요한 것일 수도 있는데, 우린 대원들을 황군을 지휘하는 장수나 장군으로 훈련시키는 것이 아니라 무림인으로 훈련시키기 위해 있는 것이네. 또한 그것이 황제의 뜻이기도 하고 나의 목표이기도 하지. 그런데 지금까지 훈련 과정을 보면 그렇다고 할 수 없지. 대원들이 워낙 기초적인 체력이 없어서 그런 훈련을 시킨 것도 있지만, 나는 지금쯤이면 총관이 알아서 대원들에게 간단한 심법이나 검술 정도는 가르치고 있을 것이라 생각했었네.”

“음…….”

추 총관은 호열의 질책에 단 한 마디도 반박할 수가 없었다. 무공이 무엇인지 알 수 없어서 대원들에게 직접 가르칠 수가 없었고, 또한 황제의 명이 없었기에 무공비급을 본다는 것이 월권 행위라 판단하고 있었다는 것을 지금 말해 봐야 변명에 지나지 않다 생각한 것이다.

“음… 그럼 내 추 총관에게 한 가지만 물어보겠네. 이미 열 달 전에 구파일방에서 상납한 무공기서가 있는데, 도대체 무슨 생각으로 그것을 대원들에게 가르치지 않은 것인가?"

"지금 이런 말씀을 드리는 것조차 변명일지 모르겠지만, 도독님께서 물어보시니 말씀드리겠습니다. 요약하면 두 가지로 말씀드릴 수 있는데, 첫째로 제가 대원들에게 무공을 가르칠 역량이 되지 못해서였습니다. 저도 무공을 할 줄 모르기에 혹여 잘못 가르치게 되지 않을까 염려가 되었습니다. 그리고 두 번째 이유는… 도독님이 부상을 당하신 후로 저 혼자 황궁 서고에 들어갈 수가 없었습니다. 선혜 공주님께선 금위등룡부의 환관들을 훈련시킨다는 명분으로 황궁 서고에 출입하면서 무공을 직접 가르치시고 있지만, 저는 황제 폐하의 윤허를 받지 못했기에 황궁 서고에 접근하는 것조차 할 수가 없었습니다."

"음… 황제의 윤허가 없었다……?"

"예, 도독님께서 부상을 당하셔서 내의부에 계신 후로 임시로 제가 철혈금부를 맡아서 훈련을 시켰습니다. 하지만 하급 무관인 제가 황궁의 금지인 황궁 서고에 들어간다는 것은 있을 수도 없는 일이기에 그렇게 된 것입니다."

"휴~ 그런 일이 있었구만. 일이 그렇게 되었던 거야. 이거 참~"

호열은 추 총관의 말을 듣고선 지금까지 철혈금부가 어떤 상황에 처해 있었는지 알 수 있었다. 총책임자가 언제 죽을지 알 수 없는 심각한 부상을 당한 상태에서 철혈금부 자체의 존폐 여부가 대신들 사이에서 논의되었을 것은 뻔한 일이었다.

그나마 책임자인 호열이 죽지 않고 부상에서 조금씩 회복되는 기미가 보이자 황제의 하명 아래 지금까지 존속될 수 있었던 것이지, 만약 호열이 부상에서 회복되지 않고 죽음을 맞이했다면 철혈금부는 바로 해체되었을 것이다.

"상황이 어떻게 된 것인지 짐작이 가는구만. 그렇다면 어쩔 수 없었겠지. 하지만 추 총관이 자신의 책임을 다한 것은 아니네. 알겠는가?"

"잘 알고 있습니다. 앞으로 다시는 그러한 일이 없을 것입니다."

"알았네. 음… 참, 선혜 공주가 황궁 서고의 무공을 환관들에게 가르치고 있다 했지……? 아니지, 그런 것은 알 필요도 없는 일이지. 좋아! 이제부터라도 열심히 하면 좋은 성과가 있을 것이네. 총관은 내일부터 황궁 서고에 들러 각 문파의 심법들을 가지고 오게. 누가 물어보면 내가 보냈다고 하고, 알겠는가?"

"알겠습니다."

"좋아… 그럼 교관들이 올라올 때까지 차나 한잔씩 마시면서 앞으로의 일을 상의하도록 하지. 자리에 앉게, 조 무장도 이리 앉고."

"예, 알겠습니다."

날이 저물기 시작하는 유시경이 다 될 무렵에서야 교관들과 부관들이 책자 하나를 들고 집무실로 들어왔다. 또한 내의부에서 보낸 의관들의 책임자로 보이는 중년 의관 한 명이 교관들의 뒤를 따랐다.

"어찌 되었는가? 보고해 보라."

"예, 제가 보고드리겠습니다. 대원들 모두 발검의 빠르기나 내려치기, 그리고 찌르기 등 목검을 빠르게 움직이는 것에는 만족할 만한 성과를 보였으나, 정확도에서는 정확히 맞추는 대원이 다섯 명도 되지 않았습니다. 하지만 그들도 정확히 가격하기 위해 목검을 빠르게 움직이지 못했기에, 어쩌면 대원들 백 명 모두 빠르고 정확하게 검상을 맞출 수 없다고 할 수 있습니다."

"음……."

상황은 호열의 생각보다 좋지 못했다. 그래도 열 명 정도는 기대에 미칠 정도는 될 줄 알았는데, 안 교관의 설명을 들어보니 한 명도 기대치에 미치지 못한 것이다.

"알았네. 자네가 내의부에서 온 의관인가?"

"그렇습니다."

"대원들의 상태는 어떠하던가? 기본적으로 체력은 좋을 것이니 상관없겠지만, 내의부 수의관장의 말을 들으니 사람의 체질마다 복용해야 하는 영약이 다르다고 하던데… 모두 진맥을 해보았는가?"

"예, 다행히 교관들의 협조 덕분에 빨리 끝날 수 있었습니다. 그리고 결과는 내일 중으로 각 대원들마다 복용할 영약들의 이름과 함께 작성하여 도독님께 보내 드리겠습니다."

"알았네, 오늘 수고 많았네."

"예, 그럼 저희들은 이만 가보겠습니다."

의관이 집무실 밖으로 나간 후, 한동안 집무실은 호열의 침묵으로 정적이 감돌았다. 상관인 호열이 입을 열지 않고 침묵으로 일관하고 있었기에 누구 하나 쉽게 말문을 열 수가 없었던 것이다. 가뜩이나 자신들의 훈련 성과가 좋지 않게 나타났기에 더욱 그러했다.

"앞으로의 훈련 일정을 말하겠다. 나와 추 총관은 지금부터 황궁 서고에 있는 비급을 검토한 후에 대원들에게 가장 알맞은 것을 고르는 데 주력할 것이다. 아마 빠르면 일주일가량 걸릴 것이고, 늦어도 한 달이면 될 것이다. 그동안 교관들과 부관들은 대원들을 훈련시키는데, 기상 시간과 취침 시간은 그대로 유지하지만 세부적인 훈련 목록은 전부 바꿔야 할 것이다. 우선 오전과 오후 할 것 없이 오늘 대원들에게 했던 것을 집중적으로 훈련시켜라. 아무리 검과 몸이 빨라도 자신이 원하는 곳에 정확하게 가격할 수 없다면 하지 않느니만 못하니 정확도를 기르는 것이 급선무일 것이다.”

“옛! 알겠습니다.”

“그래… 참, 내가 잊고 넘어갈 뻔했군. 이제부터 교관들이나 부관들은 대원들 전원을 상대로 훈련시키지 말고 각 대원들의 훈련 성과에 맞추어서 개별적으로 훈련을 시키도록 하라. 즉, 모든 훈련을 대원들의 수준에 맞추어서 한 단계 이상 어려운 훈련을 시키라는 것이다. 검이 빠르면 정확도를 높이고, 또 정확도가 높아지면 더욱 빠르게 훈련시키고… 내 말이 무슨 뜻인지 알겠는가?”

“옛……!”

“앞으로 그대들은 내가 무공비급상의 무공들을 가르치기 전까지 그렇게 훈련시키도록 하라. 추후 다시 오늘처럼 어떻게 훈련을 시켰는지 성과에 대해 보고를 받을 것이다. 이제 그만 나가보도록!”

“예, 그럼 편히 쉬십시오.”

“…….”

집무실에 홀로 남게 된 호열은 크게 한숨을 쉬면서 심호흡을 했다. 오늘 하루 동안 너무나 많은 일들을 해서 피곤하기도 했지만, 앞으로 헤쳐 나가야 할 장애물들이 너무도 거대하게 느껴졌기 때문이다.

“이제부터는 대원들의 훈련에 나 몰라라 할 수 있는 입장이 안 되는구나. 그동안 나름대로 서책을 읽으며 훗날의 일을 대비해 왔지만, 지금은 당면한 현실을 헤쳐 나가는 것이 급선무일 뿐만 아니라 그조차도 힘에 부치고 있으니 정말 걱정이다. 어찌 된 것이 부모님이 세상을 떠나시고 난 후 지금까지 하루도 편한 날이 없구나. 길영복이라 했었지? 허허, 그 아이나 나나 별로 다르지 않은 것 같구나. 휴~ 그래, 하나하나 차근차근 하자. 어차피 내가 결정한 일이 아닌가! 내 몸의 마기를 완전히 없애기 위해선 어의심공이 발휘되지 못하도록 해야만 한다. 비록 시간이 많이 걸리더라도 내가 그렇게 해야만 마기가 사라질 것이고 내가 살 수 있을 것이다. 꼭 그렇게 되어야만 해. 지금 포기한다면 후에 더 큰 후회를 불러올 뿐이다. 꼭 파괴해야만 해, 꼭……! 후후, 어쩌면 이 모든 것이 내 바람으로 끝날지 모르지. 제발 내 결정이 잘못된 것이 아니길……."

현재 호열은 진퇴양난에 처해 있었다. 아직 부상이 완전하게 치유되지 않은 상태였지만, 무엇보다 중요한 것은 언제까지 부상을 자연 치료하는 어의심공을 막느냐 하는 것이었다. 다시 말해 지금 호열은 대외적으로 황제의 기대에 부흥하여 철혈금부 대원들에게 무공을 가르치는 막중한 임무를 수행해야 했으며, 안으로는 마기의 자생력을 억제하기 위해 그 힘의 근원이 되는 어의심공을 막는 동시에 부상이 호전되는 것 또한 억지로 막고 있었다. 이 모든 것이 어의심공을 억지로 중단시키고 있기 때문에 나타난 것이었지만, 호열은 이로 인해 부상이 늦게 회복되는 것도 감수하며 결행을 하고 있었다. 마기의 힘이 최대한으로 약해 있을 때, 또한 그것을 파괴할 수 있는 힘이 있었기에 마음을 단단히 먹고 생각을 실행에 옮긴 것이었다.

훗날, 더 큰 후회를 하지 않기 위하여.

높은 절벽이 우릴 가로막고 있었어……

◆ 제7장 **높은 장벽이 우릴 가로막고 있었어……**

온고지신(溫故知新)이란 옛것을 익혀 새것을 안다는 의미를 내포하고 있는 말이다. 선현들의 무궁한 지혜의 샘에서 한 바가지의 물을 떠마시며, 현재 어떻게 살아가야 되는가의 목마른 질문에 대한 해답을 찾아가는 작업이다.

그런 의미에서 호열과 추 총관, 그리고 조 무장은 한 달 동안 황궁 서고를 들락거리며 삶의 해답을 찾아보고자 온 정열을 투자하고 있었다. 사람이 사지(死地)에 몰리게 되면 죽지 않고 살아남기 위해 더욱 힘을 쏟게 되는 이치와 같이 밤잠을 설치며 각 대원들에 알맞은 심법들을 정리하느라 정신없는 나날들을 보낸 것이다.

호열은 금부 대원들을 훈련시키기 위해 구파일방에서 상납한 이백삼십팔 권의 무공비급들을 각각의 성격대로 추려내기 시작했다.

이백삼십팔 권의 무공비급.

비록 소림사나 무당파 등 유구한 역사를 자랑하는 구파일방 및 오대세가들 중 한곳에 소장된 무공비급들의 수보다 못하지만, 이백삼십팔 권의 비급들은 모두 각 문파의 장로급 이상이나 익힐 수 있는 무가지보들이었다. 그만큼 일반 사람들이 본다 하여도 익힐 수도 없을 뿐만 아니라, 무공을 익힌 사람들도 쉽게 익힐 수 있는 것들이 하나도 없었다.

호열이 추 총관과 조 무장의 도움을 받으며 황궁 서고 안의 비급들을 특성에 맞게 추려보니 모두 열 가지로 나누어졌다. 우선 심법으로 분류된 것이 삼십 권, 검법으로 분류된 것이 육십 권, 도법으로 분류된 것이 삼십 권, 그리고 장법으로 분류된 것이 사십 권으로 총 백육십 권을 차지하고 있었다. 또한 권법으로 분류된 것이 이십 권, 수법으로 분류된 것이 이십 권, 사천당문과 제갈세가의 암기술이 여덟 권, 신법과 보법이 각 열다섯 권으로 분류되었다.

이에 호열은 우선 삼십 권의 심법을 연구하여 대원들이 쉽게 익힐 수 있는 것들을 추려내는 작업을 시작했다. 그렇게 해서 이십여 일 만에 소림사의 대승반야선공(大乘般若禪功), 무당파의 양의무극신공(兩儀無極神功)과 태극신공(太極神功), 화산파의 자하신공(紫霞神功), 종남파의 태을신공(太乙神功), 점창파의 천룡무상신공(天龍無上神功), 남궁세가의 천뢰제왕신공(天雷帝王神功) 등 총 일곱 권의 심공을 가려낼 수 있었다.

하지만 일곱 권의 비급을 모두 가르칠 수 없기에 검을 사용할 수 있으며 다른 무공들과 최대한 충돌을 일으킬 소지가 적은 세 가지의 심공을 고르기로 했다. 비록 위력은 반감될 것이나, 각 문파의 독문검공을 두루 익히기 위해서는 그 방법이 좋겠다는 판단 하에 무리가 없는 심공을 가르치고자 했던 것이다.

그렇게 해서 고심 끝에 고르고 고른 것이 무당파의 태극신공과 남궁세가의 천뢰제왕신공, 그리고 점창파의 천룡무상신공이었다.

"하하, 오늘에서야 끝을 냈구나. 덕분에 그동안 나도 공부를 많이 하였지만 말이야. 추 총관, 자네는 어떠한가? 도움이 되었는가?"

"예, 도움이 되었습니다. 그러나 제가 워낙 무공에 대해 문외한이라 생각보다 많은 도움이 되지는 못했지만, 아마 조 무장에겐 큰 도움이 되었을 것입니다. 그렇지 않은가?"

"총관님 말씀대로 도움이 많이 되었습니다. 사실 조선어서도 천도문(天道門)의 호흡법이나 선문(仙門)의 단전호흡법 등 단전을 양생할 수 있는 많은 기법들이 존재하며 익히고 있지만, 자신이 원하는 기맥과 기혈만을 가지고 단전을 양생하며 내공을 키우는 심법은 처음입니다. 중원이 왜 넓고 인재가 많다고 하는지 이제야 알 수 있었습니다."

"그러한가? 하지만 자네가 생각하지 못하는 것이 있네. 만약 자네의 말대로 조선의 심법이 전체를 생각하며 단전의 양생을 하는 것이라면 중원의 심법보다 더욱더 뛰어난 것이라 할 수 있네. 다만 인체의 기혈과 기맥들을 모두 사용하기 때문에 성취가 늦어지는 것이 단점이라 할 수 있지만. 그에 반하여 중원의 심법이 일정한 틀에 맞추어서 몇 가지의 기혈과 기맥을 사용하기 때문에 수배 이상 빠른 성취를 보일 수 있지. 그러나 만약 조선의 심법을 대성한다면 그 위력은 대단할 것이네. 하지만 찬찬히 살펴보니 이것들 또한 대성을 한다면 조선의 심법과 비슷한 위력을 보일 것이네. 그러고 보니 서로 장단점이 있구만."

"……?"

"중원의 심공은 아까 말했던 대로 초기의 양생에 놀라울 정도로 뛰

어난 반면, 조선의 심공은 초기에 더디지만 양생을 하면 할수록 대성을
하는 데 빠른 성취가 있을 것이네. 비록 내가 직접 보고 익히지는 않았
지만 내 경험을 토대로 말하는 것이니 믿어도 될 것이네. 후후… 또한
중원의 심공을 대성하려면 중간중간에 몇 번의 고비가 있는데, 그것을
뛰어넘기가 쉽지 않을 것이야. 하지만 조선의 심공은 그러한 단점이
없으니 만약 자네가 그런 심법을 익히고 있다면 꾸준하게 연마하게.
후에 크게 될 테니까.”

“음… 그러고 보니 주군의 말씀이 맞는 것 같습니다. 감사합니다,
주군. 앞으로 주군의 말씀대로 열심히 수련하고 연마하겠습니다.”

조 무장은 호열의 설명을 들은 후 그동안 자신이 알지 못하던 것을
알게 되어 호열에게 감사한 마음을 금할 수가 없었다. 한 달이란 시간
동안 호열과 함께 황궁 서고에 비치되어 있던 각 문파의 독문내공심법
을 연구하면서 자신이 익히고 있는 천도문의 심법이 너무 빈약한 것이
아닌가 하는 의구심이 들었었는데, 호열의 설명을 듣고 난 후 연마에
더욱 신경을 써야겠다고 다짐을 하였다.

“좋아, 심법을 정리하는 것은 이것으로 마무리를 하지. 총관은 이 서
책에 적혀 있는 것을 가지고 대원들을 훈련시키게. 그러나 명심할 것
은, 자신들이 익혀야만 하는 내공심법을 완전히 숙지한 다음에서야 영
약들을 복용시켜야만 한다는 것이네.”

“예, 잘 알고 있습니다. 그래야만 약효가 완전히 융화될 수 있다고
의관들이 설명했던 것을 기억하고 있습니다.”

“그래, 그리고… 대원들이 영약을 복용할 때 말인데, 그때는 꼭 의관
들이 각 혈맥에 침을 놓도록 하게. 그래야만 더욱 효능이 높아질 것이
니까.”

“도독님 말씀대로 하겠습니다.”

“그럼 총관은 내일부터 훈련에 임할 수 있도록 내의부에 연락을 취하여 협조를 얻을 수 있도록 하고, 또한 교관들에게 일러 훈련 일정을 조절하도록 하게. 나는 조 무장과 이곳에 남아 검공 등 다른 것들을 살펴보겠네.”

“알겠습니다. 그럼 저는 명을 수행하겠습니다.”

추 총관은 호열이 넘겨준 서책을 가슴속 깊이 집어넣은 후 황궁 서고를 나갔다. 황궁 서고에 호열과 조 무장 두 사람만이 남은 것이다.

“조 무장, 그동안 나와 함께 책을 정리하느라 고생이 많았네. 하지만 자네도 내일부터 금부 대원들과 함께 심공을 훈련하도록 하게. 내가 의관에게 일러 자네에게도 알맞은 영약을 배급해 주도록 일러두겠네.”

“옛? 주군, 그게 무슨 말씀이십니까? 저보고 대원들과 훈련을 같이 하라니요……? 그리고 영약은 무슨……?”

조 무장은 느닷없는 호열의 말에 깜짝 놀랐다. 생각지도 못한 말이었기 때문이다. 또한 지금까지 조 무장 자신은 호열을 옆에서 모시기 위해 왔지, 자신의 무공을 높이기 위해서나 영달을 목적으로 오지 않았다고 생각했기 때문에 호열의 말을 쉽게 이해할 수가 없었다.

“허허, 이 사람 하고는… 그럼 그 상태로 나를 보필하려 했다는 말인가? 자네 역시 내가 보기엔 가장 기초적인 무공 정도만 할 줄 알았지, 지금의 금부 대원들보다 뛰어나게 우위에 있지는 않네. 또한 앞으로 금부 대원들은 일진월보(日進月步)하며 욱일승천(旭日昇天)할 것인데, 자넨 계속 제자리걸음만 할 셈인가?”

“그러한 것은 아니지만… 그렇다고 해도 어찌 대원들과 함께 훈련을 하겠습니까? 거기다 영약은 황제가 직접 대원들에게 내리는 하사품과도 같은 것인데……."

"그것은 맞는 말이네. 하지만 자넨 지금 철혈금부의 도독으로 있는 나를 옆에서 보필할 사람이 아닌가? 그렇다면 지금의 실력으론 내게 짐이 된다는 것을 알아야지. 안 그런가? 그러니 사양하지 말고 내일부터 훈련에 임하도록 하게. 참, 대원들과 함께 훈련하기 거북하면 내 집 무실에서 따로 해도 되네. 아니, 그게 좋겠군. 내 총관과 의관에게 일러둘 것이니 앞으로 열심히 수련하도록 하게."

"주군……! 주군께서 소인을 그 정도로 깊게 생각해 주시는지 몰랐습니다. 지금은 비록 주군께 수고를 끼치는 처지이지만, 열심히 수련하여 주군의 성의에 보답할 수 있도록 하겠습니다."

조 무장은 호열의 배려에 머리를 대리석 바닥에 붙이며 감사하다는 말을 연발했다. 그동안 호열의 곁에 있으면서 과연 자신의 역량으로 충심을 다해 보필할 수 있을까 하는 의구심이 들었는데, 이제 충심으로 보필할 수 있는 역량을 키울 수 있게 되었기 때문이다.

"허허, 사람 하고는… 그만 되었으니 일어나게. 그럴 시간이 있으면어서 나나 도와주게나."

"알겠습니다, 주군……!"

*　　　　　*　　　　　*

세월은 유수처럼 흘러 새해가 지나 이월 중순이 되었다. 그동안 호열은 낮에는 황궁 서고에서 기거하면서 무공비급들을 정리하였고, 밤에는 철혈금부에 기거하면서 추 총관과 교관들의 훈련 상황을 보고받았다. 또한 수시로 조 무장의 무공을 점검해 주면서 바쁜 날들을 보냈다.

 호열의 열정과 투혼에 감명을 받았는지, 대원들 역시 밤잠을 설치며 수련에 열심히 임하였다. 특히 철혈패왕군의 조대호와 섭천호, 그리고 구완웅과 철혈군왕군의 이건호를 비롯해 십여 명은 태극신공과 천룡무상신공, 그리고 천뢰제왕신공을 삼성가량 익히는 성과를 올렸다. 또한 그에 맞추어 내공도 일취월장(日就月將)으로 늘어 몇 명을 제외하고는 모두 일 갑자가 넘는 내공을 소유하게 되었다. 비록 이 모든 것이 황제가 하사한 영약들과 의관들의 의학 지식이 함께 결합하면서 나타난 결과지만, 밤낮을 가리지 않고 심법 수련에 임한 대원들의 노력이 큰 영향을 발휘했다고 할 수 있었다.

 상황이 호전되며 눈에 보이는 성과들이 나타나자, 영락제는 크게 고무되어 신년 연회식 때 금부 대원들의 성취에 만족해하며 그동안 각고의 노고를 아끼지 않고 대원들을 훈련시킨 호열과 철혈금부 교관들에게 금괴와 비단을 비롯해 각종 보석들을 하사하기도 했다.

 또한 영락제가 신년이 지난 후부터 선혜 공주와 초 제독, 그리고 손 도독 등 대신들을 대동하고 수시로 철혈금부를 방문하여 훈련 과정을 살펴보는 날들이 많아졌다. 그만큼 철혈금부에 거는 기대가 크다는 것을 보여주었는데, 이러한 것이 대원들의 열정을 자극했는지 더욱 열성을 가지고 훈련에 임했다.

 그리고 새해가 되면서 대내외적으로 많은 일들이 추진되었다. 우선 북경의 황궁 축조와 천도에 관한 일들이 속속 추진되었고, 더불어 강북과 강남을 잇는 대운하 건설이 그 윤곽을 드러내고 있었다. 북경에 황궁을 구축하는 일은 그렇다고 쳐도, 황제인 영락제가 강남의 상권과 재물을 강북으로 연결하기 위해 우선시하며 추진된 대운하 건설은 백성

들로부터 큰 지지를 받고 있었다. 하지만 그에 따르는 부작용도 상당
했다. 원래 나라의 큰일이 발생되던가 무슨 일을 추진하려면 백성들의
피와 땀이 들어가기 마련인데, 하나도 아닌 두 가지의 일을 나라가 국
력을 총동원해 추진하는 사업이기에 그에 따르는 백성들의 원성도 컸
던 것이다.

하지만 영락제는 그러한 것들은 개의치 않고 대운하 건설을 촉구하
며 더욱더 빨리 추진하도록 지시를 했다. 황제의 위에 등극하기 전부
터 가지고 있던 생각이었지만, 평소에도 어떻게 하면 강남의 부호들을
강북으로 이주시킬 것이며 재물들을 옮겨 강남과 강북의 상권이 함께
성장할 수 있을 것인지 생각하던 영락제였다.

또한 삼보태감 정화를 주축으로 남방 원정군이 그 골격을 갖추어가
고 있었다. 그 추진 목적들 중 하나가 바로 정난의 변에 의해 죽었다고
공표가 된 건문제를 찾아보고자 하는 것이었다. 비록 영락제가 건문제
를 몰아내고 황제의 위에 등극하였지만, 영락제나 대신들 모두 건문제
가 죽지 않고 살아 있다는 것을 너무나 잘 알고 있었다. 그에 추후 황
위 계승의 정당성을 들고 반란의 수괴들이 봉기를 하게 된다면 그 사
태가 걷잡을 수 없기 때문에, 영락제는 물론 대신들은 그러한 일을 미
연에 방지하고자 건문제가 잠적할 만한 곳을 찾아보고자 했던 것이다.
물론 그럴 만한 가능성이 있는 곳을 남방에 있는 국가들로 보았고, 그
런 의문을 가질 만한 곳 역시 남방밖에 없었다.

두 번째 이유로는 원나라가 망한 뒤 북방의 타타르 국과 오이라트
국은 서로 상쟁 관계가 지속되면서 크게 힘을 발휘하지 못하고 있었기
에 상관없다 하여도, 서북 변경의 티무르 국이 크게 위세를 떨치기 시
작하자 영락제가 위협적인 국가로 판단하게 되었고 견제하고자 했기

때문이다. 바로 대규모의 해상 원정군을 보내 해외의 여러 나라에 명나라의 막강함을 과시하며 힘을 유감없이 보여주는 한편, 사신들을 파견하여 계약을 성사시킴으로써 일종의 해상 연맹을 조직하기 위함이었다.

세 번째는 현재 건설 중인 대운하 사업과 일맥을 같이하는 것으로, 해상 무역을 발전시켜 명나라의 물품과 남방의 여러 나라들이 갖고 있는 향로 등 많은 물품들을 교역함으로써 국고를 비축하고 벅성들의 생활에 도움을 주고자 했다.

그러나 호열은 황궁이 어떻게 변하고 있으며 어떤 계획 하에 많은 일들이 일어나고 있는지 신경 쓰지 않고 있었다. 과거에도 그러했고 지금도 그러하지만, 호열은 주변의 상황엔 신경 쓰지 않고 자신의 일에만 충실했다.

"총관, 내일부터는 검법도 함께 수련하도록 지시를 하게. 이미 대원들 모두 심법을 연마하는 데 무리가 없고 내공도 일 갑자가 넘었으니 지금부터는 검법과 도법, 그리고 신법 등 다른 것들과 병행하여 훈련시켜도 무방할 것이네."

"알겠습니다. 그렇게 하겠습니다. 하지만… 그렇게 되면 심법 수련을 하는 시간이 줄어들게 될 텐데, 그래도 상관이 없겠습니까?"

"상관없네. 아무리 심법 수련에 매진한다고 해도 그들 나름대로 깨달음이 없다면 단시일 내에 크게 진보하는 것은 어려운 일이네. 또한 네 달 동안 심법만 수련하여 지금쯤 답답하기도 할 것이니 오히려 다른 수련과 병행하여 훈련시키면 성과가 좋을 수도 있을 것이네."

"예, 도독님의 의중이 그러하시면 그렇게 하겠습니다. 그럼 내일부터 검법을 먼저 수련시키고 추후 다른 것들을 가르치도록 하겠습니다."

“그래, 그럼 그렇게 하게.”

“그런데 도독님, 외람된 말이지만 한 말씀 드려도 되겠습니까?”

“응? 무엇인가? 총관이 정색을 하고 물어보니 궁금하구만. 어서 말해 보게.”

호열은 추 총관이 정색을 하며 말문을 열자 사뭇 궁금하다는 표정으로 추 총관의 얼굴을 주시했다. 지금까지 추 총관이 정색을 하며 말을 걸어왔던 적이 별로 없었기에 더욱 그러했다.

“도독님, 그것이… 음, 그럼 말씀드리겠습니다. 비록 제가 도독님과 함께 심법을 연구했고 도독님으로부터 자세하게 설명을 듣기는 했지만, 아무리 그래도 한계가 있었습니다. 제가 부족해서 그런지 모르겠지만, 시간이 지날수록 점점 더 대원들을 가르치는 데 벅차다는 생각을 하게 되었습니다. 이러한 것은 저뿐만이 아니라 직접 훈련장에서 대원들을 가르치는 교관들과 부관들 역시 그러한 심정을 말해 왔습니다. 그도 그러한 것이, 아직 저도 심법을 모두 숙지하고 있는 것도 아니거니와, 교관들 역시 저와 같은 상황은 매한가지기에 대원들이 의구심을 모두 충족시키지 못하고 있는 것입니다. 이에 제 생각엔… 한 번쯤 도독님께서 직접 대원들에게 심법에 관해 설명을 해주시는 것이 어떠한지… 죄송합니다. 제가 능력이 부족하여 도독님께 이런 부탁을 드리게 되었습니다. 용서해 주십시오.”

추 총관은 차마 호열의 얼굴을 볼 수가 없어 얘기를 하는 동안 내내 고개를 숙이고 있었다.

“흠… 그런 일이 있었는가? 나는 그러한 것도 모르고 지금까지 대원들의 성취가 늦는다고만 생각하고 있었네. 그렇다면 총관의 말을 한번 생각해 보지. 지금은 그동안 개인적으로 미루어왔던 바쁜 일이 있어

확답을 줄 수는 없지만, 내 조만간 시간을 내서 훈련장으로 나가겠네. 그럼 되겠는가?"

"감사합니다. 도독님께서 그렇게 해주신다면 저나 교관들은 물론, 대원들 역시 감사할 것입니다."

"알았네. 그럼 그 일은 그렇게 하는 것으로 하고, 다른 할 말은 없는가? 없으면 난 가볼 곳이 있으니 다음에 얘기를 하세."

"알겠습니다. 그럼 저는 이만 나가보겠습니다."

"후후, 알았네."

추 총관이 밖으로 나간 후 호열도 자리에서 일어나 간단한 의복을 걸치고 그 위에 호랑이 가죽과 털로 만든 겉옷을 걸치며 집무실을 나갔다. 아직 겨울이 완전히 지나간 것이 아니라 밖의 날씨가 싸늘했기에 단단히 무장을 하고 나선 것이다. 비록 추위를 타지 않는 몸이라고 해도 아직 어의심공을 발휘하지 않고 있었기에 부상에서도 완전하게 회복된 상황이 아니었다. 그렇기에 호열은 정상일 때보다 더욱 몸을 아끼며 만일의 불상사가 일어나지 않도록 주의에 주의를 하고 있었다.

'후후, 오랜만에 그곳에 가는구나. 오랜만에 왔다고 날 돌라보는 것은 아니겠지? 하하… 그런 일은 없겠지. 그래도 명색이 두 번이나 상면한 사이인데……'

호열은 철혈금부의 산문을 지나 가벼운 마음으로 걸음을 옮겼다. 조금은 들뜬 심정으로 아직 눈이 녹지 않은 길을 조심스럽게 걸으며 이런저런 사색에 잠겼다. 비록 그것이 혼자만의 사색이었고 지금까지 한 번도 가져 보지 못한 감정으로 인해 생긴 것이었지만, 호열은 그 자체만으로도 기분이 좋았다. 지금까지 한 번도 가져 보지 못한 감정, 호열은 그런 감정 자체를 즐기고 있었다.

"아~ 낙월옥량(落月屋梁)이라 했던가? 벗을 꿈속에서 만나 서로 즐 겼는데, 꿈을 깨어보니 함께 즐겼던 벗은 오간 곳이 없고 싸늘한 달빛 만이 흩어져 있어 처량함은 이루 말할 수 없구나… 정말 지금의 내 마 음을 이르는 말이로구나."

'내가 왜 이러는지 모르겠다. 겨우 두 번밖에 보지 못한 사람인데, 시간이 지나면 지날수록 그 얼굴이 또렷하게 생각나는 것은 어이 된 일이란 말인가……? 혹시 내가 그 사람을 사모하기라도 한단 말인가? 음… 아닐 것이다. 그 사람은 원수인 숙부를 주인으로 섬기는 사람이 아닌가! 그런 사람을 어찌 내가 사모할 수 있다는 말인가! 그건 아니 될 말이다. 그래…….'

"공주님, 날씨가 차갑습니다. 그만 방으로 드시지요."

"알았다. 그렇게 하자꾸나."

소호 공주는 시녀 조향의 말에 고개를 끄덕이며 처소로 향했다. 비 록 조향의 말이 없었더라도 주변의 따가운 시선 때문에 신경이 쓰여 들어가려던 참이었다.

소호 공주가 느끼는 따가운 시선은 바로 비룡군들의 기운이었다. 비 록 소호 공주가 그 기운을 직접 느낄 수 없다고 해도, 이젠 어디에 비 룡군 위사들이 몸을 숨기고 있으며 어느 곳을 주시하고 있는지 훤하게 알 수 있을 정도로 친숙하게 되었기에 쉽게 느낄 수 있었던 것이다.

여인들은 오감이 아닌 육감이 뛰어나게 발달했다고 하는데, 소호 공 주가 바로 그런 육감이 발달한 여인이라 할 수 있었다. 비록 살아남기 위해 주변의 사물들과 감시자들에게 신경 쓰게 되면서 그렇게 된 것이 지만.

"이런, 벌써 들어가시면 어떻게 합니까? 공주님을 보고자 추운 날씨에도 불구하고 이렇게 왔는데 말입니다."

"응? 누구……?"

'그 사람이다. 임호열… 임 도둑이 왔어…….'

"헉! 공주님, 저번에 오셨던 철혈금부의 도둑님입니다."

"하하하… 그래도 네가 내 얼굴을 기억하고 있었구나. 그런데 네 주인께선 아직도 내 얼굴을 기억하지 못하시는 것 같구나……."

호열은 자신을 주시하고 있는 소호 공주의 눈을 지그시 바라보며 말끝을 흐렸다.

"아니다. 기억하고 있다. 그런데 그대가 무슨 일로 이곳에 또 왔느냐?"

"하하, 이거 참… 공주님, 정말 섭섭합니다. 저번에 갈 때 말씀드렸지 않습니까, 자주 찾아뵙겠다고요. 기억이 나지 않으십니까?"

"음… 그런 말을 한 것은 기억하지만… 그래도 그대가 이곳을 찾을 이유는 못 된다고 생각하는데……? 거기다 몇 달 만에 한 번씩 오는 것이 그대가 말하는 자주라고 하기엔 어감이 이상하다 생각하지 않는가?"

"하하하… 그거라면 제가 죄송합니다. 사실 그동안 부상으로 처리하지 못한 금부의 일들이 너무 많아 오고 싶어도 올 수가 없었습니다."

'아닙니다. 공주님의 얼굴이 눈앞에서 아른거려 당장이라도 달려오고 싶었지만 참았습니다. 아직 때가 아니라 생각했기 때문입니다. 하지만 지금은…….'

"그런 일을 굳이 내게 말할 필요는 없는 것 같구나. 그래, 날씨도 싸늘한데 나를 찾아온 용건이 무엇인가?"

“예, 그것이… 공주님, 제가 지금 드리는 말을 사심없이 들어주십시오. 사실 제가 오늘 이곳까지 오는 데 많은 생각을 했습니다. 또한 공주님께 이런 말을 올리는 것을 결심하는 것조차 제겐 너무나도 힘든 일이었습니다. 또한, 음… 어떻게 말해야 하는지도 모르겠고, 그리고…….”

‘도대체 무슨 말을 하려고……?’

소호 공주는 호열이 자꾸 말을 돌리며 횡설수설(橫說竪說)하는 것 같아 미간을 찡그렸다. 무엇을 말하고자 하는지 알 수 없었기에, 소호 공주는 호열에게 하고 싶은 말이 있으면 빨리 하라는 것을 얼굴 표정으로 가르쳐 주었던 것이다.

호열은 소호 공주의 얼굴 표정을 본 후 더 이상 말을 이을 수가 없었다.

‘휴~ 이거 정말 힘들구나. 여인에게 사랑을 고백한다는 것이 이다지도 힘든 일이었던가?’

“음… 알겠습니다. 제가 이런 일이 처음이라 경황이 없어 무엇을 먼저 말해야 하는지 몰라 횡설수설하였습니다.”

“그래, 잘 알고 있으니 다행이구나. 도대체 내게 무슨 말을 하려고 하는 것이냐?”

“예, 실은… 제가 공주님을 사모하고 있다는… 공주님을 사모하고 있다는 말을 전하려고… 했습니다. 휴~”

‘지금 이자가 무슨 말을 하는 것인가? 설마 나를 능멸하기 위해 온 것이란 말인가? 숙부가 보낸 것인가……?’

“뭐라! 지금 그대가, 그대가 본공주를 능멸하려 하는 것인가? 어찌! 어찌 그런 말을 입에 담을 수 있다는 말인가! 그런 말을 입에 담으려거든 당장……."

"고, 공주님, 지금 제가 드린 말은 제 진심입니다. 그러니 믿어주십시오."

소호 공주의 호통은 호열의 말에 막혀 다 이어지지 못하고 중간에서 끊겼다. 하지만 싸늘하게 굳어진 소호 공주 얼굴 표정은 그대로였다. 추운 날씨에 굳었는지, 아니면 호열의 말에 차마 입이 다물어지지 않아서 그런지 쉽게 말문을 열지 못하고 있었다.

더불어 옆에서 상황을 주시하던 조향 역시 머리가 멈추고 사고도 멈춘 상태로 놀란 눈이 뛰어나올 정도로 표정이 딱딱하게 굳어 있었다.

그러나 호열의 말이 거듭될수록 놀라움을 감추지 못하고 있는 사람들이 있었다. 바로 비룡군 위사들이었는데, 비룡군 대장 동광서를 비롯해서 삼백 명의 위사들 모두 호열의 말을 두 귀로 똑똑히 들었기에 그 놀라움은 더욱 컸다.

"음……."

"공주님, 제가 오늘 이렇게 온 것은… 제가 공주님께 이런 속마음을 털어놓는 것은… 휴~ 사실 저도 태어나서 지금과 같은 감정을 느껴본 적이 없었습니다. 세상에 태어나서 지금까지 서른여덟이 넘도록. 공주님께 느끼는 이런 감정, 사실 저조차도 이것이 무엇인지 깨닫는 데 많은 시간이 걸렸습니다. 또한 저의 이러한 감정을 공주님께 어떻게 말씀드려야 할지도 잘 몰랐습니다. 그러니 제가 무례하게 굴었다면 너그럽게 용서해 주십시오."

"임 도독, 그대는 내가 누구인지 모르는가? 난 억울하게 황제의 자리에서 쫓겨난 건문제의 누이이며, 황위를 찬탈한 그대 주인의 조카네. 지금도 황제는 내 동생인 건문제가 반란을 일으키는 것이 두려워 나를 볼모로 감금하고 있고, 또한 그것도 모자라 한시도 떨어지지 않고 감시하고 있는 무리들이 이곳에 있네. 그런데 그대는 무슨 생각으로 그런 말을 하는 것인가? 오늘 그대가 했던 말 모두 숙부의 귀에 들어갈 것이네. 그런데……."

소호 공주는 호열의 진심 어린 고백을 들으면서 가슴이 쿵쾅거리는 것을 애써 감추었다. 하지만 속마음을 모두 비울 수가 없었는지, 자신도 모르게 호열의 안위를 걱정하는 말이 입 밖으로 나오고 있었다.

호열은 소호 공주의 말을 통해 공주가 자신을 걱정하고 있다는 것을 알 수 있었다. 그에 너무나 기쁜 나머지 공주가 말을 다 끝내기도 전에 공주의 손을 덥석 잡았다.

"헉! 이, 이게 무슨……!"

"공주님, 그러한 것은 걱정하지 마십시오. 오늘 이곳에서 있었던 일들이 황제의 귀에 들어가도 저는 두렵지 않습니다. 아니, 제겐 아무런 상관이 없습니다. 또한 오늘의 일로 공주님께 해가 되는 일도 없을 것입니다. 그러니 안심하십시오."

"이, 이것 좀 놓고……."

"아! 죄, 죄송합니다. 공주님… 흠, 흠……."

호열은 소호 공주의 말에 곧 자신의 실수를 깨달았다. 소호 공주의 마음에 감복한 나머지 자신도 모르게 손을 잡았다는 것을 깨닫고는 차마 공주의 얼굴을 볼 수가 없어 뒤로 돌아서서 헛기침을 해댔다.

소호 공주 역시 얼굴이 붉게 달아오르는 것을 감추느라 호열과 마찬가지로 뒤돌아서서 어쩔 줄 몰랐다.

호열과 소호 공주 사이엔 한동안 침묵이 감돌았다. 이미 서로 어느 정도 상대의 마음을 알게 되었고, 그러한 것이 싫지 않았다. 하지만 호열에겐 넘어야 하는 산이 많았다. 그중 가장 큰 산이 바로 소호 공주의 마음을 얻는 것이었다.

소호 공주는 쿵쾅거리는 심장을 간신히 진정시키고서 조용히 입을 열었다.

"임 도독, 그대가 어떤 마음으로 이곳까지 와서 그러는지 잘 알았다. 또한 본공주를 좋게 생각하고 있다는 것도 잘 알았다. 하지만 우리는 서로 어울리지 않는 것 같다. 그대와 나, 우리는 서로 가는 길이 다른 사람들이다."

"그건! 그, 그것은 그렇지 않습니다. 서로 같은 길을 갈 수 있습니다. 함께 갈 수 있습니다."

나지막한 소호 공주의 말에 호열은 뒤돌아서며 목청을 높였다. 아직 소호 공주는 방문을 바라보고 있어 호열은 소호 공주의 등을 볼 수밖에 없었지만, 호열의 말에 그녀는 어깨에 잔잔한 떨림을 보였다.

하지만 소호 공주는 두 손에 힘을 꼭 쥐고 입술을 굳게 다물며 이를 악물었다. 소호 공주 역시 순간적으로 호열의 얼굴을 보고 싶다는 충동이 일었지만 이를 악물며 참은 것이다.

"아니다. 그대가 숙부의 수하로 있는 동안은, 아니! 내가 공주고 그대가 숙부를 주군으로 모시는 순간부터 서로 같이할 수 없는 운명이었다. 그러니 그대는 더 이상 본공주를 혼란스럽게 하지 말고 이곳을 떠나거라. 그대의 마음, 고맙게 생각하겠다."

"고, 공주님……."

소호 공주는 천천히 방문을 열고 방 안으로 들어갔고, 그 뒤를 조향이 조심스럽게 따라 들어가면서 방문을 닫았다.

'휴~ 쉽지 않을 것이라 짐작은 했지만, 공주님과 나 사이엔 큰 장

벽이 있었구나. 너무나도 높은 장벽이 우릴 가로막고 있었어…….'

호열은 한동안 멍하니 서서 소호 공주가 들어간 방의 방문을 바라보았다. 마치 방문이 소호 공주의 마음처럼 느껴졌으며, 방문이 닫혀 있는 것이 소호 공주의 마음이 닫혀 있는 것처럼 느껴졌다.

"공주님, 오늘은 이만 물러가겠습니다. 하지만 공주님을 사모하는 마음을 버린 것은 아닙니다. 지금은 물러가지만, 공주님이 제 마음을 받아주실 때까지 기다리겠습니다. 영원히, 영원히 말입니다."

호열은 마지막 말에 힘을 주었다. 소호 공주에 대한 연정의 감정을 영원히 간직하겠다는 다짐을 스스로 하는 것이었지만, 그 말에 소호 공주가 마음을 조금이나마 열어주었으면 하는 기대도 컸기 때문에 자신도 모르게 힘을 준 것이었다. 진실된 마음을 담았다는 것을 알려주고 싶었기에.

호열은 올 때와는 달리 다리에 힘이 풀렸는지 천천히 소호 공주의 처소를 떠났다. 올 때는 기대하는 마음과 함께 설레는 마음이 있어 가벼운 발걸음으로 왔지만, 갈 때는 공주의 마음이 어떻다는 것을 알게 되고 높은 장벽이 가로막혀 있는 현실에 숨이 막혀 간신히 걸음을 옮길 정도로 힘든 모습이었다.

"공주님, 도독님께서 가셨습니다. 그런데 뒷모습이 너무 처량하게 보였습니다. 힘이 하나도 없는 것이……."

"음……."

"……."

소호 공주의 침묵으로 조향은 더 이상 말을 할 수가 없었다. 조향 역시 소호 공주의 심정을 짐작할 수 있었기 때문이다. 받아들이고 싶지만 받아들일 수 없는, 같은 여인이기에 소호 공주의 심정을 누구보다 잘 알 수 있었다.

호열이 떠나간 후 소호 공주의 처소엔 싸늘한 바람만이 불었다. 이미 연못은 추운 날씨의 영향으로 살얼음이 얼어 있어 내리쬐는 햇빛을 반사시키는 은빛 거울처럼 빛나고 있었다.

"대장님, 이 일을 어떻게 하실 것입니까?"

"어떻게 하긴, 이 문제는 우리들 선에서 해결할 문제가 아니고 황제 폐하께서 나서셔야만 해결될 수 있을 것이다. 그러니 우리는 보고 들은 것을 그대로 전하면 된다."

"알겠습니다. 저는 그럼 손 도독님께 오늘의 일을 보고하고 오겠습니다."

"음……."

'임 도독에게 저런 면이 있었던가? 하지만……'

팽전인이 보고하러 떠난 자리를 묵묵히 지켜보고 있던 동 대장은 하늘을 바라보았다. 비록 싸늘한 바람이 불고 있어 추운 날씨였지만, 하늘은 구름 한 점 없이 깨끗했고 햇빛은 찬란한 빛을 내리쬐고 있었다.

제8장

서양취보전(西洋取寶殿)……!

  서양취보전(西洋取寶殿)……!

영락제는 요즘 매일같이 힘든 국정을 보면서도 기분이 좋았다. 처음 황위에 등극하면서 가졌던 웅대한 이상을 실현할 수 있는 날들이 가까워지고 있었기 때문이다.

그 누구도 넘볼 수 없는 강력한 황제의 권위.

영락제는 대명 황실은 물론 명나라의 안과 밖으로 강력한 황제의 권력을 보여주려 하였고, 또한 지금도 대명제국의 황제로서 그 권위가 높아지고 있었다.

드넓은 대전.

영락제는 크게 웃으며 뒤를 따르는 시녀 및 환관들과 함께 대전 안으로 들어왔다.

"허허… 대신들이 짐보다 먼저 자리하고 있었구먼."

"황제 폐하를 알현하옵니다. 만세, 만세, 만만세……."

“만세, 만세, 만만세……."

“음… 응? 오늘은 어째 초 제독과 손 도독의 모습이 보이지 않는구먼……? 아직 오지 않았느냐?”

영락제는 뒤에 시립해 있는 환관을 바라보며 물어보았다.

“송구하옵니다, 폐하… 아침에 입성하였다는 전갈을 받았는데, 아직 집정천에 드시지 않은 것 같사옵니다.”

“그래……? 허허, 그렇다면 곧 들겠지. 알았다. 그럼 지금부터 국정을 논하겠다. 오늘 짐이 의결할 것은 무엇인가?”

“예, 폐하… 태감 정화 아뢰옵니다. 오늘은 폐하께서 일전에 하명하셨던 전함의 축조 건에 관한 것이옵니다.”

“오~ 그랬었지. 그래, 그 일은 삼보태감이 맡아서 하고 있었지. 삼보태감, 전함들의 축조는 어찌 되고 있느냐?”

“예, 폐하… 현재 전함의 축조는 모두 끝났사옵니다.”

“끝났다……? 허허, 정말 반가운 소식이로구먼. 그래, 모두 몇 척인가?”

“이번에 축조된 전함들은 모두 육십이 척으로 총 이만칠천팔백 명의 병사들과 장수들이 분승할 수 있사옵니다.”

“하하하, 대선(大船)이로다. 능히 짐의 권위를 남방에 널리 알릴 수 있겠도다. 삼보태감이 그동안 고생이 많았도다.”

“황제 폐하의 말씀대로 대선이옵니다.”

영락제는 삼보태감 정화의 설명에 매우 흡족해하였으며, 옆에서 삼보태감의 보고를 듣고 있던 대신들도 매우 고무된 표정들을 지어 보였다.

쉽게 말해서 이만칠천팔백 명이지, 그 많은 인원이 전함 육십이 척에 나누어 분승하려면 대략적으로 한 척의 전함에 사백오십 명가량 승선을 해야만 한다. 그런데 지금까지 한 척의 전함에 그 정도로 많은 인원이 승선한 적도 없었거니와 억지로 승선시킨다고 해도 사백 명이 승선할 수 있는 전함 역시 많지 않았다. 아니, 그런 대선을 축조할 수 있다는 것 자체가 명나라의 국력이 어느 정도인지 상징할 수 있다고 생각할 수 있기에 영락제의 기쁨은 이루 말할 수 없을 정도였다.

"아니옵니다. 모두 황제 폐하의 은덕이옵니다."

"그러하옵니다. 황제 폐하의 은덕으로 그러한 전함들이 축조될 수 있었다 할 수 있습니다."

"그러하옵니다, 황제 폐하."

"하하하… 대신들 모두 그만 하거라. 어찌 이 모든 것이 짐에 의해서 이루어졌겠느냐. 모두 삼보태감과 대신들이 노고를 아끼지 않았기 때문이다. 음… 그래, 삼보태감… 대선이 모두 축조가 되었다고 했는데, 그럼 언제쯤 출항할 수 있겠느냐?"

"예, 폐하… 소신의 생각으론 이번 오월 정도에는 출항할 수 있을 것 같습니다. 아직 지휘를 맡을 장군들도 정해지지 않은 상태며, 병사들을 착출하는 문제도 매듭 지어지지 않은 상태이기 때문입니다."

"허허, 그래… 하긴, 아직 대선단의 작명도 이루어지지 않고 있었지. 음… 그럼 그 문제를 이참에 매듭 지어야겠군. 대신들의 생각은 어떠한가? 더 이상 시간을 끌어봐야 이득 될 것이 없으니, 삼보태감의 말대로 아직 정해지지 않은 것들을 마무리하고자 하는데?"

"폐하의 뜻에 따르겠습니다. 오히려 그러한 문제는 빨리 마무리 지으면 지을수록 좋다고 사료되옵니다."

"그렇사옵니다. 아직 대선단을 지휘할 총지휘자도 정해지지 않은 상태고 함께 동행할 장군들도 정해지지 않았기에 일의 진도가 늦어질 수 있사옵니다. 그러니 황제 폐하의 말씀대로 오늘 그 모든 것이 정해지고 나면 모든 일이 일사천리로 순탄하게 진행될 것이옵니다.”

“소신들의 생각도 그렇사옵니다, 폐하.”

영락제의 말이 떨어지기가 무섭게 육부상서의 장 제독과 병부상서 섭단영이 동의를 하자, 이에 뒤질세라 대신들은 모두 동의하였다는 것을 알리기 위해 목청을 높였다.

“좋다. 그럼 이번에 출항할 대선단의 작명부터 하도록 하지. 음… 무엇이 좋을까……? 그렇지, 이것은 어떠한가? 서양취보전(西洋取寶殿)……! 남방의 여러 나라들에 짐의 권위를 알림과 동시에 백성들을 위해 우리에게 없는 보물들을 취한다는 의미에서 좋을 것 같은데… 이것 말고 다른 의견이 있는 대신이 있다면 서슴없이 말하라.”

“서양취보전이라… 폐하, 이번에 출항할 대선단의 이름으로 어울리옵니다. 아마 남방의 국가들은 서양취보전의 대선단 앞에 무릎을 꿇으며 폐하의 위대함에 고개를 숙일 것이옵니다.”

“그렇사옵니다, 폐하.”

“하하하, 좋다. 대신들의 말대로 남방의 모든 국왕들과 백성들이 서양취보전 앞에 무릎을 꿇을 것이다. 그것은 짐의 권위에 무릎을 꿇는 것이오, 대명제국에 무릎을 꿇는 것이다. 이 어찌 기쁘지 않겠는가!”

“황공하옵니다, 황제 폐하.”

대선단의 이름이 정하여지고 대신들이 흔쾌히 동의를 하자 영락제는 자신이 이루고자 했던 것들이 모두 이루어진 것처럼 느껴졌다.

영원불멸의 대제국.

영락제는 서양취보전의 출항을 시작으로 자신의 이상을 하나하나

실천에 옮기기로 마음먹었다. 이젠 황권도 안정이 되었고 백성들의 반란도 없었다. 대신들은 모두 황제의 권위에 기꺼이 고개를 숙여 충성을 다하고 있었으며, 가장 우려하던 원나라의 잔존 세력들도 위세가 크게 감소되며 자신들끼리 상쟁하고 있어 위험 요소가 적었다.

이젠 건문제가 황위를 찬탈하기 위해 백성들을 선동하여 반란을 일으킨다고 해도 두려울 것이 없었다. 그동안 영락제는 백성들의 민생 안정을 위해 많은 노력과 투자를 아끼지 않았다. 또한 대신들은 물론 고관대작들의 부정과 부패를 방지하는 데 주력하였으며 이를 백성들과 연계하여 큰 지지를 받고 있었다.

강력한 권력과 권위…….

지금 영락제는 그 무엇도 무섭고 두렵지 않을 정도로 강력한 황제의 권위를 가지고 있었다.

"하하, 그럼 이제 서양취보전의 총지휘관을 선출하는 일이 남았군. 대신들은 누구를 이번 서양취보전의 총책임자로 임명했으면 좋겠는가? 좋은 의견들이 있으면 서슴없이 말해 보라."

"……."

"음……."

대신들은 주변의 눈치를 살피기에 여념이 없었다. 자신이 직접 황제께 자신을 추천할 수 없었기에 다른 사람이 자신을 추천했으면 하는 바람으로 주변의 눈치를 살피는 것이었다.

"흠… 아무도 없는가 보군. 그럼 짐이 말하겠다. 그동안 짐의 명으로 몇 해 동안 전함을 축조하며 병사들을 훈련시키는 데 각고의 노고를 아끼지 않은 삼보태감 정화를 이번 서양취보전의 총책임자로 임명하고자 한다. 짐의 의견에 대해 다른 의견이 있는 대신들은 지금 말해 보라."

"음……."

"황제 폐하… 소신 조영근, 황제 폐하께 한 말씀 드리겠습니다."

"조 대도독, 그래… 어서 말해 보라."

"예, 소신도 황제 폐하께서 말씀하셨던 것과 같이 이번 서양취보전의 대선단을 축조하고 병사들을 훈련시킨 삼보태감의 공로를 높이 사고 있사옵니다. 그것은 누구나 쉽게 할 수 없는 일이었기에, 어쩌면 그 공은 더욱 크다 할 수 있을 것입니다. 그러나 폐하… 전함을 축조하고 병사들을 훈련시키는 것과는 달리, 이번의 출항은 그동안 중원을 지배했었던 많은 제국들도 시도조차 해보지 못한 역사적인 출전이옵니다. 그런데… 흠흠, 삼보태감께는 죄송한 일이지만, 이만칠천 명이 넘는 대부대를 지휘하는 막중한 임무에 경험이 많은 장군이 아닌 환관을 임명하시는 것은… 소신이 보기엔 맞지 않는 것 같사옵니다."

조 대도독은 말을 하는 중간중간에 삼보태감 정화의 안색을 살폈다. 황제의 최측근이자 항상 옆에서 보좌하고 있는 삼보태감 정화의 위세는 당금 황실에서 그 적수가 없을 정도였다. 하지만 팔십만 대명제국의 병사들을 총지휘하고 있는 오군도독부의 대도독으로서, 이번 황제의 결정은 너무나 이치에 맞지 않다고 판단하였기에 앞으로 나선 것이었다.

"음… 이치에 맞지 않다……? 어쩌면 조 대도독의 말대로 그러할 수도 있네. 그럼 다른 대신들의 의견을 들어본 후에 결정하도록 하지. 어디, 다른 의견이 있는 대신이 있다면 서슴없이 짐에게 고하도록 하라."

"……."

"음……."

아무도 나서는 사람이 없었다. 모두 황제와 삼보태감 정화의 눈치를 살피느라 쉽게 나설 수 없었던 것이다. 비록 거의 대부분의 대신들이 조 대도독의 의견에 찬성하고 있었지만, 후일 자신들에게 무슨 일이 일어날지 알 수 없었기에 고개를 숙이며 황제와 삼보태감 정화의 눈을 피하고 있었던 것이다.

"아무도 없는 것 같군. 조 대도독, 그대의 말에도 일리가 있다. 짐도 그러한 것을 생각하지 않은 것이 아니다. 하지만 태감 정화는 지금까지 그 모든 일을 성실하게 수행하였고, 짐의 마음을 흡족하게 만들었다. 또한 지금 자리에 없는 초 제독도 환관이다. 그런데 초 제독은 황궁의 호위를 맡고 있는 금의위의 총책임자로서 막중한 임무를 수행하고 있고, 지금까지 한 번도 변함없이 짐에 대한 충성을 다했으며 문제도 없었다. 그에 짐은 그동안 많은 숙지와 고심 끝에 그러한 결정을 내린 것이다."

"음… 폐하, 폐하께서 그런 결정을 내리셨다면 신 조영근 충심을 다해 따르겠습니다. 소신이 오늘 폐하께 그러한 말씀을 드린 것은, 그동안 삼보태감의 노고를 몰라서도 아니고 다른 뜻이 있어 그런 것도 아니옵니다. 다만, 이번 서양취보전의 출항이 가지는 가치를 높게 평가하고 있었기에 그리했던 것입니다."

"허허, 알았다. 어찌 조 대도독의 충심을 모르겠느냐. 짐도 조 대도독의 충심을 알고, 조 대도독 또한 짐을 충심으로 따르기어 한 말이란 것을 잘 알고 있다."

"폐하, 성은이 망극하옵니다."

"황제 폐하의 깊고도 깊은 말씀에 소신들 감복했사옵니다. 만세, 만세, 만만세……."

“황제 폐하… 만세, 만세, 만만세…….”

영락제의 말이 끝나자 의자에 앉아 있던 대신들이 모두 일어나 오체투지(五體投地)하며 칭송을 아끼지 않았다.

“하하, 그럼 그 문제도 결정이 되었구먼. 음… 삼보태감 정화는 짐의 앞으로 나오너라. 그리고 너희들은 무엇을 하느냐! 어서 월(鉞)을 가지고 오라.”

“옛, 폐하.”

“알겠사옵니다, 폐하.”

영락제의 명에 따라 삼보태감 정화는 허리를 깊이 숙이며 단상 아래에 섰다. 또한 얼마 지나지 않아 환관 두 명이 커다란 철갑 상자를 들고 대전 안으로 들어왔다.

“대신들은 짐의 말을 들어라! 짐은 지금부터 삼보태감 정화를 남방 원정군 총지휘관으로 임명함과 동시에 서양취보전 총지휘관으로 임명한다. 이에 태감은 이번 출항에 맞는 장군들과 장수들을 가려 선임할 것이며, 총책임자로서 그 임무를 성실히 수행해야 할 것이다.”

영락제는 자리에서 일어나 대신들을 훑어보며 목청을 높였다. 마치 용과 호랑이가 포효하는 것처럼 영락제의 목소리가 대전 안에 울려 퍼졌다.

영락제는 철갑 상자를 들고 온 환관들에게 철갑 상자를 삼보태감 정화의 앞에 놓을 것을 지시했다. 이에 환관들은 철갑 상자를 삼보태감 정화의 앞에 놓음과 동시에 상자의 뚜껑을 열었다.

월(鉞).

철갑 상자 안에는 사람 키만큼 거대한 도끼가 그 날카로움과 위용을 뽐내고 있었다. 바로 남방 원정군과 서양취보전의 총지휘관으로 임명한다는 상징물이었다. 그것은 황제의 명을 대신할 수 있는 것으로, 삼보태감을 군부의 한 명으로 임명한다는 영락제의 뜻이 담겨 있는 것이다.

"폐하… 성은이 망극하옵니다. 소신 태감 정화, 폐하의 성은에 보답하기 위해 분골이 쇄신하도록 최선을 다하겠사옵니다. 황제 폐하… 만세, 만세, 만만세……."

"황제 폐하… 만세, 만세, 만만세……."

정화는 자신의 앞에 놓여 있는 철갑 상자 안의 도끼를 바라보며 오체투지를 했다. 예전에도 그러했고 지금도 그러하지만, 삼브태감은 더욱더 진심으로 영락제에게 충심을 다하겠다는 것을 행동으로 보이는 것이다.

"좋다. 삼보태감과 대신들은 그만 자리에 앉도록 하라. 오늘 저녁에 태감을 남방 원정군의 총지휘관으로 임명한 것을 축하하는 의미에서 짐이 큰 연회를 베풀겠다. 그러니 대신들은 한 명도 빠짐없이 참석해서 짐을 즐겁게 하라. 하하하……."

"성은이 망극하옵니다. 폐하……."

"하하, 좋다… 참, 오늘 삼보태감의 일 말고 다른 사안은 없는가?"

"예, 아직 많이 있사옵니다. 그러나 가장 중요한 것은 북경의 황궁 축조에 관한 것이옵니다."

"북경의 황궁 축조에 관한 것이라면……?"

"예, 지금 그 일을 책임지고 있는 담당 관리로부터 전갈이 왔는데, 현재 황궁이 구축될 토지 정리 작업이 마무리되었다고 합니다. 그에 황제 폐하의 윤허를 받아 설계 작업을 수행하고자 한다 합니다."

육부상서 장 제독이 영락제의 앞에 나서며 일전에 북경에서 올라

온 장계(狀啓)의 내용을 보고했고, 그 뒤를 이어 공부상서(工部尙書) 궁길(弓佶)이 말을 이었다.

"음… 토지를 정리하는 작업이 마무리되었다……? 잘되었군. 짐이 알기로 지금 그 일을 맡고 있는 관리는 후작(侯爵) 진규(陳珪)와 공부시랑(工部侍郞) 오중(吳中)인 것으로 알고 있는데……? 맞는가……?"

"그렇사옵니다. 북방을 담당하고 계신 진 후작님의 지원 하에 오 시랑이 그 일을 책임지고 있는 것으로 아옵니다."

"그래… 그럼 이미 짐이 모든 책무를 궁 상서에게 일임했고, 궁 상서는 오 시랑에게 지시한 것으로 알고 있는데 무엇을 또 알아야 한다는 말이냐? 그 일에 관해 짐이 세부적으로 알아야 할 사항이 있느냐?"

"예, 폐하… 우선 가장 기초적인 토지 정리가 잘 마무리되었으니, 지금부터는 세부적으로 황궁 구축을 위한 설계 작업에 착수해야만 합니다. 비록 폐하께서 소신에게 막중한 임무와 권한을 주셨지만, 황궁을 구축함에 있어 우선 황제 폐하의 의견이 수렴되어야 한다고 판단하였기에 장계를 올리게 된 것입니다."

"음… 일리가 있는 말이로다. 알았으니 궁 상서는 계속해 보라."

"예, 그럼 소신 궁길 아뢰겠습니다. 현재 황궁과 마찬가지로 북경의 황궁 역시 기본적으로 같은 계획 하에 설계가 이루어질 것입니다. 즉 본래 황궁은 황제 폐하께서 정무를 처리하시고 일상생활을 영위하시는 곳으로서 다방면의 기능을 갖추어야 합니다. 우선 첫째로 각종 의례를 거행하고 일상 정무를 처리할 수 있는 전당(殿堂)과 관공서가 있어야 하며, 둘째로 황제 폐하와 황후 폐하를 비롯해 많은 황실 마마 분들께서 생활하고 휴식을 취할 수 있는 침궁(寢宮)과 원림(園林) 등을 갖추고 있어야 합니다. 또한 세 번째로 황제 폐하와 여러 마마들께서 종교 및 제사 활동을 진행하고 서책을 읽거나 무예를 닦을 수 있는 불당(佛堂)·재궁(齋宮)·장서각(藏書閣)·사기장(射騎場)과 같은 장소도 있어야 하며, 선방(膳房)·작방(作坊)·금상방(禁上房)·고방(庫房) 등 많은 건물들이 들어서야 합니다."

"……."

"하지만 이러한 것들은 사소한 것들이옵니다. 북경의 황궁은 역대 황조들의 황궁들 중 그 어디에도 볼 수 없을 정도로 웅장하게 구축될 것이기에 세부적인 계획 지침을 만들어야만 할 것입니다. 그래서 소신이 이런 자리를 마련하여 폐하께 보고드리는 것입니다."

"음……."

영락제는 공부상서 궁길의 말을 들으며 고개를 끄덕였다. 일리가 있는 말이었기 때문이다. 아직 기단을 쌓고 석조들을 제조해서 올리지 못하고 있지만, 영락제는 공부상서 궁길의 설명을 들으면서 어쩌면 지금 황궁 구축을 함에 있어 가장 중요한 사항을 다루게 될 것 같다는 생각이 들었다.

"좋다. 그럼 기본적인 골격부터 말해 보거라. 짐과 대신들은 공부상서의 말을 들어본 연후에 논의를 하는 것으로 하겠다."

"알겠사옵니다. 그럼 하나하나 말씀드리겠사옵니다. 우선 가장 기본적인 것으로 전조후침(前朝後寢)의 배치에 관해 말씀드리겠습니다. 이것은 역대 황궁의 전각들을 배치하는 기본 구조라 할 수 있으며, 전조에 속하는 전각들은……."

"황제 폐하… 초창진 제독과 금의위 손화령 도독이 대전에 들어갈 것을 청하옵니다……."

공부상서의 말이 본격적으로 진행되려 하고 있을 때 육중한 철문을

뚫고 환관의 간드러진 목소리가 들려왔다. 그에 영락제는 공부상서의
말을 제지한 후 초 제독과 손 도독을 대청으로 들이도록 했다.

"어서 오라, 허허… 오늘 그대들의 모습을 볼 수 없어 근심하고 있
었는데, 그래도 늦지 않고 왔으니 다행이도다."

"황제 폐하… 송구하옵니다. 소신들이 급한 일이 있어 그것을 상의
하느라 늦었사옵니다."

"응? 급한 일이라… 허허, 우리도 지금 급한 일들을 논의하고 있었
는데… 그나저나 집정천의 논의를 물리면서까지 화급을 다투는 일이
무엇인가? 짐이 알기로 지금까지 초 제독이나 손 도독 모두 이런 일이
없었던 것으로 알고 있는데……? 허허, 궁금하구먼."

"그것이… 송구하옵니다, 폐하… 워낙 중차대한 일이 발생하는 바
람에 소신이 경황이 없어 손 도독과 먼저 상의를 하지 않으면 안 되었
습니다."

"허허, 그렇다면 그 일 먼저 들어봐야겠구나. 그럼 공부상서는 오늘
짐에게 하려 했던 것들을 토대로 장 제독 및 육부상서들의 의견을 수
렴하여 추후 보고하도록 하라. 아니다. 짐이 황궁을 축조하는 것은 잘
모르기에 별반 도움이 되지 않을 것이다. 그러니 대신들과 충분한 논
의를 거친 후, 수렴된 의견들을 바탕으로 기본 계획을 세워보도록 하
라. 오히려 그렇게 하는 것이 시간을 단축할 수 있고 일을 하는 사람도
편할 것이다. 공부상서는 짐의 말뜻을 알겠는가? 내각대학사는 짐의
결정을 어떻게 생각하는가?"

영락제는 공부상서의 보고를 받으면서 자신이 모두 들은 후 논의를
하고 의견을 내어놓아 보았자 다른 대신들과 별반 다르지 않다는 것을
느꼈다. 워낙 전문적인 지식이 필요한 일이기에, 오히려 문외한인 사

람이 잘못된 의견을 주장할 경우 일선에서 열심히 일하고 있는 사람들을 혼란스럽게 만드는 부작용이 일어날 수도 있지 않을까 생각한 것이다.

그에 영락제는 공부상서에게 황궁 구축에 관한 총책임과 직권을 넘겨준다는 것을 우회적으로 명한 것이다. 대신들 역시 영락제의 의중이 어디에 있는지 충분히 짐작할 수 있었다.

"소신의 생각에도 폐하의 결정이 합당하다 판단되옵니다. 오히려 그런 일은 전문적으로 하던 담당관에게 일임하는 것이 일을 빨리 추진할 수 있으며 부작용이 없는 법입니다."

"하하, 그런가? 그럼 그렇게 하도록 하지. 공부상서는 짐의 명에 따라 모든 일을 책임지고 북경의 진 후작과 오 공부시랑의 의견을 물어가면서 황궁 구축 작업에 차질이 없도록 수행하라."

"알겠사옵니다, 폐하… 그럼 소신은 여러 대신들과 그 문제를 논의하여 추진하도록 하겠습니다."

"영명하신 처사시옵니다, 폐하……."

"그렇사옵니다. 황제 폐하……."

"허허, 알았다. 그럼 이제 초 제독과 손 도독이 무슨 일로 늦었는지 들어보도록 하지. 그래… 도대체 무슨 일로 늦었는가?"

"예, 그것이… 임 도독에 관한 좋지 않은 보고가 있어, 그것을 손 도독과 논의하느라 늦었습니다."

"임 도독에 관한 좋지 않은 보고라? 흠… 초 제독, 임 도독은 지금 철혈금부 대원들의 무공을 지도하느라 황궁 서고에서 살다시피 한다고 초 제독에게 보고를 들었던 것이 이틀 전인 것으로 알고 있는데, 그사이 무슨 문제가 발생할 수 있다는 말인가? 이해가 안 되는구나."

영락제는 정색을 하며 호열에 관해 말하는 초 제독을 바라보며 고개를 가로저었다. 이틀 전만 하더라도 호열에 관한 좋은 소식과 함께 나날이 금부 대원들의 실력이 향상되고 있다는 보고가 있어 기분이 좋았었던 것을 기억하고 있었다. 그런데 불과 이틀이 지나서 좋지 않은 소식이 있다고 하니 그 영문이 무엇인지 궁금하지 않을 수 없었던 것이다.

"폐하, 자세한 것은 손 도독이 말씀드릴 것입니다. 사실 소신도 손 도독을 통해 그 사실을 들었기에, 소신이 말씀드리는 것보다 직접 들으시는 것이 좋을 것 같습니다."

"음… 그럼 그렇게 하라."

"감사합니다, 폐하… 손 도독, 어제 있었던 일을 세세하게 말씀드리시게."

초 제독은 손 도독에게 직접 영락제에게 고할 것을 권한 후 조용히 자신의 자리로 돌아갔다. 손 도독은 그런 초 제독을 향해 가볍게 끄덕여 보인 후 단상 앞으로 나갔다.

"폐하… 신 손화령, 철혈금부 임 도독의 일로 황제 폐하께 아뢸 말씀이 있어 이렇게 앞에 나섰습니다. 사실 이 일은 어제 소호 공주의 처소를 감시하고 있는 금의위 소속 비룡군 부대장 팽전인이 비룡군 대장 동광서의 명을 받고 소신에게 전한 것으로서, 그 내용은 이러했습니다. 어제 임 도독은……."

손 도독은 어제 팽전인에게 들었던 일들을 그대로 영락제에게 말하였다. 더하지도 않고 빼지도 않은, 팽전인이 했던 말을 모두 전한 것이다.

손 도독의 얘기가 진행될수록 영락제는 물론 대전에서 함께 청취하고 있던 대신들 모두 놀라움을 감출 수 없다는 표정들로 바뀌고 있었다.

그렇게 반 시진 동안 손 도독은 하나도 빠짐없이 설명을 한 후 자신의 자리로 돌아갔다. 이제 어떤 결정이 내려지든지 손 도독이 할 수 있는 일은 없었다.

"폐하… 이것은 있을 수 없는 일이옵니다. 어찌, 어찌… ."

"그렇사옵니다. 소호 공주는 전 황제인 건문제의 누이로 현재 감금을 당한 상태입니다. 그런데 어찌 임 도독이 그런 마음을 품을 수 있겠습니까? 이 일은 반역으로 다스려야만 합니다."

"장 제독의 말이 맞사옵니다. 아직까지 황제 폐하께 반심을 품고 있는 자를 향해 그와 같은 말을 했다는 것은, 임 도독 역시 반심을 품고 있다는 것을 나타내 주는 것입니다. 이는 필히 엄벌로 다스려야만 할 것입니다."

쾅……!

"어찌, 어찌 임 도독이 짐에게 그럴 수가 있다는 말인가… 어찌……!"

영락제는 자신의 앞에 놓여 있는 자단목 탁상을 힘껏 내려치며 용좌에서 일어났다. 대신들의 주청이 계속될수록 호열에 대한 화를 스스로 주체할 수 없었던 것이다.

"형부상서 조대준은 지금 당장 임 도독을 포박하여 압송하도록 하라! 짐이 직접 그 일에 관해 문초하겠다."

"옛! 알겠……."

"폐하… 고정하시옵소서. 우선 소신의 말을 들어본 연후에 임 도독을 포박하여도 늦지 않을 것입니다."

"내각대학사, 짐이 지금 고정할 수 있겠는가? 짐이 임 도독을 그동안 어떻게 대했는데……! 그런데 감히 짐에게 반심을 품다니……!"

"폐하, 그것은 아직 모르는 일이옵니다. 소신이 손 도독의 말을 들어보건대, 그 어디에도 임 도독이 반역자와 내통하고 반심을 드러냈다는 말은 없었습니다. 그러니 우선 좌정하시어 심기를 가라앉히신 후 소신의 말을 들어보십시오. 그런 후 일을 처리하셔도 무방할 것입니다. 그러니 형부상서에게 하명하신 명을 잠시 보류해 주십시오."

"음… 좋다. 내각대학사가 무슨 의도를 가지고 그러는지 모르지만, 잠시 형부상서에게 내린 명을 보류하겠다. 그러니 어서 말해 보도록 하라."

"감사합니다, 폐하……."

내각대학사 양회는 영락제가 용좌에 좌정하자, 그때서야 천천히 단상 앞으로 나와 깊숙이 허리를 숙였다.

"폐하, 소신은 여러 대신들과 달리 임 도독이 폐하께 반심을 품었다고는 보지 않습니다. 그 점은 폐하께서도 조금만 흥분을 가라앉히신 후 생각해 보신다면 금방 아실 수 있을 것입니다."

"음……."

"소신이 비록 임 도독과 많은 얘기를 주고받지는 않았지만, 그동안의 행동으로 보아 자신이 한 말에 책임을 질 줄 아는 사나이였습니다. 아니, 남아(男兒) 중 남아였습니다. 그런 임 도독이 어찌하여 폐하께 충성을 맹세하였는데 그런 마음을 품겠습니까……."

"폐하, 그것은 그렇지 않사옵니다. 그때 임 도독은 폐하께 충성을 맹세한 것이 아니었습니다. 그것은 소신도 알고 여러 대신들도 알고 있는 사실이옵니다."

"그렇사옵니다. 내각대학사의 말엔 큰 어폐가 있사옵니다."

"맞사옵니다, 폐하… 그 당시 임 도독은……."

"어허! 대신들은 그만들 하라! 아직 내각대학사의 말이 끝나지 않았다."

장 제독과 조 대도독이 내각대학사의 말에 반기를 들었다. 이미 지나간 일이었지만, 그때의 상황을 미화하는 듯한 발언이 내각대학사의 입에서 나오자 영락제에게 고한 것이다.

영락제 또한 그러한 것을 잘 알고 있었다. 당시 가장 큰 치욕을 당한 장본인이 바로 영락제 자신이었기 때문이다. 하지만 아직 내각대학사가 하고자 하는 말을 듣지 못했기에 대신들을 진정시켰다.

"이후 짐의 명이 있기 전까지 그 누구도 함부로 입을 열지 말라! 짐이 내각대학사의 발언을 다 듣고 난 연후 판단하겠다. 음… 내각대학사는 어서 계속하라!"

"알겠사옵니다, 폐하… 그럼 계속하겠습니다. 음… 번운복우(飜雲覆雨)라는 말이 있사옵니다. 이는 세상 인심이 사소한 원인으로 변화하는 날씨와도 같다는 의미를 지니고 있습니다. 폐하, 소신은 오늘의 일을 보면서 그런 말이 생각났습니다."

"음……."

"차마 입에 담고 싶지 않은 일이지만, 대신들이 그날의 일을 어찌 생각하든 지금까지 임 도독은 자신이 말한 것들을 충실하게 수행하여 왔습니다. 즉, 임 도독은 자신의 입으로 내뱉은 말에 책임을 질 줄 아는 대장부라 할 수 있습니다. 거기다 임 도독은 일 년 전에 큰 부상을 당한 일이 있었습니다. 그날 대신들 모두 현장에 갔었으니 잘 아실 것입니다. 단 세 명의 혈투로 인해 폐허가 되어버린 것을 말입니다. 당시 모든 대신들이 작약을 사용하였다 생각하였지만 사실은 세 명의 무공으로 인해 그렇게 된 것이었습니다. 그리고… 그날의 일로 큰 부상을 당해 생사가 위급했었을 때, 소호 공주는 임 도독을 자신의 처소로 옮긴 후 성심을 다해 치료한 일이 있습니다. 부상자가 폐하의 신하였던 임 도독이었는데 말입니다."

"내각대학사, 무슨 말을 하려고 하는지 잘 알겠다. 하지만 그것으로 임 도독이 소호 그 아이에게 한 행동과 말이 용납되는 것은 아니다."

"잘 알고 있습니다. 혹시 있을지 모를 반역을 미연에 방지하고자 소호 공주를 감금하고 있는데, 그러한 것을 알면서도 임 도독이 소호 공주를 찾아갔다는 것은 용납할 수 없는 일입니다. 그러나 폐하… 폐하께선 이미 그 어떠한 반란이 일어나도 어찌할 수 없는 대명제국의 황제이십니다. 설사 건문제가 살아 돌아와 반란을 일으킨다 해도 폐하께서는 그것을 모두 물리치실 수 있는 힘과 권력이 있사옵니다. 그런데 무엇이 두렵겠습니까!'

"음……."

영락제는 내각대학사의 말에 고개를 끄덕였다. 내각대학사의 말에 일리가 있다 판단되었기 때문이다. 비록 이번 서양취보전의 대선단을 남방으로 보내는 제일목적이 바로 건문제의 행방을 알아보고자 하는 것이었지만, 그것은 어디까지나 건문제의 시신이 발견되지 않았기에 혹시나 하는 마음으로 명을 내린 것이었다. 또한 지금은 건문제가 살아 있는 곳을 알아도 병사들을 보내고 싶지 않다는 생각이 들 정도였다.

"폐하, 차라리 소신은 이번 기회가 임 도독의 마음을 확고하게 잡을 수 있는 계기가 아닐까 생각되옵니다. 폐하께 충심을 다 바치게 할 수 있는 절호의 기회일 수도 있사옵니다."

“임 도독의 충성을 받아낸다……? 그렇게 될 수도 있겠지. 하지만! 짐은 임 도독을 인정할 수 있어도, 소호 그 아이를 인정할 수는 없다. 그 아이는 이미 반역도로 감금을 받고 있지 않느냐.”

“폐하… 이미 소호 공주는 유명무실한 상태입니다. 소호 공주가 황궁 밖으로 나간다 하여도 힘을 키울 수는 없을 것입니다. 그러니 이번 기회에 폐하께서 임 도독과 소호 공주와의 관계를 윤허하신다면 임 도독은 물론 백성들의 민심도 함께 얻을 것이라 사료되옵니다.”

“임 도독과 백성들의 민심을 얻는다……?”

“옛, 폐하. 분명 그렇게 될 것입니다.”

“음…….”

‘내각대학사의 말대로 그런 일들이 벌어질 수도 있을 것이다. 그러나… 휴~ 하긴… 예전 소호 그 아이는 백성들의 기대와 애정을 듬뿍 받고 있었지. 지금의 선혜처럼…….’

영락제는 북경의 연왕 시절 백성들로부터 귀여움과 함께 사랑과 애정을 한 몸에 받으며 자랐던 소호 공주의 모습을 떠올려 보았다. 그 당시만 하더라도 영락제는 소호 공주를 친딸처럼 여기며 귀여워해 주었었다. 그런 기억들이 머리 속을 가득 메우자 좀처럼 결정을 내릴 수가 없었다. 그동안 잊고 있었던 소호 공주에 대한 생각들이 계속해서 떠오르고 있었기 때문이다.

영락제는 조용히 눈을 감으며 내각대학사의 발언에 대해 고심을 하였다. 대명제국의 황제인 영락제로서도 이번 호열과 소호 공주의 일은 쉽지 않은 문제였다.

영락제가 아직 이렇다 할 결정을 내리지 못하고 고심에 빠져 있자 대신들 역시 아무런 말을 할 수가 없었다. 가만히 내각대학사의 말을 들어보니 실보다는 이득이 컸던 것이다. 하지만 대신들 역시 중론을 모아 충분한 논의를 한다고 해도 쉽게 결정을 내릴 수 없는 민감한 문제였다. 명분을 따를 것인지, 아니면 실리를 택할 것인지에 대한 분명한 결정을 내릴 수가 없었기 때문이다.

호열과 소호 공주 문제의 해결 방안을 결정하기 위해 영락제와 대신들이 고민하는 동안 대전은 장시간 침묵으로 일관되었다.

"흠… 이 문제는 짐도 쉽게 결론을 내리지 못하겠다. 아직 명분을 택할 것인지 실리를 택할 것인지 정하지 못하였기 때문이다. 그러니 짐이 어느 한쪽을 택하기 전까지 임 도독의 일은 거론하지 말고 지켜보도록 하라. 추후 진행되는 상황을 보고 짐이 결정하겠다. 모두 알겠는가!"

"알겠사옵니다, 폐하……."

"그렇게 하겠습니다, 폐하……."

"그럼 오늘은 이만 국정을 파하도록 하겠다. 짐이 피곤하여 더 이상 국정을 논의할 수 없으니 오늘은 그만 물러가도록 하라. 그리고… 아까 말했던 연회도 연기하도록 하라. 짐이 피곤하구나. 음……."

"알겠사옵니다. 그렇게 하겠사옵니다, 폐하……."

"만세, 만세, 만만세……."

영락제는 용좌에서 일어나 천천히 집정천을 빠져나갔다. 대신들은 영락제가 용좌에서 일어나자 깊숙이 허리를 숙여 예를 갖추었다.

제 9 장

검문의 숨겨진 의미를 스스로 읽을 수 있도록……!

 검로의 숨겨진 의미를 스스로 알 수 있도록……!

황궁이 있는 금릉의 백성들은 오랜만에 진귀한 광경을 구경할 수 있었다. 백성들에게 있어 황궁의 상징이라 할 수 있는 굳게 닫혀 있던 성문, 언제나 한결같이 닫혀 있던 성문이 무슨 일이 있는지 활짝 개봉되어 있었던 것이다.

그러나 더욱 백성들의 호기심을 자극하는 것은 따로 있었다. 열려진 성문을 중심으로 뻗어 있는 대로변 양쪽에 장창으로 무장한 병사들이 일렬로 정렬하여 있었던 것이다. 성문 안에서부터 성문 밖 삼 리에 이르는 거리로서, 지금까지 금릉에 살던 백성들도 몇 번 구경할 수 없었던 광경이었다.

"오늘 무슨 일이 있나? 저런 일은 황제가 바뀌거나 나라의 큰 사단이 벌어지지 않은 다음엔 없었던 일인데……?"

"그러게 말이야. 하지만 병사들의 표정을 봐서는 나라에 큰일이 벌어진 것은 아닌 것 같은데……."

"응? 그런가? 어디 보자… 하긴 그렇구먼. 병사들 얼굴이 굳어 있지 않고 상기된 표정이구먼."

"그렇지……? 나도 징병으로 전쟁을 치러본 적이 있는데, 전쟁을 하러 가는 병사들의 얼굴은 저렇지 않거든."

"그렇겠지… 그럼 도대체 무슨 일이지?"

"내가 그걸 어떻게 알겠는가. 황제 폐하가 시킨 일이니 저렇게 서 있겠지."

"하긴, 그렇겠지……."

대로 양쪽에 일렬로 정렬해 있는 병사들을 보면서 백성들은 저마다 떠들어대고 있었다. 다만 바로 옆 사람만이 알아들을 수 있을 정도로 소곤거려서 그 소음은 크지 않았다.

병사들로 인해 가로막혀 버린 대로엔 사람은 고사하고 흔한 개 한 마리도 지나다니지 않았다. 또한 대로를 질주하던 고관대작들의 마차도 물론 보이지 않았으며, 대로 주변에서 장사를 하던 장사치들 역시 짐을 풀지 못한 채 돌아가는 상황을 지켜볼 뿐이었다.

백성들은 병사들의 뒤에 서서 열려 있는 성벽 안을 주시했다. 어쩌면 오늘의 일이 무엇 때문인지 알 수 있을까 하는 심정으로 목을 쭉 내밀며 주시하고 있는 것이다. 그러나 백성들의 궁금증을 해소시켜 줄 그 어떠한 것도 나타나지 않았다. 아니, 정확히 성문 안을 볼 수가 없었기에 궁금증은 더해만 갔다.

성문 밖에서 백성들이 목을 내밀며 자신의 궁금증을 해결하기 위해 황궁 안을 보려고 안간힘을 쓰건 말건, 황궁 안 집정천 전당에서는 이 만 명이 넘는 병사들이 도열해 있었다.

오월의 따스한 햇살을 받으며 빛나는 갑옷과 창검들.

전당을 가득 메운 병사들의 모습은 가히 장관이었다. 이런 모습을 성문 밖 백성들이 본다면 평생 잊지 못할 추억으로 간직될 수 있을 정도였다.

전당 앞엔 화려한 의복과 갑옷을 입은 대신들이 삼삼오오 짝을 이루며 모여 있었다. 그중에는 호열을 비롯해서 오군도독부의 조 대도독, 그리고 육부상서 장 제독과 여러 대신들이 함께 자리하고 있었다.

그러나 대신들 중 유독 눈에 띄는 사람이 있었다. 항상 자색의 비단으로 된 의복을 입던 삼보태감 정화는 생전 입어보지 않았던 갑옷을 입고 있었다. 얼마나 잘 만들어졌는지, 햇빛에 반사되어 눈이 부실 정도로 빛이 반사되어 갑옷 전체가 은빛으로 보일 정도였다. 그러나 더욱 놀라운 것은 무거운 갑옷과 함께 허리엔 장검을 차고 있는 것이다.

"하하하, 드디어 오늘입니다. 정말 역사적인 날이 아닐 수 없습니다."

"그렇습니다. 이렇게 듬직한 병사들의 모습을 보니 가슴이 시원해지는 것 같습니다. 하하하……."

"삼보태감, 그동안 수고 많으셨습니다."

"무슨 말씀을, 이 모두 황제 폐하께서 베풀어주신 은덕입니다."

"그렇고말고요, 그렇습니다. 하하하……."

"하하하……."

병사들은 무거운 갑옷과 병장기로 인해 힘겨워하는 반면, 대신들은 저마다 삼보태감과 애기를 나누며 한가롭게 대화를 주고받고 있었다.

이제 얼마 있지 않으면 전당에서 병사들의 출전식이 벌어질 것이다. 정확히 미시.

태양이 중천에 떠오르는 미시 정각에, 삼보태감 정화의 총지휘 아래 남방 원정군의 대항해를 알리는 출전식이 황제인 영락제의 명에 의해 세상에 공표가 되는 것이었다. 서양취보전의 출전을 알리는…….

대신들이 저마다 삼보태감 정화와 얘기를 하기 위해 모여 있는 반면, 호열은 철혈금부의 도독으로서 단상에 한자리를 차지하고 있었다. 그러나 어딘지 모르게 부자연스러웠다. 웬만해선 허리에 착용하지 않는 철혈검 때문이었다. 검의 길이가 보통 검보다 길기에, 항상 왼손을 검의 손잡이에 올려놓은 상태로 힘을 주어야 검집 끝이 땅바닥에 끌리지 않기 때문에 여간 신경 쓰이는 것이 아니었다. 마음 같아선 검에 대해 신경 쓰고 싶지 않았지만, 호열은 그렇게 할 수가 없었다.

원래 호열은 철혈검을 가지고 나오는 것은 물론 생각하지 않았을 뿐만 아니라, 평상시의 복장을 하고 전당으로 향하려 했다. 그러나 그에 앞서 초 제독이 보낸 동창의 환관을 통해 철혈검과 함께 정복을 입고 나오란 전갈을 받았기 때문에 어쩔 수 없이 정복을 입고 나선 것이다. 그렇다고 대신들이 모두 보고 있는 데서 황제가 하사한 검을 땅바닥에 질질 끌며 다닐 수는 없는 일이기에, 호열은 어서 빨리 출전식인지 뭔지가 끝났으면 하는 바람뿐이었다.

"황제 폐하 납시오… 황제 폐하 납시오……."

"음… 황제 폐하께서 납시나 봅니다. 어서 황제 폐하를 맞이할 준비를 하십시다."

"예, 그렇게 하십시다."

집정천 너머 들려오는 환관의 목소리에 정렬해 있던 대신들은 자신의 자리를 찾아 서느라 분주하게 움직였다.

대신들이 모두 영락제를 맞이할 준비를 하는 동안, 미리 정렬해 있

던 병사들은 자신의 자리를 굳건히 지키며 곁눈질로 자신의 의복과 병
장기를 살펴보았다. 혹시라도 의복이 잘못되었거나 병장기가 황제의
눈에 거슬리게 되면 안 되었기에 마지막으로 점검하기 위해서였다.

"황제 폐하 납시오……."

환관의 목청이 우렁차게 전당에 울려 퍼지면서 그 뒤로 영락제가 모
습을 드러냈다. 머리엔 길게 금줄로 장식된 사각 금관을 쓰고 있었으
며, 평소 잘 입지 않던 대연회복을 입고 있었다. 황금빛 출렁이는 대연
회복은 햇빛에 노출되자마자 웅장한 빛깔을 사방에 뿌려대고 있었다.
그 빛이 얼마나 휘황찬란한지, 황제의 모습을 한 번이라도 더 보기 위
해 눈동자를 굴리던 병사들이 저절로 두 눈을 감아야 될 정도였다.

또한 영락제의 뒤를 따라 황태자와 선혜 공주가 그 모습을 드러냈
다. 대명제국의 국익을 위해 병사들을 출전시키는 의미있는 자리인 만
큼, 황태자와 금위등룡부 제독 선혜 공주가 함께 자리를 한 것이다.

"황제 폐하 만세, 만세, 만만세……."

"황제 폐하 만세, 만세, 만만세……."

영락제가 단상에 미리 마련되어 있던 용좌에 앉자 대신들과 정렬해
있던 병사들은 허리를 깊숙이 숙이며 목청을 높여 영락제를 맞이했다.

"모두 일어나라. 음… 오늘 짐은 기쁘기 그지없도다. 여러 대신들은
물론 짐의 눈앞에 우뚝 서 있는 병사들을 보면서 우리 대명제국의 앞
날이 태양의 빛보다 밝다는 것을 느꼈도다."

"황공하옵니다, 폐하……."

"황공하옵니다, 폐하……."

미리 약속이나 한 듯, 대신들 중 한 명이 영락제의 말이 끝나자 바로
영락제를 칭송하며 목청을 높였고, 그에 맞추어 병사들도 일을 모아 크

게 칭송을 하였다.

"하하하… 자, 이제 출전식을 시작하도록 하라!"

"알겠사옵니다, 폐하……."

영락제의 명을 받은 예부상서 묵형신이 단상 앞으로 나서며 자신을 주목하는 병사들 앞에 섰다.

"오늘 그대들은 황제 폐하의 명에 의해 남방 원정군의 일원으로 이 자리에 섰다. 또한 황제 폐하의 충성스런 병사들로서 이 자리에 섰다. 그리고 본인은 예부상서 묵형신으로서 황제 폐하의 명에 의해 이 자리에 섰다. 그러니 황제 폐하를 대신하여 그대들에게 명하겠다. 흠흠… 그대들은 오늘부터 남방 원정군의 일원으로서 짐을 대신해 대명제국의 위세를 남방의 모든 국가들에 보여주어야 한다. 그에 남방 원정군의 총지휘자로 삼보태감 정화를 임명할 것이며, 그의 명을 짐의 명으로 받들어 충성을 다하도록 하라! 삼보태감 정화는 짐의 앞에 서라!"

"옛……!"

예부상서 묵형신이 영락제를 대신해서 출전문을 낭독하였다. 그에 모든 대신들과 병사들은 묵형신의 말에 주목하였으며, 삼보태감 정화는 묵형신의 하명에 단상 앞으로 올라 묵형신과 마주 보았다. 영락제가 앉아 있는 용좌를 가운데로 두고, 묵형신과 삼보태감 정화가 서로 마주 보며 선 것이다.

"짐은 오늘 삼보태감 정화를 남방 원정군 제독으로 임명한다. 삼보태감은 짐의 하명을 받들라……!"

"성심을 다해 황제 폐하의 명을 받들겠습니다. 황제 폐하 만세, 만세, 만만세……."

"이로써 삼보태감 정화는 남방 원정군 제독으로 임명되었다. 남방 원정군에 소속되어 있는 장군들과 장수들, 그리고 병사들은 남방 원정군 정화 제독에게 짐에게 충성한 것과 같이 충심을 다하도록 하라……!"

"황제 폐하의 하명에 따라 남방 원정군 제독에게 충성을 다하겠습니다."

"충성을 다하겠습니다."

묵형신의 말에 정렬해 있던 장군들과 장수들, 그리고 병사들은 이구동성으로 남방 원정군 정화 제독에게 충성을 다할 것을 다짐했다. 이것은 앞으로 자신들의 상관인 정화 제독에게 충성을 다하겠다는 다짐을 한 것이지만, 크게는 황제인 영락제에게 자신들의 충성을 다짐한 것이다.

영락제는 전당이 떠나갈 듯한 남방 원정군의 함성에 흡족한 표정으로 고개를 끄덕였다. 너무나 듬직했던 것이다.

"이로써 출전식을 마치겠다. 이제 남방 원정군은 정화 제독의 명에 따라 출전 준비를 하도록 하라!"

"옛……!"

묵형신이 출전문을 모두 낭독한 후 자신의 자리로 돌아가자, 그 뒤를 이어 정화 제독이 단상의 앞에 섰다.

"남방 원정군 제독으로서 명한다. 모두 정렬……! 신 남방 원정군 총지휘관 정화, 황제 폐하의 하명을 받들어 출전을 하게 되었기에 이렇게 황제 폐하의 앞에 섰습니다. 황제 폐하 만세, 만세, 만만세……."

"황제 폐하 만세, 만세, 만만세……."

"황제 폐하 만세, 만세, 만만세……."

정화 제독의 선창으로 남방 원정군의 병사들이 일제히 영락제가 앉아 있는 용좌를 향해 오체투지를 했다.

"하하하… 어서 일어나도록 하라! 음… 정화 제독은 병사들을 이끌고 어서 출전하도록 하라! 짐은 남방 원정군이 크게 위세를 떨치기를 기원하노라!"

"하명 받들겠사옵니다, 폐하. 황제 폐하의 하명이 떨어졌다. 각 부대의 장군들과 장수들은 출전 도열을 갖춘 후 병사들을 이끌고 출전하도록 하라……!"

"옛, 알겠습니다. 병사들은 모두 출전 도열로 정렬하라. 그리고 각 부대의 장수들은 병사들을 이끌고 나를 따르도록 하라……!"

정화 제독의 명에 남방 원정군의 부지휘관이 앞으로 나서며 각 부대의 장군들과 장수들에게 명을 했고, 각 장수들은 자신들의 병사들을 정렬시킨 후 대열을 갖추며 전당을 빠져나가기 시작했다.

이만칠천팔백 명에 이르는 남방 원정군의 병사들이 선두에 네 명씩 대열을 만들어서 앞으로 전진하자, 그 뒤를 이어 끝도 없는 병사들의 행렬이 이어졌다.

전당에 정렬해 있던 남방 원정군 병사들이 모두 빠져나가기까지 반 시진이 소요되었다. 그동안 영락제를 비롯해서 단상에 있던 모든 대신들은 자신들의 자리를 굳건히 지키며 병사들이 빠져나가는 것을 지켜보았다.

'하하, 정말 장관이로다. 저들이 짐의 군대로다, 저들이… 후후, 이제부터 시작이다. 짐에 의해서 대명제국의 위세가 하늘을 찌를 것이다. 짐에 의해서……'

영락제는 마지막 행렬의 병사들이 빠져나가는 것을 모두 지켜본 후에도 용좌에서 일어서지 않았다. 아니, 쉽게 일어설 수 없었다. 남방 원정군을 출전시킴으로써 한 발짝 자신의 이상 세계에 다가선 느낌에 가슴이 벅차올랐기 때문이다.

남방 원정군은 정화 제독의 지휘 아래 황궁을 빠져나간 후 남통(南通)까지 백성들의 축하와 열렬한 지지를 받으며 긴 행렬을 이어 나갔다. 총지휘관으로서 남방 원정군의 선두에서 말을 몰며 병사들을 인도하는 정화 제독의 뒤로 세 명의 장군들이 따랐다. 그러나 정화 제독과 세 명의 장군들 사이에 두 명이 더 있었는데, 그들은 정화 제독을 수행하기 위해 따라가는 수행원으로서 마환(馬歡)과 비신(費信)이란 사람이었다. 마환의 자는 종원(宗遠)으로 회계(會稽) 출신이었으며, 비신의 자는 공효(公曉)로 강소성(江蘇省) 곤산(昆山) 출신이었다. 마환과 비신은 전투를 위해 간다거나 정화 제독을 보호하기 위해 가는 것이 아니라, 두 사람 모두 한림원 출신으로 남방 원정에서 보고 들은 것을 기록하란 황제의 명을 받고 가는 것이었다. 이는 남방 원정군의 역사적인 승전보와 남방의 문물 및 교통 등을 기록하여 후대에까지 영원히 전하도록 하기 위함이었다.

훗날 마환과 비신 두 사람은 영락제의 기대에 부흥하였는데, 마환은 항해하는 과정에서 보고 들은 것들과 항해로 등을 기록하여 영애승람(瀛涯勝覽)이란 책을 편찬하였고 비신은 항해를 하는 도중 들렀던 국가들의 풍물이나 보고 들었던 것들을 기록하여 성사승람(星槎勝覽)을 편찬하였다.

그러나 두 사람의 책이 편찬되는 것은 먼 후의 일이고, 남방 원정군이 황궁이 있는 금릉 중심지를 빠져나와 남통에 도착한다 하여 바로 전함에 승선할 수 있는 것이 아니었다. 남통에 도착한 후 병사들은 쉴 수 있는 시간도 없이 각 분대별로 나뉘어서 대기하고 있던 선탁에 승선한 후 여섯 시진 이상을 항해하여야 한다. 그래야만 이미 단산도도(丹山都島)에 정박해 있는 서양취보전 선단에 오를 수 있는 것이다. 다시 말해 남방 원정군의 병사들이 서양취보전 전함에 승선을 하는 순간, 진정한 남방 원정군으로서 출전하게 되는 것이다.

"휴~ 정말 못해먹겠군. 정복을 입으라고 하는 것은 좋은데, 역시 이 검이 문제야. 아무리 생각해도 검이 너무 길어… 훗, 그래도 이렇게 차려입으니 폼은 나는구만. 하하하……."
호열은 남방 원정군의 출전식이 끝나자마자 바로 철혈금부의 집무실에 들어왔다. 의복을 갈아입기 위함이었다. 비록 휘황찬란한 금빛 휘장으로 인해 멋있어 보이지만, 평상복처럼 입고 다니기엔 여간 불편한 것이 아니었기 때문이다.
호열은 추 총관의 도움을 받으며 의복을 갈아입었다. 혼자서도 할 수 있었지만, 추 총관이 나서서 호열이 의복을 갈아입는 것을 도와주었다.
"고맙네."
"아닙니다. 그나저나 오늘 남방 원정군의 출전식은 잘 끝났습니까? 저도 먼발치에서 보았는데, 병사들이 행군하는 모습이 장관이었습니다."
"하긴, 장관이었지……."
'황제가 자신의 위세를 만천하에 알릴 수 있는 자리였으니 신경깨나 썼겠지.'
"도독님, 오늘도 대원들의 훈련을 직접 지도하실 것인지……."
"응? 그럼 오늘도 해야지. 그런데 그건 왜 물었는가……?"

“예, 신시가 다 되어가는지라 너무 늦으시면 안 되겠기에 물어보았습니다. 출전식에 참가하신 후라 피곤하실 것 같기도 하고, 또한 요즘 건강이 계속 나빠지시는 것 같아 염려가 됩니다.”

“음… 시간이 벌써 그렇게 됐나? 정말 요즘은 하루하루가 빨리 지나가는구만. 흐음… 그럼 어쩔 수 없지. 오늘은 추 총관이 알아서 해주게, 사실 오늘은 몸이 피곤하구만.”

“알겠습니다. 그럼 오늘은 제가 대원들의 훈련을 마무리하겠습니다. 도독님께선 일찍 들어가셔서 쉬십시오.”

“고맙네. 흐음…….”

추 총관이 밖으로 나가자 호열은 의자에 몸을 기대며 눈을 감았다. 요즘 들어 건강이 많이 나빠지고 있었다. 아직 부상이 완전하게 회복된 것이 아니었기 때문이다. 아니, 부상이 회복되기는커녕 더욱 악화되고 있었다. 그러나 지금이라도 억제하고 있는 어의심공을 풀어버리면 금방 회복될 수 있었다. 하지만 마기가 완전히 사라지지 않고 끈질기게 버티고 있는 상태였기에 그렇게 할 수도 없었다. 지금 어의심공을 시전하면 여태까지 공들였던 것이 한순간에 물거품처럼 사라지기 때문이다.

‘휴~ 조금만 더 버티자, 이제 얼마 남지 않았어. 이 녀석이 최후의 발악을 하고 있는 것이니 곧 사라질 것이다. 그때까지만 버티면 되는 거야, 그때까지만…….’

호열은 매일매일 자신의 몸 상태를 확인했다. 아침에 눈을 뜨자마자 하는 일이 마기의 힘이 어느 정도 감소했는지를 확인하는 일이었다. 그것이 지금은 습관처럼 되어버려서, 아침에 눈을 뜨면 몸 상태가 어떠한지 저절로 감지할 수 있었다. 비록 몸은 좋아지지 않고 있지만, 마기가 소멸되고 있는 것을 느끼기에 기분이 좋았다.

"하하, 정말 좋은 날이다. 오월의 햇빛은 정말 좋구나… 정말 좋아, 하하하……."

창문 틈으로 쏟아지는 따스한 햇살을 얼굴 가득 받으며 호열은 기분 좋게 웃었다. 모든 근심을 잊기 위해서라도 크게 웃었다.

*　　　*　　　*

"핫……! 하… 앗……!"

"빠르게, 더 정확하게 움직여라! 그렇게 느린 움직임으론 아무도 상대할 수 없다. 알겠나……?"

"하… 앗……!"

오전에 심법 수련을 마친 금부 대원들은 안 교관과 남 교관의 호통을 들으며 열심히 목검을 움직였다. 지금 대원들은 무당파의 태청십삼세(太淸十三勢)를 수련하고 있었다. 태청십삼세는 태청검법(太淸劍法)의 다른 말로, 무당파의 오대검공 중 한자리를 차지하고 있었다. 도가(道家)의 비전검공의 특성을 가장 잘 보여주는 것으로, 초식이 거듭될수록 웅위로움이 배어나는 절정검공이었다.

그러나 대원들의 검극에선 그 어디에서도 도가의 기풍이 서려 있지 않았다. 부드럽고 웅장하게 이어지면서도 도가 특성의 부드러움이 보여야 하건만, 교관의 절도있는 목소리에 맞추어 대원들도 초식 하나하나를 절도있게 시전하고 있었다.

호열과 추 총관은 교관들이 대원들을 훈련시키는 것을 단상에 서서 바라보고 있었다. 열심히 땀을 흘리며 훈련을 시키는 교관들과 그에 맞추어 온몸이 땀방울로 범벅이 되어 있는 백 명의 대원들 모습이 한눈에 들어왔다.

"음… 총관, 언제부터 교관들이 대원들을 저런 방식으로 훈련시켰는가? 나는 분명 각자의 성취에 맞추어서 훈련시키라고 했었던 것 같은데……?"

"예, 하지만 처음 초식을 훈련시켜 몸에 배이게 하기 전에는 모두 함께 훈련에 임하는 것이 좋은 것 같아 제가 지시했습니다. 무엇이 잘못되었습니까?"

"잘못되었지. 잘못되어도 너무나 크게 잘못되었네. 총관, 총관은 지금 대원들이 태청십삼세의 진의를 알고 초식을 시전하고 있다 보는가? 저건 초식의 진의를 파악하고 그에 순응하여 시전하는 것이 아니라, 겉껍데기만 본 후 흉내만 내는 것이네. 알겠는가!"

"껍데기라 하시면……?"

"총관은 지금 즉시 교관들을 물리고 대원들의 훈련을 중지시켜라. 지금으로서는 훈련시키는 교관들이나 훈련받고 있는 대원들 모두 시간만 낭비하고 있다. 그리고 교관들과 부관들을 대동하고 집무실로 올라오라! 지금 당장……!"

"예, 알겠습니다."

호열은 더 이상 볼 것 없다는 듯이 신경질적인 반응을 코이며 단상을 내려와 집무실로 향했다.

"중지! 모두 중지하라……!"

"중지……. 총관, 왜 그러십니까? 무슨 일이 있습니까?"

남 교관이 총관의 명에 따라 대원들을 중지시킨 후 단상을 바라보았다.

“도독님이 훈련을 중지시키라고 명하셨다. 그리고 교관들과 부관들은 나를 따라 집무실로 올라가야겠다. 도독님께서 하실 말씀이 있으시다 하신다.”

“음… 알겠습니다. 대원들은 지금부터 모두 휴식 시간을 갖는다. 잠시 집무실에 다녀오겠다.”

“옛! 알겠습니다.”

오후 내내 호랑이보다 더 무섭게 훈련시키던 교관들과 부관들이 총관과 함께 집무실로 올라가자 대원들은 모두 자신이 서 있던 자리에 털썩 주저앉았다. 하루 종일 목검을 휘두르려니 온몸이 안 쑤시는 곳이 없었던 것이다.

“휴~ 힘들다.”

“그러게 말이야. 날씨도 점점 더워지고, 그에 반하여 훈련 강도는 갈수록 높아만 가니 힘에 부치는구만.”

“하하, 그래도 우리가 점점 강해지고 있지 않은가. 안 그런가, 대장……?”

“그건 맞는 말이다. 하지만 아까 도독님의 얼굴을 보니 심상치 않은 얘기들이 오고 갈 것 같아. 도독님 얼굴이 많이 굳어 있었거든.”

“정말? 음… 그럼 또 우린 죽어나겠구만. 에휴~ 또 뭐가 불만이래……? 제길……!”

“그런 말 꺼내지 마라. 그렇지 않아도 요즘 도독님의 안색이 예전 같지 않더라. 아직 부상에서 완전하게 회복되지 않은 것 같더라고.”

“음… 하긴, 그건 나도 느꼈다.”

구완웅의 불만 섞인 말에 섭천호가 집무실이 있는 창문을 바라보며 한숨을 쉬었다.

금부 대원 모두 호열의 안색이 점점 어두워지고 있다는 것을 알고 있었다. 또한 그것이 언제부터인지, 무슨 일 때문에 그렇게 된 것인지 잘 알고 있었기에 누구 하나 말문을 쉽게 열지 못하고 침묵을 지켰다. 원인을 알고 있었지만 내의부의 의관들조차 어찌하지 못하고 있는 것을 잘 알고 있었기 때문이다.

"자, 모두 그렇게 있지 말고 이참에 좀 쉬도록 해. 교관들이 나오면 또 힘든 훈련이 시작될 테니까 말이야."

"그렇게 되겠지. 아마 더 힘든 훈련을 시킬걸. 하하, 항상 그랬었으니 오늘도 예외는 없겠지."

"음……."

"……."

정곡을 찌르는 표연궁의 말에 왕전유와 소영준 등 모든 대원들이 공감을 하며 훈련장에 드러누웠다. 가장 편안한 자세로 쉬기 위함이었다.

쾅……!

"도대체 총관은 나와 상의 한마디 없이 교관들에게 그런 명을 내린 것인가! 또한 교관들은 무슨 생각을 가지고 대원들을 훈련시킨 것이고……! 어디 할 말이 있으면 해봐라. 총관! 어서 말해 봐라."

"도독님, 제 생각이 짧았습니다. 대원들을 훈련시키기 전에 도독님께 먼저 상의를 드렸어야 했는데, 도독님께서 워낙 건강이 좋지 않으신 것 같기에 제가 임의대로 교관들에게 지시를 한 것입니다."

"흐음… 총관, 자네가 나를 생각해 주는 것은 고마우나 그것은 잘못된 생각이었네. 내가 아무리 몸이 좋지 않아도 그런 문제는 상의를 했었어야 했네. 알겠는가……?"

호열은 총관의 말을 들은 후에야 상황이 어떻게 된 것인지 짐작할 수 있었다. 어찌 보면 오늘의 일들 모두 호열의 부상으로 인해 나타난 결과라 할 수 있었다.

호열은 몇 달 전 황궁 서고에서 조 무장과 함께 무공비급들을 연구하고 있을 때 이미 대원들의 훈련에 관한 모든 것을 추 총관이 알아서 하도록 지시한 일이 있었다. 당시에는 호열의 모든 신경이 무공비급에 있었기에 그런 지시를 내린 것이었다. 또한 모든 비급을 읽어본 후 대원들에게 알맞은 무공들을 훈련시키도록 일러준 후로는 건강이 좋지 않아 신경 쓰지 못했었다.

그러나 호열이 대원들의 훈련에 소홀히 했던 것은 아니었다. 무공을 수련함에 있어서 가장 중요한 심법 수련을 오전 시간대에 대원들에게 시키고 있었다. 다만 호열은 대원들의 심법 수련에 도움을 주는 차원에서, 대원들이 의구심이 일어 물어보는 것에 대답을 해주며 조언해 주는 정도였다. 하지만 호열이 심법 수련을 맡아 지도하면서 대원들의 성취는 몰라보게 달라졌다.

호열이 심법 수련을 전담하기 전까지 대원들 모두 황제가 하사한 영약들을 복용하고 의관들의 금침 시술로 인해 내공이 무려 일 갑자 반에 이르는 일류고수의 반열에 올라서게 되었지만, 심법은 좀처럼 삼성 이상의 성취를 보이지 않고 있었다. 그렇기 때문에 더 이상 내공의 성취도 없었다. 그러나 호열이 심법 수련을 지도하기 시작하면서 대원들 모두 심법에 놀라운 성취를 보이며 대부분 육성의 성취를 보였다. 또한 가장 두각을 나타내고 있는 조대호와 이건호, 그리고 세 명 정도가 칠성에서 그에 근접한 성취를 보이고 있었다.

어떻게 보면 호열은 자신의 부상을 돌보지 않고 금부 대원들의 훈련에 투혼을 발휘하였다 할 수 있었다. 하지만 호열이 그렇기 나서지 않으면 안 될 정도로 대원들에게 심법을 가르칠 수 있는 사람이 없었다. 그렇기에 호열은 내공을 기르고 심법을 대성하기 위해선 각고의 노력과 인내가 필요하기에 이렇게 하면 깨달음이 있을 것이다 하는 직접적인 조언을 아끼지 않았던 것이다. 제대로 된 무공을 시전하기 위해선 무엇보다 먼저 심법을 어느 단계 이상 성취해야만 한다는 것을 잘 알고 있었기 때문이다.

하지만 오후의 훈련은 모두 추 총관이 맡아서 했다. 그동안 호열의 몸이 좋지 않았기에 추 총관이 배려를 하는 마음으로 철혈금부의 모든 행정 업무들과 함께 모든 일을 알아서 집행하였던 것이다.

"예, 잘 알겠습니다. 음… 하지만 도독님, 저를 비롯해서 교관들이나 부관들 모두 그동안 무공이 무엇인지 정확히 모르고 있었습니다. 아니, 마치 눈뜬장님처럼 비급을 보고도 어떻게 가르쳐야만 하는지 몰랐습니다. 그렇기 때문에 대원들을 훈련시키면서 같이 알아가고 있는 상황입니다. 지금까지 도독님께 모두 보고드리지 않았지단, 많은 시행착오를 거치면서 지금까지 온 것입니다. 그러니 교관들과 부관들을 너무 나무라지 마십시오. 어찌 보면 이번의 일도 모두 제가 부족해서 일어난 일이라 할 수 있습니다."

"음… 총관의 말을 들으니 오히려 내가 미안해지는구만. 내 몸이 정상이었다면 오늘과 같은 일이 일어나지도 않았겠지. 내 총관과 교관들 모두의 마음을 알았으니 되었네. 그동안 나 모르게 애들 많이 썼구만. 휴……."

"아닙니다. 저희들이 오히려 송구할 뿐입니다, 도독님……."

"음… 알았네, 이제 그 얘기는 그만 하지. 그럼 오늘 훈련은 어떤 생각을 가지고 시킨 것인가? 안 교관이 설명해 주게."

"예, 지금 저희들이 훈련시키고 있는 것은 대원들에게 초식을 익히도록 하기 위함입니다. 초식을 알아야만 시전할 수 있기에 먼저 초식 하나하나를 몸에 익히도록 한 것입니다."

"알겠군. 훈련 방법은 잘못되었지만 좋은 생각이었네. 그럼 지금부터는 내가 지시하는 대로 대원들을 훈련시키게. 안 교관의 말대로 초식을 구사함에 있어 선행되어야 할 것은 초식을 몸에 익히는 일이라 할 수 있네. 익숙하지 않은 초식을 시전할 수는 없는 일이니까. 하지만 앞으로 훈련시킬 때는 지금과 같이 한 초식 한 초식 끊어서 가르치지 말고 만련(晩練)의 방식을 취하도록 하게. 오히려 그렇게 하는 것이 대원들에게 좋을 것이네."

"옛? 만련이라 하심은……?"

"……?"

안 교관을 비롯해 검이나 도를 잡아본 무관들은 이해할 수 없다는 표정을 지었다. 아무리 무공을 모른다고 해도 한 나라의 무관들 역시 검이나 창을 들고 전투를 해본 경험이 있었다. 또한 장군들이나 장수들이 병사들에게 어떻게 훈련시키고 있는지도 잘 알고 있었다. 또한 호열이 말하는 만련이 무슨 의미를 지니고 있는지 너무나도 잘 알고 있었지만, 지금까지 자신들이 훈련받았던 상식하고는 너무도 다른 말이기에 의아해했다.

"그대들 모두 내가 말한 만련이 무엇을 뜻하고 있는지 잘 알지 않는가. 알겠지만 일부러 초식 구사를 느리게 하여 검로를 단련하는 방법을 말하는 것이네. 빠르고 강하게 검법을 구사한다고 해도 정확한 검로를 모르면 속은 보지 못하고 겉만 보는 것과 같지. 총관… 아무리 복잡한 검로를 지닌 검법이라 하더라도 천천히 구사하면 그 숨겨진 경로가 보이기 마련이네. 이것은 꼭 검법에만 국한된 말이 아니네. 도법도 그렇고 권법과 신법도 이 범주에 들어가네. 모든 무공의 시작을 같은 방법대로 가르치라는 말이네. 그렇게… 대원들이 검로의 숨겨진 진의를 알아냈을 때에 비로소 제대로 된 초식을 구사할 수 있는 것이지. 그러니 이제부터 만련의 방식을 택하게. 검로의 숨겨진 의미를 스스로 알 수 있도록…! 내 말이 무슨 뜻인지 이제 알겠는가……?"

"음… 그렇군요. 도독님이 무슨 말씀을 하시려고 하는지 알겠습니다. 그럼 지금부터 도독님께서 일러주신 방법대로 대원들을 훈련시키겠습니다."

"하하, 알았네. 되도록 느리게 하라 명하게. 최대한 검르를 느리게 하란 말이지. 한 초식을 시전하는 데 하루가 걸려도 되네. 오히려 그렇게 된다면 검법이 담고 있는 진의를 명확히 알 수 있겠지. 알겠는가?"

"예! 그렇게 하겠습니다."

"좋아. 그럼 이만 나가들 보게."

"예, 그럼 편히 쉬십시오."

총관의 뒤를 따라 네 명의 교관들 모두 밖으로 나갔다. 모두가 훈련장으로 나간 집무실엔 호열만 남게 되었다.

"휴~ 힘들군. 음… 조 무장이 며칠 보이지 않는구나, 조 무장은 잘하고 있나? 후후, 아마 지금쯤 놀라울 정도로 성장해 있겠지. 나중에 운영과 대련시키면 재미있을 거야… 그나저나 운영은 잘하고 있나 모르겠군. 그때 그렇게 보내는 것이 아니었는데, 현운 장문인께서 잘 지도해 주고 있겠지."

　'후후, 잘하고 있겠지. 암……. 하지만 놀라운 일이다. 그날 나와 혈투를 벌였던 자들이 정말 구파일방의 고수들이었다니. 땡중은 소림사의 고수였고 나를 이렇게 만든 도사는 무당파의 고수였다. 정말 세상은 넓고도 좁은 곳이다. 그들은 내가 자신들의 정체를 모르길 바라겠지만, 분명 그들이 사용한 무공은 황궁 서고에 있는 비급상의 무공과 똑같았다. 다른 것은 몰라도 땡중이 시전했던 것들은 정확했어. 조금만 기다려라, 이제 너희들의 정체도 알았으니 이제부터는 내가 찾아가겠다.'

　대원들을 훈련시키기 위해 황궁 서고의 무공비급들을 정리하고 분류한 후 하나하나 살펴보는 과정에서 호열은 놀라운 사실을 확인할 수 있었다. 자신과 혈투를 벌였던 땡중이 시전했던 무공들이 모두 소림사에서 보내온 비급에 있는 것들이었다. 또한 죽음으로 몰고 갈 뻔했던 무시무시한 도사는 무당파의 고수라는 것도 알 수 있었다.

　비록 땡중과는 달리 도사와 손을 섞었던 것은 얼마 되지 않아도, 호열은 단 하나의 단서를 통해 알아볼 수 있었다.

　도사가 시전했던 태극검강과 태극일원검강.

　호열은 바로 두 가지 무공이 적혀 있는 무공비급을 보고서 무당파 고수라는 것을 확신하게 되었던 것이다.

　호열은 천천히 앉아 있던 의자에서 일어났다. 그리고 집무실을 나와 침실이 있는 곳으로 향했다. 잠을 청하기엔 너무나 이른 시간이었지만, 요즘은 얼마 움직이지 않아도 피곤이 밀려왔다. 몸이 피곤하니 마음까지 피곤한 것 같아 하루하루 생활하기가 여간 힘든 것이 아니었다. 그러나 호열은 훗날을 기약하며 마기가 완전히 사라지기만을 참고 또 참았다.

하지만 호열이 굳은 마음으로 미래를 기다리게 하는 원동력은 혜정 대사와 삼풍진인을 향한 원한과 복수심이 아니었다. 혜정 대사와 삼풍진인을 향한 복수심은 호열의 의지를 활활 불태우지는 못했다.

소호 공주.

호열의 의지를 활활 불태운 것은 소호 공주였다.

처음 호열이 소호 공주를 찾아가 자신의 마음을 고백한 후 몇 달 동안 거르지 않고 삼 일에 한 번씩 찾아갔다. 말을 걸어보지도 못하고 문전박대를 당하기도 하였으며, 얼굴 한번 보지도 못하고 돌아온 날들도 많았다. 하지만 호열은 개의치 않고 삼 일에 한 번씩 소호 공주의 처소를 찾았다.

그동안 호열은 영락제가 한 번쯤 자신을 불러 소호 공주에 관한 얘기를 할 줄 알았다. 황제는 이 모든 사실을 알고 있다 생각했기 때문이다.

호열이 소호 공주의 처소를 찾기 시작한 것도 벌써 몇 달이 지났다. 처음 찾아갔을 때는 그냥 지나갔을 수도 있었겠지만, 그 후엔 분명 처소를 지키고 있는 비룡군에서 손 도독에게 알렸을 것이고, 손 도독은 초 제독에게 알렸을 것이기에 영락제도 알고 있다 생각한 것이다. 그러나 영락제로부터 부름을 받고 가도 철혈금부의 훈련 상황만 물어볼 뿐 그에 관한 얘기는 언급되지 않았다.

그러나 호열은 영락제의 눈을 통해 알 수 있었다. 모든 사실을 알고 있으면서도 입 밖으로 꺼내지 않고 있다는 것을.

하지만 호열은 영락제가 어떻게 생각하고 있는지에 관한 것은 신경 쓰지 않았다. 자신이 사랑하는 사람만 자신에게 마음을 열어주었으면 하는 바람뿐이었다.

　오늘도 호열은 피곤한 몸을 이끌고 잠자리에 들면서 자신의 바람을 읊조렸다. 제발 소호 공주가 자신의 진심을 받아들이기를…….

제 10 장

저는 그날 하늘에서 내려온 선녀를 보았습니다

 저는 그날 하늘에서 내려온 선녀를 보았습니다

인생은 영고성쇠(榮枯盛衰)가 마치 손바닥 뒤집는 것처럼 일어난다. 다시 말해 인생은 무상하고 영고성쇠는 돌고 돈다는 말과 같은데, 지금은 여우가 놀고 토끼가 춤추는 곳일지라도 옛날에는 군왕(群王)이며 아름다운 미희(美姬)가 깔깔대며 황제를 희롱하던 고대광실(古代廣室)일 수도 있다. 그러나 현재에 와서 사람을 죽이는 살벌한 전쟁터로 바뀌기도 하고 죽은 자를 위로하는 작은 절을 짓기도 하는 것이니, 강자와 약자가 어디 있으며 흥망성쇠가 어디 있겠는가. 하지만 아무리 인생이 무상함을 알고 덧없음을 알아도 그 누구도 현재의 자신을 쉽게 버릴 수는 없을 것이다.

소호 공주는 어릴 때 모든 부귀와 공명을 함께하며 자랐지만, 불과 몇 년 전에 그 모든 것을 잃어버렸다. 아니, 다른 사람에게 그 모든 것을 빼앗겼다. 그에 절치부심(切齒腐心)하여 빼앗겼던 것을 찾고자 하였으나 오히려 감금을 당하며 자유로움마저 빼앗겨 버리는 상황에 놓이게 되었다. 그나마 자유로웠던 몸마저 구속당하고 시간이 지날수록 정신마저 피폐해져만 갔다. 옛 영화를 다시 찾고자 하는 욕심에 자신의 모든 것을 잃어버린 것이다.

소호 공주는 시간이 지나고 옛일들을 떠올리면서 조금씩 인생의 무상함을 깨닫게 되었다. 그러나 소호 공주의 인생에 다른 한 사람이 다가오면서 인생의 무상함보다는 새로운 희망이 생겨나기 시작했다. 하지만 그 희망은 끝이 없는 암흑 속의 동굴에서 영원히 헤어 나올 수 없는 그런 것이었다. 자유, 소호 공주에게는 자신의 마음을 표현할 수조차 없는 감금당한 상태였기에…….

'다시 세상을 살 수만 있다면, 옛 부귀영화를 되찾지 못한다고 해도 자유만은 꼭 다시 찾고 싶습니다. 좋아하는 곳에 갈 수 있고 사랑하는 사람에게 사랑한다 말할 수 있는… 부처님, 자유만, 자유만은 꼭 찾고 싶습니다…….'

쪼그려 앉아 풀잎과 나비를 보고 있던 소호 공주는 조향의 발자국 소리를 듣곤 천천히 일어났다. 깊은 사색에 빠져 있는 소호 공주를 방해하지 않고 옆에 다가가려 했던 조향의 의도가 빗나간 것이다.

"에이, 조심할 것을… 죄송해요, 소리를 내지 않으려고 했는데……."

"아니다. 그렇지 않아도 들어가려 했다."

"공주님, 그러지 말고 오늘은 좀 더 있다 들어가세요. 날씨도 좋잖아요."

"날씨는 좋지만 밖에 있고 싶지 않구나. 조향아, 그만 들어가자."

"음… 공주님, 오늘이 임 도독님께서 오시는 날이라 그런 건가요? 삼 일 전에 오셨었으니 오늘은 오시겠네요."

“조향아! 임 도둑하고는 상관없는 일이다. 그러니 어서 들어가자.”

“알았습니다. 들어가시지요.”

조향은 소호 공주의 얼굴이 굳어지자 고개를 숙이며 뒤로 물러났다. 소호 공주가 처소 안으로 들어갈 수 있게 옆으로 길을 비켜준 것이다.

“응? 저, 저기. 공주님, 임 도둑님께서 오고 계십니다. 저쪽을 보십시오. 오고 계시지요……?”

“음… 그렇구나. 우린 어서 들어가자.”

“공주님, 임 도둑님도 공주님을 보신 것 같은데 지금 들어가시면 어떻게 해요? 오늘은 임 도둑님과 몇 마디 말씀이라도 나누세요. 매일 임 도둑님 생각에 잠도 제대로 주무시지도 못하면서 계속 피하시기만 하면 어떻게 합니까?”

“네가 상관할 일이 아니다. 그러니 어서 들어가자.”

“공주니… 임…….”

조향은 소호 공주의 한쪽 팔을 잡고 놓아주지 않았다. 소호 공주는 조향의 손을 뿌리치고 방 안으로 들어가고자 하였으나 쉽게 뿌리칠 수가 없었다. 아니, 뿌리치고 싶어도 팔에 힘이 들어가지 않았다. 소호 공주 자신은 팔에 힘을 주었다고 생각할지 모르지만 조향이 잡고 있는 팔은 약간의 미동만 있었을 뿐 억지로 빼려고 하는 움직임은 보이지 않았다.

“공주님, 더 이상 임 도둑님을 사모하는 감정을 속이지 마세요.”

“조향아, 네가 무엇을 안다고 그러느냐, 그러니 어서 팔을 놓아라.”

“저도 그 정도는 알아요. 저도 여인인걸요… 그러니 더 이상 자신을 속이지 마시고 모두 털어놓으세요. 밤마다 저 몰래 눈물을 흘리지 마시고요. 예……? 제발…….”

“그… 음…….”

소호 공주는 순간 뭐라고 반박하고 싶었지만 그럴 수가 없었다. 머리 속이 텅 비어버린 것처럼 아무런 말도 떠오르지 않았다. 조향의 말에 아니라고 반박하고 싶었지만 그 어떠한 말도 할 수가 없었던 것이다.

“공주님, 이번 한 번만 제 말대로 하세요. 매번 공주님 얼굴도 못 보고 쓸쓸하게 돌아가시는 임 도둑님 모습이 안타까워서 그래요. 그리고 속으로 애만 태우시는 공주님 모습도 더 이상 볼 수가 없고요. 그러니 제발…….”

“음… 조향아, 네가 나를 생각해 주는 것은 고맙다만 세상일이란 것이 자신이 원한다고 모두 이루어지는 것이 아니란다. 너도 황궁 생활을 오래 해봐서 잘 알지 않느냐. 임 도둑과 나는 서로 어울릴 수 없는 운명이란다.”

“공주님, 이 세상에 그런 운명은 저와 같은 미천한 사람들에게 해당되는 얘기예요. 공주님과 임 도둑님이시라면 충분히 운명을 이기실 수 있어요. 그러니 제발… 공주님, 만약 제가 공주님의 입장이라면 모든 것을 포기하는 일이 있더라도 임 도둑님을 선택할 겁니다. 임 도둑님은 공주님의 모든 것을 알고 있으면서도 서슴없이 사모한다는 말을 할 정도로 대장부예요. 공주님…….”

“음…….”

조향의 말에 소호 공주는 휘청거리며 하마터면 그 자리에 주저앉을 뻔했다. 심적으로 큰 충격을 받은 것이다.

‘과연 내가 임 도둑의 마음을 받아들일 자격이 있는 것일까? 과연 그럴까……? 아니다, 만약 잘못되기라도 한다면 임 도둑에게 큰 위해가 갈 것이다. 숙부는 충분히 그렇게 하고도 남을 위인이다. 그래, 이건 나만의 문제가 아니야. 이미 모든 것을 잃어버린 나로 인해 임 도독마저 피해를 입게 할 수는 없는 일이야. 임 도독의 마음을 받아들이게 된다면 나는 큰 짐이 될 뿐이야…….'

"공주님, 지금 공주님께서 무엇을 생각하시는지 잘 알아요."

"……?"

조향은 소호 공주의 표정으로 지금 어떤 결정이 내려졌는지 쉽게 알 수 있었다. 소호 공주의 눈빛만 보아도 무엇을 원하고 무엇을 하고 싶은지 알 수 있을 정도로 친숙하게 지내왔기 때문에 그 누구보다 잘 알 수 있었던 것이다.

"공주님, 쉽지 않겠지만 아무도 도와줄 수 없는 황궁에서 공주님께 유일한 희망이 되어주실 수 있는 분은 바로 임 도독님뿐이세요. 임 도독님만이 공주님을 보호해 주실 수 있어요. 아니, 꼭 이런 것이 아니라고 해도 공주님도 임 도독님을 사모하고 계시잖아요. 임 도독님이 공주님을 사모하는 것만큼 공주님도 임 도독님을 사모하고 계시잖아요. 그러니 더 이상 마음 졸이지 마시고 임 도독님의 마음을 받아들이세요."

"……."

소호 공주는 멍하니 하늘을 바라보았다. 야속하지만 정말로 맑은 하늘이었다. 사방에서 새들이 짹짹거리며 사랑을 속삭이는 소리도 들렸고, 한들한들 자유롭게 날아다니는 나비들의 모습도 보였다.

소호 공주에게는 이 모든 것들이 낯설게만 느껴졌다. 분명 조금 전까지만 하더라도 직접 보고 들었던 소리들이었는데, 지금은 그 모든 것이 멀게만 느껴지고 있었던 것이다.

"대장님, 정말 맹랑한 아이입니다. 감히 공주에게 저런 말을 하다니 말입니다. 도독님께 보고하기는 그렇고, 나중에 혼을 좀 내주어야 할 것 같습니다."

"아니다, 그럴 것 없다. 어쩌면 저 아이 덕분에 우리들이 편하게 될 지도 모르겠구나."

"옛……? 그게 무슨……?"

"아니다. 그만 되었다. 그러니 자네는 이 일에 신경 쓰지 말고 평소 처럼 감시나 해라."

"예, 알겠습니다. 그럼 제자리로 돌아가 있겠습니다."

팽전인은 동 대장의 말을 이해할 수 없었지만 상관의 명령에 따라 자신의 자리로 돌아갔다. 팽전인에게 있어 동 대장의 명령이 우선이지 호열과 소호 공주의 줄다리기가 우선이 아니었다.

절대복종(絕對服從).

군부에 적을 두고 있는 모든 병사들도 마찬가지였지만, 금의위에 있 어 상관의 명령은 절대적이었다. 하물며 생사고락을 함께해 온 직속상 관의 명령은 그 무엇보다 우선시되고 있었다. 그것이 금의위 위사들의 철칙이자 자부심이었다.

"공주님, 안녕하셨습니까, 오늘은 들어가시지 않았군요. 고맙습니 다. 이렇게… 이렇게 얼굴이나마 볼 수 있게 해주시니……."

어느새 다가왔는지, 호열은 소호 공주에게 정중히 고개를 숙이며 환 한 얼굴로 인사를 했다. 찾아와도 좀처럼 얼굴은 물론 목소리조차 들 을 수 없었는데, 오늘은 보고 싶던 얼굴을 보게 되었기에 그 기쁨은 이루 말할 수 없을 정도였다.

"아, 아닙니다. 그동안 안녕하셨습니까."

"예, 공주님 덕분에 편안하게 지냈습니다. 그런데 공주님 안색이……."

"도독님, 그동안 안녕하셨습니까? 향아, 도독님께 인사드립니다."

"오~ 향아로구나. 그래, 그동안 잘 지냈느냐?"

"예, 저야 항상 공주님 곁에 있으니 잘 지내지요. 그런데 저번보다 안색이 더 안 좋아 보입니다. 어디 편찮으신가요?"

"아니다, 네가 이렇게 신경을 써주니 고맙구나. 하하하……."

"고맙다니요, 별말씀을… 그럼 저는 잠시 부엌에 들어가 차를 다려 오겠습니다. 잠시만 계십시오."

"그래, 고맙구나……."

"응? 저, 음……."

조향은 말이 떨어지자 무섭게 부엌으로 달려갔다. 행여 소호 공주가 손목을 잡을까 걱정이 되어 얼른 자리를 떠난 것이다.

소호 공주는 조향이 이렇게 빨리 자리를 떠날 줄 모르고 있다가 부엌으로 사라지자 어찌할 줄 모르겠다는 듯이 부엌만을 바라보았다. 하지만 아무리 기다려도 부엌에 들어갔던 조향은 나오지 않았다. 분명 차를 가지고 온다 했으니 나와도 벌써 나왔어야 하는데, 조향의 모습은 그 어디에도 볼 수 없었던 것이다. 그에 소호 공주는 정면에 서 있는 호열의 얼굴을 차마 볼 수가 없어서 고개를 숙였다가 다른 곳을 보면서 조향이 어서 나오기를 학수고대하며 기다렸다.

이각이 지났다. 하지만 조향은 부엌에서 나오지 않았다. 그렇게, 호열과 소호 공주는 서로 다른 생각을 하며 침묵의 시간을 보냈다. 하지만 호열에 의해 침묵을 깨어졌다.

"공주님, 그동안 어떻게 지내셨습니까?"

"예, 잘 지내고 있습니다."

소호 공주는 예전과 달리 호열에게 존대를 했다. 이미 호열이 어떤 마음을 가지고 있는지 잘 알기 때문에 처음과 같이 하대를 할 수 없었기 때문이다.

"예… 하하하, 날씨가 정말 좋습니다. 이런 날에는 산책이나 하면 좋은데 말입니다. 그렇지 않습니까?"

"예, 그렇겠네요."

"…저번보다 얼굴이 많이 수척해지셨습니다."

"예, 요즘 건강이 좋지 않아서요."

"건강이 좋지 않으시다고요? 그럼 탕약을 드셔야지요. 가만히 계십시오. 제가 당장 탕약을 지어…….."

"아닙니다. 괜찮아졌으니 그만두십시오."

"음… 알겠습니다. 그렇게 하겠습니다."

부엌에서 두 귀를 쫑긋 세우며 듣고 있는 조향이나 비룡군 위사들의 가슴이 답답할 정도로 호열과 소호 공주 사이에는 짧은 대화들만이 오고 갔다. 조향은 당장이라도 부엌을 나가 임 도독에게 소호 공주의 속마음이 어떠한지 알려주고 싶었지만 두 손을 꼭 잡으며 참느라 진땀을 흘렸다. 지금 밖으로 나갔다간 호열과 소호 공주가 대화할 수 있는 기회가 사라질까 염려되었기 때문이다. 다시는 오늘과 같은 기회가 오지 않을 수도 있었기 때문이다.

비룡군 위사들도 숨소리를 죽이며 호열과 소호 공주를 주시했다. 원래 비룡군 위사들의 임무가 일체의 소리없이 소호 공주를 감시하는 것

이었지만, 오늘은 유난히 위사들의 작은 움직임조차 찾아볼 수가 없었
다.

"흠! 고, 공주님, 그동안 저에 대해서… 제가 했었던 말에 대해서 생
각해 보신 적이 있습니까?"

"……."

"음… 공주님, 제 마음은……."

"임 도독님, 저는… 저는 도독님의 마음을 받아……."

"공주님! 지금 당장 제 마음을 받아주지 않으셔도 됩니다. 그러나
제가 누구인지, 어떤 사람인지 알고 난 후에… 공주님, 그때 대답해 주
시면 안 되겠습니까?"

"휴… 도독님, 도독님께서 제게 어떠한 감정을 가지시고 계신지 잘
알고 있습니다. 하지만 제게 그런 감정을 가지시면 안 되십니다. 도독
님도 잘 아시겠지만, 자꾸 그러시면 도독님께 해만 될 뿐입니다."

소호 공주는 호열의 마음을 애써 외면했다. 아니, 호열을 위해 최선
을 다해 외면하려 노력하는 중이었다. 혹여 이번의 일로 황제의 미움
을 사게 된다면 큰일이었기 때문이다. 아무리 황제의 신임이 두텁다
하여도, 반역의 수괴나 다름없는 소호 공주와의 일이었기에 잘못하면
극형에 처해질 수도 있었었다.

또한 소호 공주가 아는 영락제는 충분히 그렇게 하고도 남을 만한
사람이었다. 황제가 되기 위해 조카를 몰아낸 장본인이므로…….

"아닙니다. 아니, 공주님으로 인해 제 신상에 위해가 온다 해도 상관
없습니다. 공주님을 처음 보았던 그 순간, 아직까지도 그때의 기억이
생생합니다. 저는 그날 하늘에서 내려온 선녀를 보았습니다. 부상으로
목숨이 위태로운 상태인데도 공주님의 얼굴을 본 순간 모든 고통이 사

라질 정도였습니다. 이젠 공주님은 제 목숨입니다. 아니, 이젠 제 목숨보다 더 소중한 존재가 되어버렸습니다. 제가 숨을 쉬게 하는 동기며 삶의 원천이 되어버린 것입니다. 제가 이 세상에 존재할 수 있게 해주는 모든 것 말입니다……."

"안 됩니다. 그러시면 안 되십니다. 제발… 도독님, 제발 저를 이대로 내버려 두십시오. 그래야만 합니다. 그래야만 도독님이 사십니다. 제발, 흑흑흑……."

소호 공주는 호열의 애절한 말에 그만 다리의 힘이 풀리며 푹 주저앉았다. 더 이상 주체할 수 없는 감정 때문에 버틸 수가 없었던 것이다. 또한 간신히 참고 또 참았던 눈물마저 봇물 터지듯 터졌다. 이러면 안 된다는 것을 알면서도, 마음을 굳게 먹자고 생각하고 또 생각해도 사랑이란 감정은 이성으로 어찌할 수 없는지 허물어져 버린 것이다.

한번 터진 소호 공주의 눈물은 좀처럼 그칠 줄 몰랐다. 마치 그동안 호열을 향한 사모의 마음을 막고 있던 뚝방이 허물어지듯, 소호 공주의 눈물은 햇빛에 말라 있던 땅바닥을 흥건히 적실 정도로 멈출 줄 모르고 흘렀다.

"고, 공주님… 그만 눈물을……."

"흑흑, 도독님……."

"공주님……."

호열은 자신으로 인해 눈물을 흘리는 소호 공주가 너무나 안쓰러웠다. 그에 자신도 모르게 소호 공주의 어깨에 손을 올렸다. 그러자 마치 기다리기라도 한 듯, 소호 공주의 머리가 호열의 가슴으로 파고들었다. 더 이상 자신의 감정을 속일 수 없었던 것이다.

호열은 자신의 가슴을 적시며 눈물을 흘리고 있는 소호 공주의 어깨를 가볍게 두드려 주었다. 소호 공주의 마음을 확인한 이상, 더 이상 망설이지 않고 소호 공주를 사랑해 주고 싶었다. 또한 소호 공주가 자신을 사모하고 있었다는 것을 확인했기에 더 이상 기쁠 수가 없었다. 마치 하늘을 자유롭게 날아다니는 새가 된 기분이었다. 세상의 모든 근심을 훌훌 털어버리고 마음껏 하늘을 날아다니는 새…….

*   *   *

"음… 날씨가 이렇게 화창하니, 내일은 오랜만에 사냥이나 나가봐야겠구나. 그동안 너무 국정에만 매달렸더니 몸이 날이 갈수록 쇠해지는 것 같다."

오랜만에 일찍 국정을 끝내고 집청천을 나온 영락제는 태화전 용좌에 앉아 차를 마시고 있었다. 아직 태양이 완전하게 서산 너머로 지지 않은 상태였기에 영락제는 창밖으로 보이는 파란 하늘을 응시하고 있었다.

"황제 폐하… 선혜 공주 마마 드셨사옵니다……."

"응? 선혜가……? 허허허… 그래, 어서 들라 해라."

영락제는 들고 있던 찻잔을 탁자에 내려놓으며 용좌에서 일어나 반갑게 선혜 공주를 맞아주었다.

"아바마마, 차를 드시고 계셨사옵니까?"

"그래, 날씨가 너무 화창해 창밖을 보며 차를 마시고 있었다."

"창밖을 보셨다고요?"

"허허허… 오랜만에 창밖을 통해 하늘을 보니 느낌이 새롭더구나. 저 파란 하늘 또한 짐의 영토 위에 있으니 당연히 짐의 것이라 할 수

있는데, 짐은 그런 하늘을 그저 창문을 통해 바라만 보고 있으니… 정
말 자연의 위대함은 이루 말할 수 없다는 것을 새삼 깨닫게 되었느니
라.”

“아바마마도 참……..”

“허허, 짐이 하도 오랜만에 너를 보니 흥이 났나 보다. 그런데 이곳
은 무슨 일로 왔느냐? 초 제독에게 듣기론, 요즘 금위등룡부에서 환관
들을 훈련시키느라 정신이 없다고 들었는데……?”

영락제는 선혜 공주의 얼굴을 쳐다보며 짐짓 이상하다는 표정을 지
어 보였다. 한창 바쁘다는 말을 들었는데 아무런 말도 없이 불쑥 모습
을 드러냈기 때문이다.

평소 아버지로서 딸인 선혜 공주를 지켜보았기에, 영락제는 그 누구
보다 딸인 선혜 공주의 성격을 잘 알고 있었다. 금위등룡부를 창설하
기 전 평소와 같았다면 아무런 문제가 없었겠지만, 지금은 선혜 공주에
게 전시와 같은 상황이었기에 영락제가 미심쩍은 표정으로 보는 것이
었다.

한림원의 대학사들도 고개를 흔들 정도로 명석하여 다른 사람에게
지는 것을 절대 용납하지 않는 여장부의 기질이 다분한 선혜 공주가,
황궁의 모든 대신들과 장군들이 인정하는 한 사람과 보이지 않는 싸움
을 하고 있는데 일부러 아버지를 만나러 오지 않을 것이기 때문이다.

“예, 그렇습니다. 아바마마께 그 일 때문에 드릴 말씀이 있어 왔습니
다.”

“그 일이라고 하면……? 금위등룡부의 일을 말하는 것이냐……?”

“예! 아바마마, 왜 저희 금위등룡부엔 철혈금부와 같은 양의 영약이
지급되지 않은 것입니까? 분명 철혈금부보다 금위등룡부의 인원이 다

섯 배나 많은데 영약은 철혈금부의 절반에도 미치지 못했습니다. 소녀
는 그것이 알고 싶어서 이렇게 찾아뵌 것입니다."

그동안 선혜 공주는 환관들을 모아 금위등룡부를 창설한 후 철혈금
부 이상으로 맹훈련을 시키고 있었다. 비록 철혈금부에 하사되는 양만
큼 영약이 지급되지는 않았지만, 철혈금부에서 대원들에게 하던 방식
그대로 따라서 환관들에게 영약을 복용시켰다. 모두 철혈금부의 일을
도왔던 내의부 의관들의 덕이었다. 비록 남의 방식을 따라 한다는 것
이 자존심이 상했지만, 선혜 공주는 그러한 것을 개의치 않고 환관들의
실력을 향상시키는 데 전력을 다했다.

그러나 금의등룡부에 지급된 영약의 양이 철혈금부의 절반에도 못
미치는 상황이었기에, 선혜 공주는 금위등룡부의 제독으로서 가장 뛰
어난 성취를 보인 오십 명의 환관들에게 영약을 복용시켰다. 오백 명
모두 영약을 복용시켜 뛰어난 성취를 이루도록 하고 싶었으나, 선혜 공
주 자신 역시 무공을 익히고 있었기에 환관 모두에게 영약을 나누어
줄 수 없었던 것이다.

영약이 비록 철혈금부보다 적게 왔지만, 백 명의 인원이 나누어 복
용한 것보다 반수 적은 오십 명의 인원이 영약을 복용하면 그 효능 면
에서 더욱 뛰어날 것이라 판단했기 때문이다. 인원수에서 밀린다 하여
도 실력에서 우위를 보이면 된다 생각한 것이었다.

그러나 영약에 관해 한 번쯤은 부당하다 말하고 싶었기에 그 기회를
기다리고 있었다. 선혜 공주는 황제가 아닌 아비로서 피붙이인 딸이
지휘하는 병사들에게 차별 대우를 하고 있다 생각되었기 때문이다. 그
러나 영락제는 그동안 하루도 빠짐없이 대신들과 중차대한 국정의 일
을 논의하였기에 시간이 없었는데, 오늘 태화전을 담당하고 있는 환관

으로부터 집정천의 논의가 일찍 끝나 영락제가 태화전에서 휴식을 취하고 있다는 말을 듣고 부랴부랴 달려온 것이었다.

"허허, 그 문제 때문에 네가 오늘 아비를 찾아온 것이구나."

"예, 그렇사옵니다. 아바마마, 기회를 주시려거든 철혈금부나 저의 금위등룡부 모두 동등하게 주셨어야 하는 것이 아니옵니까?"

"동등한 기회를 주어야 했다……? 허허, 선혜야… 네 마음은 충분히 이해하지만, 지금 이 아비는 금위등룡부에 들어간 영약들도 모두 철혈금부에 주지 못한 것이 못내 아쉽다 여기고 있다. 너도 당초 이 아비가 왜 임 도독에게 철혈금부를 맡겼으며 금부 대원들을 어떻게 키우고자 했는지 잘 알 것이다. 또한 왜 이 아비가 철혈금부를 창설했는지도 알지 않느냐. 음… 너도 이미 짐작하고 있겠지만, 더 이상 영약을 구하고 싶어도 구할 수 없게 되었다. 지금까지 대신들을 몰아붙여 백방으로 수소문하게 하였지만, 한결같이 더 이상은 영약을 구할 수 없다 하였다. 무림인들이 무림맹인가를 만들어 제자들을 수련시키고 있기에 그곳에 모두 투입되었다 하더구나. 그러니 이미 모두 사용하여 더 이상 구할 수 없는 영약 얘기는 그만 하자구나."

"…알겠사옵니다. 소녀가 그만 아바마마의 깊은 뜻을 잊어버리고 있었습니다.

"허허, 역시 선혜 너는 이 아비의 마음을 흡족하게 하는구나."

영락제는 선혜 공주의 얼굴을 보며 크게 흡족한 표정을 지었다. 나아갈 때와 물러갈 때를 정확히 알아 처신하는 영리함이 예쁘고 귀엽게 보였던 것이다.

"그런데 아바마마, 소녀의 일은 그렇고… 이런 말씀을 드려야 할지 말아야 할지 모르겠지만, 소녀가 듣자 하니 요즘 임 도독이 소호 언니의 처소에 삼 일에 한 번씩 들른다고 하던데……."

"그 일이라면 이미 아비도 알고 있단다. 임 도독이 처음 소호, 그 아이에게 찾아갔었을 때 보고를 받았었단다."

"이미 알고 계실 것이라 짐작했었습니다. 음… 그럼 아바가마께선 앞으로 어떻게 하실 생각입니까? 제가 알기론, 아바마마께서 지금까지 그 일에 관해 임 도독이나 소호 언니에게 하문하셨던 일이 없는데요."

"그래, 아직까지는 없었지……."

"지금까지 정황을 보건대… 아바마마께서 임 도독을 처벌하는 일은 없을 것이고, 그렇다면 소호 언니를 처벌하시겠군요. 그런가요……?"

"글쎄다. 아직 명확하게 결정을 내리지 못하고 있다. 그 문제는 지금 지켜보는 중이고, 또한 좀 더 생각해 봐야 할 것 같구나……."

영락제는 탁자에 놓여 있던 차를 한 모금 마신 후 천천히 창가에 놓여 있는 의자에 앉았다. 그런 후 선혜 공주에게 가까이 오라고 한 후 자신의 앞 자리에 있는 의자를 손으로 가리켰다. 앉으라는 것이었다. 선혜 공주는 아버지인 영락제의 뜻에 따라 거침없이 의자에 앉았다.

그러나 선혜 공주의 이런 행동은 있을 수 없는 일이었다. 비록 영락제가 아버지이긴 하지만, 대명제국의 황제인 영락제의 정면에 동석을 한다는 것은 영락제가 선혜 공주를 아끼는 특별한 배려가 없었다면 용서가 안 되는 상황인 것이다.

"아바마마, 아직도 소호 언니가 필요하신 것인지, 또한 부담으로 생각하시는지 알고 싶습니다."

"음… 선혜야, 지금 이 아비에겐 그 어떠한 것도 부담스럽지 않단다. 대명제국의 황제로서 더 이상 이 아비에게 위협이 되는 존재는 없단다."

"그럼 소호 언니를 놔주세요. 더 이상 소호 언니를 감금하지 않아도 상관없다면 놔주서도 괜찮지 않은가요?"

"허허, 그것은 네가 신경 쓸 일이 아니다."

"아바마마……."

"음……."

영락제는 선혜 공주의 마음을 이해할 수 있었다. 선혜 공주가 소호 공주와 함께 자라면서 친자매보다 더 친하게 지냈기 때문에 느낄 수 있는 감정이란 것을 잘 알고 있었다. 하지만 영락제는 감정보다는 이성적인 사람이었다.

비록 힘이 없는 여인의 몸이라 해도, 반역의 수괴가 될 소지가 다분한 자를 처리함에 있어서, 이성적인 판단이 아닌 옛정을 생각하는 감정적인 마음으로 해결할 수 없는 일이었다. 좀 더 냉철한 이성적인 판단으로 모든 대소사를 처리해야만 했고, 그렇게 해야만 하는 것이 황제인 것이다. 평상시에는 자상하게 백성들을 보살펴야 하지만, 어떤 때는 피도 눈물도 없는 일을 단행할 수도 있는 것이 황제의 자리였다.

"선혜야, 너도 그만 소호의 일에 신경 쓰지 말거라. 소호의 일은 이 아비가 잘 결정할 것이니 너는 금위등룡부의 훈련에만 몰두하였으면 한다. 알겠느냐?"

"하지만 아바마마, 소녀는 소호 언니가 잘되었으면 합니다."

"허허, 정말 고운 마음이로다. 음… 그렇지 않아도 아비 또한 좋은 방향으로 일이 진행되었으면 한다."

"옛? 그 말씀이 참이옵니까? 아바마마, 정말이시지요……?"

"그래, 지금은 임 도독과 소호의 일이 어떻게 진행되고 있는지 지켜보고 있단다. 아직 소호 그 아이가 임 도독의 청혼을 받아들이지 않고 있는 것으로 알고 있는데, 앞으로의 모든 일은 소호가 어떻게 하는지에 따라 결정될 것이다.”

“옛? 소호 언니의 행동에 따라서라면……? 설마… 설마 소녀가 생각하고 있는 일은 아니겠지요? 방금 아바마마께선 좋은 방향으로 진행되었으면 하셨는데? 그렇지요……?”

“허허, 네가 무엇을 우려하는지 알고 있지만, 그것은 아니란다. 하지만 지금부터는 소호가 어떤 결정을 내리느냐에 따라 이루어질 것이다.”

“……?”

선혜 공주는 영락제가 무슨 의도를 가지고 말을 하는지 이해할 수가 없었다. 영락제가 모든 상황을 소호 공주에게 돌리며 너무나 애매모호한 말을 하고 있었기 때문이다. 그러나 영락제의 말을 통해 최악의 상황으로 치닫지는 않을 것이란 것을 알 수 있었다.

선혜 공주가 생각하는 최악의 상황이란 이러했다. 만약 지금처럼 아무런 진전 없이 이런 상황이 계속 유지된다면 모르겠지만, 단약 소호 공주가 호열의 청혼을 받아들인다면 두 사람 중 한 명의 신상에 큰일이 벌어질 것이다. 그러나 분명 두 사람 중 한 명에 해당하는 사람은 소호 공주일 것이고, 소호 공주는 아마 극형에 처해질지도 모르는 일이었다.

“허허허, 네가 소호를 생각하는 마음이 보기 좋구나. 네가 무엇을 생각하는지 알겠지만, 그러한 일이 벌어지지는 않을 것이다. 아까 이 아비가 한 말의 의미는, 소호 그 아이의 선택에 따라 자신의 운명이 결정된다는 말이었다. 음… 현재 이 아비가 보는 관점이 이렇단다. 임 도독은 나라의 녹을 먹고 있는 사람이다. 다시 말해 아비의 신하라는 말이지. 그러나 소호 그 아이는 아비를 원수로 생각하고 있지. 또한 아비도 지금까지 그 아이를 반심을 품은 역적으로 간주하고 있는 상황이다. 이것은 흑과 백처럼 서로 섞일 수 없는 상황이란 말이지. 하지만 초 제독에게 보고받은 정황을 통해 인간의 감정이란 것이 꼭 흑백논리로 설명할 수 없다는 것을 알게 되었단다. 어찌 보면 서로 원수처럼 대하여야 하지만, 남녀의 감정이라는 것이 묘하여 두 사람은 이미 서로 사모하는 감정이 자리하고 있는 것 같구나."

"옛? 정말요……? 임 도독이 소호 언니를 사모하고 있다는 것은 알고 있었지만, 소호 언니도 임 도독에게 그런 마음이 있다는 것은 몰랐습니다. 아……."

"그래, 하지만 소호 그 아이는 철저히 속마음을 속이며 겉으로는 전혀 표출하지 않고 있다 하더구나. 아마 네가 우려했었던 것을 생각하고 있는 모양이다."

"음… 그럴 수도 있겠네요. 아바마마의 생각이 옳으신 것 같습니다."

"그래서 지금 이 아비는 소호의 결정을 기다리고 있단다. 만약 소호가 임 도독의 마음을 받아들인다면 공주라는 신분을 버리는 것으로 생각하여 모든 죄를 사해줄 것이지만, 그렇지 않으면 계속 반심을 품고 있는 것으로 간주하여 감금 상태를 유지할 생각이란다. 이제 아비의 생각이 어떤 것인지 알겠느냐? 그러니 앞으로의 일은 소호, 그 아이 자신에게 달려 있다고 말했던 것이란다. 사람은 누구나 자신의 의사와 결정에 따라 인생이 달라지는 것이지……."

"예……."

'아바마마께선 소호 언니가 모든 것을 포기하고 임 도독에게 가기를

바라시는구나. 언니에게 있어 임 도독을 선택한다는 것은 그동안 아바
마마와의 관계를 잊고 새로운 삶을 찾겠다는 것일 테니까…….'

선혜 공주는 영락제의 설명을 들은 후에 모든 상황을 이해한다는 듯
이 고개를 끄덕였다.

"아바마마의 뜻에 따르겠습니다. 소녀도 소호 언니의 결정을 기다리
겠습니다."

"그래, 잘 생각하였다. 하하하……."

제11장

황제가 스스로 황위를 버린다……?

 황제가 스스로 황위를 버린다……?

　　근본을 얘기할 때 흔히 사람들은 타고난 것만을 말하지만, 그것은 옳은 것이 아니다. 부유한 사람은 부유한 대로 가난한 사람은 가난한 대로 살아간다. 사람의 인생은 마치 집 짓기 상자와 같아서, 살아가면서 자신에게 부족한 것들을 하나하나 쌓아가기 마련이다.

　　소호 공주가 그동안 숨겨왔던 자신의 속마음을 보여주고 호열을 받아들인 후 일주일이 지난 현재, 두 사람의 생활과 모습은 몰라보게 달라졌다. 삼 일에 한 번씩 찾던 호열의 발걸음도 하루에 한 번은 꼭 찾았으며, 그동안 치장이란 것을 잊고 살았던 소호 공주도 시녀 조향의 도움을 받아 치장을 하기 시작한 것이다.

　　또한 소호 공주의 행동 반경도 눈에 보이게 넓어졌다. 그동안 황제의 명을 받아 처소를 감시하던 비룡군 위사들 때문에 연못 주변을 배회하는 것이 일상생활이었고 움직일 수 있는 공간이었는데, 호열과 함께 있을 때는 후원을 거닐며 사랑을 속삭일 수도 있었고 잔디밭에 누워 하늘을 보며 마음껏 웃을 수도 있었다. 아무리 호열과 같이 있었다고 하더라도 처소 밖으로 나갈 때 비룡군 위사들의 제지가 있었어야 정상이건만, 무슨 이유 때문인지 몇 번을 나가도 비룡군의 제지는 없었다.

비록 일주일이라는 짧다면 짧은 며칠이었지만, 호열과 소호 공주는 답답한 황궁 생활에서 서로에게 활력과 생기를 주는 소중한 존재들이 되어 있었다. 서로에게 믿음과 신뢰, 그리고 애정이 듬뿍 담긴 사랑을 주고받으며 세상의 고뇌와 아픔을 잊어가고 있었다.

"공주님, 제가 얼마 전 익지서(益智書)란 서책을 읽었는데, 오늘 공주님을 보니 그 내용 중에 하나가 떠오릅니다."

"익지서는 저도 예전에 읽었던 기억이 납니다. 좋은 내용이 수록된 서책으로 기억하는데… 도독님께선 어떤 것이 떠오르는지요."

"예, 그 서책에는 여인이 지닐 수 있는 네 가지 미덕(美德)이 있다 했습니다. 그런데 오늘 공주님을 보니 그 네 가지 미덕이 모두 보였습니다."

"너무 과한 과찬이십니다."

여인이 지닐 수 있는 네 가지 아름다운 미덕이란 바로 부덕(婦德)과 부용(婦容), 그리고 부언(婦言)과 부공(婦工)을 말하는 것이다.

부덕이란 재주가 남달라 특별한 일들을 만들라는 것이 아니라, 말할 때 염치와 절도가 있어야 하며 몸가짐을 바르게 하고 행동에 부끄러움이 있어야 한다는 말이다. 그리고 부용이란 여인의 용모가 절세가인(絶世佳人)처럼 아름다워야 한다는 것이 아닌, 어느 상황에서도 청결하고 정결한 차림새를 말하는 것이다.

또한 부언이란 말하는 재주가 남달라 상대를 즐겁게 하는 것을 말하는 것이 아닌, 다른 사람이 본받을 말을 가려서 하고 예의에 벗어나는 말을 하지 않는 것을 이른다. 즉 마땅히 말을 할 때에 하되, 듣는 사람들이 그 말을 싫어하지 않아야 한다는 것을 가리키는 말이었다.

마지막으로 부공이란 특별한 솜씨가 있어야 한다는 것을 말하는 것이 아닌, 길쌈을 부지런히 하고 술 빚기를 좋아하지 말며 좋은 맛을 갖추어 손님을 접대할 줄 아는 것을 일컫는다. 즉 여인의 네 가지 미덕은 바로 여인의 마음가짐을 말하는 것이었다.

호열은 소호 공주와 즐거운 시간을 보냈던 일주일 동안, 소호 공주에게서 여인의 미덕 네 가지를 모두 볼 수 있었다.

"아닙니다. 공주님께선 그 누구보다도 아름다우시고 덕이 넘치십니다. 감히 저 같은 사람은 공주님 곁에서 함께할 수 있다는 것만으로도 천복으로 여길 정도입니다."

"도독님, 그런 말씀 말아주세요. 제가 다시 웃을 수 있게 해주신 분이 도독님이세요. 저는… 다시는 지금처럼 웃으며 행복한 시간을 보낼 수 있게 될 줄 몰랐어요. 다시는 그런 시간이 제게 오지 않을 줄 알았어요. 그런데… 그런데 도독님께서 그런 제게 행복을 주셨잖아요. 전 지금 이 순간이 마지막이라 해도 여한이 없습니다. 도독님으로 인해 진짜 행복이란 것을 알게 되었으니까요……."

"마지막이라니요. 그런 일은 없을 것입니다. 제가 공주님 곁에 있는 한, 절대로 그런 일은 없을 것이니 안심하십시오. 만약 무슨 일이 일어나더라도 제가 공주님 곁에서 지켜 드리겠습니다. 공주님……."

"도독님, 저는 도독님이 저를 생각해 주시는 말씀만으로도 고맙게 여기고 있습니다. 하지만 그러시면 안 됩니다. 저로 인해 도독님께 누를 끼칠 수는 없습니다. 제 행복 때문에 도독님의 앞날을 그르칠 수는 없습니다. 그러니 추후 도독님께 누가 되거든, 그러시거든 저를… 저를……."

"아니오. 그런 일은 절대 없으니 다시는 제 앞에서 그런 말씀 마십시오. 아셨습니까? 예……?"

"……."

소호 공주는 호열의 말에 차마 고개를 들지 못했다. 아무런 대답을 할 수가 없었던 것이다. 마음속 깊은 곳에선 예라고 대답하고 싶었지만, 그것은 자신만을 생각하는 이기심이라 생각되었다. 또한 아니라 말할 수도 없었다. 차마 안 된다는 말을 입 밖으로 내뱉을 수 없었다.

그렇게…….

소호 공주는 자신의 마음을 속이지 못한 채 아무런 대답을 할 수 없어, 그저 숨죽이며 고개를 숙였다. 호열에게 눈물 흘리는 것을 보이고 싶지 않았기 때문이다.

하지만 호열은 소호 공주가 울고 있다는 것을 알 수 있었다. 애써 눈물을 보이지 않기 위해 고개를 숙여 감추고 있지만, 그 숨 막히는 듯한 잔잔한 움직임에 호열은 자신의 가슴이 미어지는 것 같았다.

"음… 좋습니다. 저도 더 이상 이런 식으로 황제가 어떤 결정을 내릴지 처분을 기다릴 수 없습니다. 지금까지 그 어떤 말이나 조치를 취하지 않는 이상, 이제부터는 제가 직접 황제에게 가서 말해 보겠습니다. 공주님을… 공주님을 놓아달라고 말입니다. 그럴 수만 있다면 제 모든 것을 바칠 것입니다……."

"헉! 도독님……! 그건 안 됩니다. 그러시면 아니 됩니다. 숙부를 만나시면 안 됩니다. 저 때문에 도독님의 모든 것을 포기하시면 안 됩니다……."

　호열의 말에 소호 공주는 깜짝 놀라 흘러내리는 눈물을 감추어야 한다는 생각도 잊어버리고 일어서려는 호열의 팔을 잡았다. 아니, 잡아야만 했다. 지금 잡지 않으면 무슨 일이 벌어질지 알 수 없었기에, 소호 공주는 필사적으로 호열의 팔을 잡고선 놓아주지 않았다.

　"도독님, 저를 위해서 그러시면 안 됩니다. 만약 도독님께서 숙부를 만나 그런 말씀을 하신다면 다시는 도독님을 보지 않을 것입니다. 그러니 제발… 제발 그러지 마십시오. 그냥, 저는 도독님의 얼굴을 볼 수 있다는 것만으로도 행복합니다. 도독님과 이렇게 함께할 수 있다는 것만으로도 행복합니다. 그러니 제발……."

　"휴… 공주님, 알겠습니다. 그러니 그만 눈물을 멈추십시오. 제가 항상 곁에서 공주님을 지켜 드리겠습니다. 공주님과 저와의 소중한 행복을 꼭 지킬 것이니, 공주님께선 아무 걱정 마시고 저를 믿어주십시오……."

　"예, 그렇게 하겠습니다. 그러니 저와 약조해 주십시오. 숙부에게… 저와의 일 때문에 숙부에게 가는 일은 없겠다고 말입니다. 약조해 줄 수 있으신지요."

　"……그렇게 하겠습니다, 공주님… 공주님 말씀대로 하겠다고 약조하겠습니다."

　"아… 고맙습니다. 고맙습니다……."

　'휴~ 그래, 지금은 공주님의 말에 따르자. 하지만 공주님, 제 목숨을 달라고 해도 기꺼이 공주님을 위해 황제에게 내줄 것입니다. 공주님께서 황궁을 나가 행복해지실 수만 있다면, 기꺼이 이 한목숨 바칠 용의가 있습니다. 그러니… 그러니 저만 믿으십시오…….

　　호열은 소호 공주의 심정을 잘 알 수 있었기에 더 이상 다른 말을 하지 못했다. 그저 조용히 옆에 앉아 소호 공주의 등을 토닥여 줄 뿐 다른 그 어떠한 것도 해줄 수 없었다.

　　호열과 소호 공주가 후원을 거닐며 산책을 마치고 조향이 기다리고 있는 처소에 도착한 것은 신시를 훨씬 지나 유시가 가까운 시각이었다. 이제나저제나 두 사람이 오기를 목이 빠지게 기다리던 조향은, 나무들 사이로 호열과 소호 공주의 모습이 보이기 시작하자 무엇이 급한지 조급한 마음에 부엌으로 달려갔다. 산책을 하고 오는 두 연인을 위해 차를 준비하기 위함이었다.

　　'오늘은 많이 늦으셨네, 두 분이 좋은 시간을 가지셨나……? 킥킥, 이따가 방에 들어가서 물어봐야겠다.'

　　조향은 따뜻한 차를 준비하기 위해 물을 준비하고 데우면서도 무엇이 좋은지 손으로 입을 막으며 웃음을 참느라 고생하였다. 두 사람이 오기 전에 표정 관리를 해야 하기 때문에 더욱 그러했다.

　　"조향아, 어디 있니……?"

　　"예… 저 지금 부엌에 있습니다. 곧 차를 가지고 나갈 터이니 잠시만 기다려 주십시오."

　　"도독님, 조향이 차를 준비하고 있나 봅니다. 잠시 기다리셨다가 드시고 가시지요."

　　"하하, 그렇게 하겠습니다. 그럼 잠시 저쪽에 앉아서 기다리지요."

　　"예……."

　　"두 분께서 말씀 많이 나누셨나요? 소녀도 따라가고 싶었는데……."

　　호열과 소호 공주가 연못가에 놓여 있는 의자에 앉자마자 조향이 차를 들고 부엌에서 그 모습을 드러냈다.

"하하, 그럼 따라오지 그랬느냐. 그랬으면 더욱 좋았을 텐데… 아니지, 오늘만 날이 아니니 내일은 함께 산책을 하자꾸나."

"아닙니다. 도독님 말씀을 따르고 싶지만 공주님 눈치가 보여서 소녀는 갈 수 없을 것 같습니다. 그러니 내일도 두 분이 오붓한 시간을 가지십시오."

"조향아……! 도독님, 조향이 농으로 그런 것이니 신경 쓰지 마십시오."

"하하하… 괜찮습니다."

소호 공주는 한쪽에 서 있는 조향을 보면서 나중에 보자는 표정을 지었다. 하지만 조향을 향해 최대한 인상을 쓰는 모습이 호열의 눈엔 더욱 사랑스럽게 보였다.

"공주님, 아직까지 도독님께 상공이라 부르시지 않고 있나요? 제가 어제 그렇게 말씀을 드렸는데……."

"조, 조향아……! 너 지금 할 일 없느냐? 도독님께선 어서 가셔야 하니 들고 있는 차나 빨리 내려놓거라."

"알았습니다. 차는 내려놓지만 공주님께선 어서 빨리 도독님께 상공이라 부르세요. 어제 소녀와 약조를 하셨잖아요. 오늘은 꼭 그렇게 부르시겠다… 고요."

"뭐? 내, 내가 언제……?"

"하하, 공주님. 그러셨습니까? 저도 사실은 공주님께서 그렇게 불러주셨으면 하고 바랐는데……."

"공주님… 빨리 약조를 지키세요……."

"모, 몰라……."

　조향의 농담에 호열이 장단을 맞추자 소호 공주는 눈을 어디에 둘지 몰라 그 자리에서 고개만 푹 숙이고 말았다. 마음 같아선 자리를 피하고 싶었지만 호열이 떠나는 모습을 지켜보아야 한다는 생각에 일어날 수가 없었던 것이다. 그저 빨리 조향이 다른 곳으로 갔으면 하는 바람이었다.

　"임 도독, 역시 이곳에 계셨군요. 그렇지 않아도 철혈금부로 찾아갔다가 출타 중이란 추 총관의 말에 혹시 이곳에 계시지 않을까 찾아오던 길이었습니다."

　"응? 초 제독께서 이곳은 어쩐 일로……?"

　호열은 갑작스러운 초 제독의 출현에 깜짝 놀랐다. 웬만해선 철혈금부에도 그 모습을 보이지 않던 초 제독이 자신을 찾아 소호 공주가 기거하는 처소에까지 온 것이기에 더욱 놀라움을 감추지 못했다. 또한 당황스럽기까지 했다. 이미 초 제독을 비롯해서 황제의 귀에 자신과 소호 공주와의 사이가 전해졌다는 것을 짐작하고 있었지만, 다정한 모습을 직접 보여주고 있다는 것이 찜찜했던 것이다.

　그러나 호열은 초 제독을 의연하게 맞이했다. 옆에 소호 공주가 보고 있었기에 불안감을 주지 않기 위해서 더욱더 의연한 자세로 맞이하려고 노력했다.

　"하하, 저를 찾아 이곳까지 오시다니… 어서 이리 앉으시지요. 그렇지 않아도 공주님과 차를 마시던 중이었습니다. 조향아, 차 한 잔 더 내올 수 있느냐……?"

　"옛? 그, 그렇습니다. 금방 내오겠습니다. 잠시만 기다리십시오."

　"그래, 그럼 어서 내오지 않고 무엇을 하느냐? 초 제독이 먼 길을 오느라 목이 말랐을 것이다."

"예, 알겠습니다."

호열의 말에 조향은 뒤도 돌아보지 않고 부엌으로 달려갔다. 초 제독을 보자 가슴이 꽉 막힌 것처럼 답답하고 다리에 힘도 풀려 제대로 서 있을 수도 없었는데, 마침 호열의 말에 살았다는 생각이 들자마자 달려간 것이다.

"공주님, 그간 평안하셨습니까? 근자에 임 도독과 친분이 두텁다는 소문을 들었는데, 직접 제 눈으로 확인하니 보기 좋아 보입니다."

"그 무슨, 음……."

"하하, 정말 초 제독께선 귀도 밝으십니다. 공주님과 친분을 쌓게 된 지 얼마 지나지도 않았는데 벌써 그 소문을 들었다니, 정말 발 없는 말이 천 리를 간다는 속담이 틀리지는 않은 것 같습니다."

"허허, 그런가 봅니다."

'음… 역시 임 도독이구면, 조금도 흔들림을 찾을 수 없다니… 역시 폐하의 의중대로 하는 것이 좋겠구나, 어차피 폐하의 윤허가 내려졌으니 일부러 분란을 만들 필요는 없겠지…….'

초 제독은 한 치의 흐트러진 모습도 보이지 않고 있는 호열의 의연한 모습을 보면서 내심 고개를 끄덕였다. 눈을 씻고 찾아봐도 호열에게 자신은 위협적인 존재가 아니었던 것이다. 그에 초 제독은 한발 물러나 황제의 명을 성실히 전하고 돌아가기로 생각을 정리했다. 더 이상 호열과의 분란을 만들고 싶지 않았기 때문이다.

초 제독이 이와 같은 생각을 하게 된 것은 철혈금부 대원들의 급성장한 무공 성취가 크게 작용했다. 그만큼 호열에 대한 황제의 신임이 두터워졌고, 그에 따라 철혈금부의 위세는 황궁에서 그 누구도 무시할 수 없는 막강한 힘을 자랑하고 있었다. 이젠 대신들 중 그 누구도 호열과 대립하려는 사람이 없을 정도였다.

"그런데 초 제독께서 이곳까지 저를 찾아오신 이유가 무엇입니까? 이거 궁금해서 차도 마시지 못하겠습니다. 하하하……."

"허허, 그렇습니까? 그럼 안 되지요. 마침 공주님께서도 옆에 계시니 잘되었습니다."

"……?"

"음……."

'서, 설마……? 설마 숙부가……?

호열의 옆에서 조용히 초 제독의 말을 듣고 있던 소호 공주는 자신의 이름이 호열과 함께 거론되자 가슴이 쾅 하고 무너져 내리는 기분이 들었다. 순간 다리에 힘이 빠져 그 자리에 주저앉는 추태를 보일 뻔하였으나, 다행히 옆에 서 있던 호열의 팔을 잡고 있었기에 추태를 모면할 수 있었다. 하지만 호열의 팔을 잡고 있는 소호 공주의 두 팔엔 더욱더 많은 힘이 들어가고 있었다. 그만큼 긴장하고 있는 것이다.

"임 도독도 이미 짐작하고 있겠지만, 내가 이곳까지 찾아온 것은 임 도독과 공주님과의 문제 때문이네. 황제 폐하의 명을 받고 온 것이지."

"음……."

"아……."

'드디어, 드디어 올 것이 왔다는 말인가? 아직 도독님께, 아니, 상공께 사랑한다는 말 한마디조차 하지 못했는데…….'

"금의위 부영반 비룡군 대장 동광서는 앞으로 나와 황제 폐하의 명을 받들라……!"

"금의위 부영반 동광서, 황제 폐하의 명을 받들기 위해 왔습니다. 하명하여 주십시오."

동 대장과 비룡군 위사 전원은 초 제독이 모습을 드러내기 전부터 주시하고 있다가 영락제의 명을 받들라는 초 제독의 말에 숲에서 나오며 한쪽 무릎을 꿇었다. 초 제독이 아닌, 황제의 명을 받들기 위해 예를 다한 것이다.

호열은 조용히 초 제독과 동 대장을 주시했다. 아직 그 어떠한 무력 행동을 취하지 않고 있었기에 돌아가는 상황을 예의 주시하고 있는 것이다.

"황제 폐하의 명을 대신하여 제독 초창진이 동창 산하 금의위 부영반인 동광서에게 명하노니, 오늘 이후 소호 공주를 감시하는 일을 멈추고 금의위로 복귀하라. 이는 황제 폐하의 지엄한 명으로 한 치의 어김도 없이 비룡군 위사 전원이 내일 아침 금의위로 복귀해야 할 것이다. 알겠느냐……!"

"옛? 알겠습니다. 명을 받들겠습니다. 황제 폐하 만세, 단세, 만만세……."

미처 생각하지 못한 초 제독의 말에 잠시 멈칫하던 동 대장은, 초 제독의 말이 무슨 뜻을 내포하고 있는지 눈치 채고는 환한 얼굴로 황제의 성은에 감사해하였다. 또한 기꺼이 그 명령을 이행할 것을 다짐하고는 자리에서 일어났다.

그러나 아직 상황을 눈치 채지 못한 호열과 소호 공주는 초 제독의 얼굴을 바라보며 대답해 줄 때를 기다렸다. 아니, 어서 빨리 대답해 주기를 바랐다.

"허허, 임 도독, 축하드리네. 그리고 공주님께도 미리 축하를 드립니다."

"……?"

“축하라 하면……?”

“예, 임 도독이 공주님의 마음을 얻었으니 축하할 일이지요. 황제 폐하께선 공주님께서 임 도독의 사모하는 마음을 받아주신 것에 크게 기뻐하시며 공주님에 대한 모든 감시를 철회하라 명하시었습니다. 또한 더 이상 이곳에서 기거하지 않으셔도 됩니다. 오늘은 시간이 늦어 옮기시기 불편하니, 오늘 하루만 더 이곳에서 기거하십시오. 내일 제가 사람들을 보내 임 도독이 머무르는 철혈금부로 옮기실 수 있도록 조치를 하겠습니다.”

“그… 그럼……?”

“예, 황제 폐하께서 공주님과 임 도독의 혼사를 윤허하셨습니다. 그러니 더 이상 이곳에서 머무르실 필요가 없습니다.”

“아… 수, 숙부가… 숙부가 이렇게 쉽게…….”

“음…….”

소호 공주는 초 제독의 말이 실감이 나지 않았다. 자신이 알고 있는 영락제는 쉽게 자신을 포기하지 않을 사람인데, 그 생각이 여지없이 파괴되었기에 정신이 하나도 없었던 것이다. 그저 멍하니 하늘과 호열, 그리고 초 제독의 얼굴을 번갈아 바라볼 뿐이었다.

“초 제독, 황제 폐하께서 제게 다른 말을 전하라 하명하신 것은 없습니까?”

“없소이다. 그러니 앞으로 임 도독은 황제 폐하의 성은에 감사하는 마음으로 자신의 맡은 바 임무에 충실하고 지금처럼 폐하께 충성하시면 될 것입니다.”

“음…….”

‘황제가 정말 내게 아무것도 바라지 않는단 말인가? 정말……?

"참, 다만 공주님께 하명하신 것이 있습니다. 문서로 작성하여 공주님께 전해 드릴 수 없는 일이어서 제가 직접 황제 폐하의 뜻을 전하도록 하겠습니다."

"숙부가 내게……?"

"예, 그럼 황제 폐하를 대신해서 말씀드리겠습니다. 음…….."

공주는 전 황제인 건문제의 누이요, 현 황제인 짐의 조카딸이다. 그러나 전 황제인 건문제의 폭정으로 인해 짐과 큰 다툼이 있었고, 그로 인해 짐이 황제의 위에 오르면서 공주와 서로 간에 불신의 벽이 생겼다. 하지만 공주를 내칠 수가 없어 지금까지 짐의 슬하에 보호하고 있었다. 하지만 공주가 전 황제를 그리워하며 세월을 허비하는 모습을 보며 안타까운 마음을 금할 수가 없었다. 혹여 마음의 상처로 병이라도 생기면 어쩌나 하는 우려의 마음과 근심이 가시지 않고 있었는데, 근자에 짐은 공주와 짐의 충신인 임 도독이 서로 연정을 품고 있다는 보고를 듣고 크게 기뻐하였다. 이에 짐은 충신인 임 도독을 믿고 공주와의 혼인을 윤허하며, 공주는 앞으로 공주로서가 아닌 한 여인으로서 임 도독과 함께하길 바란다.

"이상입니다. 공주님, 황제 폐하께선 공주님이 임 도독과 행복하게 사시길 바라고 계십니다. 그러니 더 이상 심려를 끼쳐 드리지 마시고 앞으로 남은 생을 임 도독과 함께하시길 바랍니다. 음… 그럼 저는 할 일을 다 했으니 이만 가보겠습니다."

"음… 알겠습니다. 배웅을 해드리지 못해 죄송합니다. 그럼 들어가십시오."

“허허, 아닙니다. 공주님, 그럼 오늘은 편안히 쉬십시오. 그럼 이만……”

초 제독은 호열의 인사말에 손을 흔들며 괜찮다는 표시를 한 후 아직까지 멍한 얼굴로 자신을 바라보고 있는 소호 공주에게 정중하게 인사를 한 후 처음 왔던 길로 되돌아갔다.

“도… 도독님, 지금 제 두 귀로 들은 것이 사실이죠? 숙부가 도독님과 저의 정혼을 허락한다는 말이 사실인 것이죠? 그렇지요……?”

“그렇습니다. 틀림없이 그렇게 들었습니다. 하하하… 그런데 오늘 공주님께선 참 많이도 눈물을 흘리십니다. 어디서 그렇게 고운 눈물이 나오는지 모르겠습니다.”

“아……”

소호 공주는 호열의 말에 자신도 모르게 호열의 품으로 파고들었다. 더 이상 참지 못하고 사랑하는 정인의 품으로 안긴 것이다. 이젠 그 누구도 두 사람의 사랑을 가로막을 수 없었다.

소호 공주는 너무나 가슴이 벅차올라 하염없이 흘러내리는 눈물을 주체할 수가 없었다. 또한 호열에게 숨기고 싶지도 않았다. 혹여 추하게 보인다고 해도 상관없었다. 그저 이 상황이 영원하길 바라는 마음뿐이었다.

초 제독의 차를 가지러 부엌으로 들어갔던 조향도 소호 공주와 함께 울었다. 초 제독이 떠난 뒤에도 부엌에서 나오지 못하고 있었지만, 가슴을 졸이며 돌아가는 상황을 예의 주시하던 조향은 너무나도 기쁜 마음에 부엌 한쪽에 쪼그리고 앉아 하염없이 눈물을 흘리며 소호 공주의 행복을 함께 기뻐해 주고 있었다.

‘공주님, 이제 되었습니다. 이제 더 이상 매일 밤마다 가슴을 졸이지

않으셔도 됩니다. 이젠 도독님과 행복하게 사시기만 하면 되옵니다…….'

하루 내내 먹이를 찾아 숲을 헤매던 새들이 저녁노을이 지기 시작하는 하늘을 향해 힘껏 날아올랐다. 밤이 찾아오기 전에 새끼들이 기다리는 둥지로 가기 위해 서두르는 것이다. 힘든 하루 일과를 끝내고 자신의 둥지로 향하고 있었다. 편안한 자신들만의 둥지로…….

*　　　　*　　　　*

쾅! 콰르르르… 쾅……!

하늘은 온통 흑색 구름으로 덮여 있었으며, 세상은 먹구름으로 인해 흠뻑 젖어들고 있었다. 오전부터 내리기 시작한 장마비가 오후가 넘은 신시에 이르도록 그칠 줄 모르고 내리고 있었다. 그러나 창문 밖으로 흠뻑 내리는 비를 바라보며 하늘에 감사를 하는 사람들이 있었다. 올해 처음 내리는 장마비였지만, 그동안 비가 잘 내리지 않아 가뭄에 농작물의 성장이 늦어 고심하던 농민들이었다.

하지만 농민들도 마냥 장마비가 고마운 것은 아니었다. 비가 어느 정도 땅을 흠뻑 적셔준 후 그치면 좋겠지만, 그것이 사람의 마음에 따라 그치는 것이 아니어서 걱정하는 사람들도 적지 않았다. 사람의 마음이 간사한 것이어서 아쉬울 때는 찾게 되지만, 그것이 넘쳐 복이 흉이 되어버리면 걱정이 앞서 뒤돌아서는 것이다.

산서성(山西省) 태원(太原).

한때 산서성 태원이란 말이 나오면 가장 먼저 떠올리는 것은 현원세가(玄遠世家)였는데 태원 오대산(五台山)의 다섯 봉우리 중 협두봉(마

斗峰)으로 오르는 산기슭의 한곳에 무림인들의 입과 입에서 천하제일 검가(天下第一劍家)라 불리며 칭송을 받던 현원세가가 자리하고 있었다.

오대산은 모두 다섯 개의 높은 봉우리로 이루어져 있어 그 형상을 따라 오대산으로 불리고 있는 명산으로, 동대(東台)인 망해봉(望海峰)·서대(西台)인 괘월봉(挂月峰)·남대(南台)인 금수봉(錦綉峰)·북대(北台)인 협두봉·중대(中台)인 취암봉(翠岩峰)의 다섯 봉우리로 이루어져 있다. 그중 협두봉은 다섯 봉우리들 중 가장 높고 험준하여 화북의 지붕이라 불리고 있는데, 현원세가가 오대산의 중앙에 있는 취암봉에 자리하지 않고 협두봉에 위치한 것은 화북 지방을 다스린다는 상징적인 의미가 다분히 내포되어 있다고 말할 수 있었다.

또한 오대산은 중원의 사대 불교 명산인 아미산(蛾眉山)·보타산(普陀山)·구화산(九華山) 중에 사찰 건립이 가장 빨라 그중의 으뜸으로 받들어지며 중요한 위치를 차지하고 있다.

하지만 부귀와 영화가 영원할 수 없듯이, 무림삼성의 일인인 현원세가의 전대 가주 천승검(天乘劍) 현원덕호(玄遠德虎)가 원나라의 가신이었다는 것이 밝혀지면서 가세는 급격하게 기울게 되었다. 한때 무림인들뿐만 아니라 태원의 모든 백성들로부터 칭송을 받던 현원세가였으나, 이젠 더 이상 그러한 칭송을 하는 사람은 없었다. 아니, 오히려 자신들이 그동안 농락을 당하고 있었다 하여 태원에 자리 잡고 있는 군소문파 제자들과 백성들은 현원세가란 말이 나오면 먼저 침부터 뱉는 이들이 허다할 정도였다.

금릉의 황궁과는 그 규모에서 비교할 수 없지만 현원세가의 영명이 하늘을 찌르던 백 년이 넘는 영광의 세월들을 증명이라도 하듯, 협두봉

의 바로 아래에 자리 잡고 있는 현원세가에는 고루거각(高樓巨閣)들이
즐비하게 자리 잡고 있었다.

하지만 가장 눈에 띄는 것은 오대산을 연상시키는 듯한 전각들의 배
치였으며, 그중 협두봉의 위치에 해당하는 오층의 전각이었다. 마치
황제가 기거하는 태화전을 연상시키는 듯한 외관은 보는 이를 압도하
기에 충분하고도 남았으며, 정문을 통하지 않고는 외부의 침입이 전혀
이루질 수 없는 천혜의 요지였다.

"아버님, 어떻게 하실 생각입니까? 이대로 그들의 요구를 들어주실
생각입니까?"

"음……."

"그들이 우리 세가를 버렸었다는 것을 잊지는 않으셨겠지요……?
그런데 지금에 와서 우리의 힘이 필요하다고 하는 것은 너무한 처사가
아니옵니까! 소자는 그렇게 할 수 없습니다."

"무엇을 말하는지 알겠다. 하지만 그들은 어려웠을 때 도움을 준 곳
이다. 또한 우린 그들과 한 피를 나눈 형제가 아니더냐……."

"지금 형제라 하셨습니까? 형제요……? 어찌 타타르 국의 황제가 우
리의 형제라 하십니까?"

"어찌 형제가 아닐 수 있겠느냐! 지금 타타르 국의 황제인 부니야시
리는 우리와 같은 성길사한(成吉思汗) 철목진(鐵木眞)님의 후손이다. 같
은 피를 나눈 혈육이란 말이다."

"그건 있을 수 없는 일입니다. 타타르 국의 황제는 성길사한님의 정
통성을 잇지 못했습니다. 또한 아무리 혈육이라 해도 반쪽뿐인 혈육입
니다. 진정한 후손은 저희들이 아닙니까? 그것은 아버님도 잘 아시지
않습니까?"

“음…….”

“또한 타타르 국의 황제를 자처하고 있습니다. 아무리 원제국이 명나라에 의해 북으로 쫓겨나고 동맹을 맺고 있던 부족들이 흩어졌어도 타타르 국의 황제로 즉위한 것은 성길사한님을 욕보인 것입니다. 그래도 아버님은 혈육으로 인정하십니까?”

“네가 무엇을 말하고자 하는지는 잘 알겠다. 하지만 그것은 어디까지나 백구십 년 전의 일이다. 타타르 국 또한 성길사한님에 의해 통일된 우리 제국인 것이다.”

“그렇지요. 그렇게 말한다면 형제가 맞기는 하지요… 하지만 그들은 우리 세가를 버렸습니다. 아버님도 지금 우리 세가가 어떤 위기에 처해 있는지 잘 아시지 않습니까!”

“휴… 너무 그들을 미워하지 말거라. 어쩔 수 없이 그렇게 되었다는 것을 너도 잘 알고 있지 않느냐. 그들이 우리를 버린 것이 아니라, 우리가 그들을 따라가지 못했던 것이다.”

“음…….”

“그러니 우리는 그들을 도와주어야 하지 않겠느냐…….”

“그때의 상황이 어찌 되었든, 또한 아버님이 무슨 의중을 가지고 계시든 상관없습니다. 현재 세가의 가주는 아버님이 아니라 소자입니다. 저 현원승(玄遠乘)이란 말입니다. 그러니 세가의 일은 소자가 결정하겠습니다.”

스스로를 현원승이라 밝힌 중년인은 자신의 가슴을 두드리며 정면 의자에 앉아 있는 노인의 눈을 직시했다.

현원승.

천하제일검가라 불리던 현원세가의 현 가주로서 중년의 모습이었지만, 세수 백 살하고도 두 살이 넘은 노인이었다. 하지만 서가의 그 누구도 현원승이 백 살이 넘었다는 것을 알 수 없을 정도로 왕성한 활동을 보이고 있었다.

"허허, 가주라… 이젠 이 아비 앞에서 스스럼없이 가주라 칭하며 권위를 내세우려 하는구나. 이 천승검 현원덕호 앞에서 말이다. 허허허… 좋다, 가주는 그럼 이 일을 어떻게 처리할 생각인가?"

천승검 현원덕호.

이미 세상을 떠났다고 알려진 천승검 현원덕호였다. 원나라가 세상을 지배하고 있었을 당시, 그들의 충복으로서 무림의 대소사를 보고하던 가신이었다. 무림을 지배하기 위한 첩자의 역할을 담당하였던 것이다. 하지만 당시 그 누구도 그러한 것을 몰랐었다. 명나라에 의해 원나라가 북으로 쫓겨가기 전까지.

무림인들은 천승검 현원덕호가 원나라의 가신이었다는 것을 알게 된 후 불같이 일어났다. 워낙 원나라의 탄압이 심했던 터라, 모든 분노의 불길이 현원세가로 몰리게 된 것이다. 한인으로서 같은 동포를 속이고 부귀와 영화, 그리고 명예를 함께 누렸다는 것이 분노의 원인이었다.

이에 천승검 현원덕호는 무림인들의 모든 분노를 자신 때문에 일어난 것으로 생각해 달라며 무림인들의 선처를 호소하는 동시에 그 자리에서 자진을 하였었다. 원나라의 탄압과 억압에 어쩔 수 없었다고, 그렇지 않았으면 현원세가는 없었다고.

무림삼성의 일인으로서 자신의 잘못을 뉘우치고 자진이란 극단의 행동을 취해서일지 모르지만, 무림인들의 분노는 더 이상 현원세가에 까지 미치지 않았다. 그렇게 현원세가는 간신히 그 명맥을 이어올 수 있었던 것이다.

그런데 현원승의 앞에 무림삼성의 일인이자 이미 죽은 것으로 알려져 있는 천승검 현원덕호가 자리하고 있는 것이다.

"음… 죄송합니다, 아버님. 소자가 무례한 말씀을 드렸습니다. 용서해 주십시오. 그러나 아버님, 이 문제는 세가의 앞날이 달려 있는 중차대한 문제입니다. 간단히 처리할 문제가 아니란 말입니다. 휴~ 아버님과 소자의 결정에 만칠천 명의 목숨이 달려 있습니다."

현원승은 자신의 말이 자식으로서 아버지에게 해서는 안 될 말이라는 것도, 그에 따라 아버지에게 상처를 주었다는 것도 알았다. 그에 불같이 치솟았던 화기를 누그러뜨린 후 목소리를 낮추었다. 지금 얘기를 나누고 있는 사람이, 세상에게 가장 존경하는 아버지였기 때문이다.

"그것은 나도 잘 알고 있다. 하지만 아무리 반쪽이라도 같은 피를 나눈 혈육을 돕는 일인데 무엇을 망설인단 말이냐. 지금 타타르 국을 이끌고 있는 황제 부니야시리는 우리의 후손이다. 이 아비의 조부(祖父)께선 태조(太祖) 철목진(鐵木眞)이며 태종(太宗) 오고타이께선 이 아비의 부친이시자 너의 조부가 되신다. 비록 네 백부(伯父)인 정종(定宗) 구유크가 친동생인 내게 황권을 양위하지 않고 사촌인 세조(世祖) 쿠빌라이에게 넘겨주었다고 하더라도, 그것은 옛날의 일이고 지금 나는 그들을 모른 체할 수 없다. 옛날의 정쟁은 이미 오래되어 내 기억에서조차 희미해졌고, 나는 지금 형 구유크가 이 아비가 아닌 사촌 쿠빌라이에게 황권을 넘겼던 것을 자랑스럽게 생각한다. 그때 이 아비는 그러한 것을 이해할 수 없었고 그로 인해 무림 생활을 시작하게 되면서 현원세가를 세울 수 있었지만, 지금 생각해 보니 형은 세상을 보고 사람을 볼 줄 아는 안목이 남달랐다는 것을 인정하게 되었다. 그것을 증명이라도 하듯, 쿠빌라이가 황위에 오른 후 십육 년인 백삼십 년 전 이 땅에서 한인들을 몰아내고 가장 위대한 제국인 원제국을 세웠으니 말이다. 과연 내가 황위에 올랐다면 어떻게 되었을까 하며 생각한 적이 한두 번이 아니었다. 그러나 이젠 그런 영고성쇠도 없다. 세상을 말발굽 아래 지배하던 대원제국은 사라진 지 오래되었다. 더 이상 명나라에 맞설 수 있는 힘이 없다는 말이다. 이대로 우리가 그들을 도와주지 않는다면 몇 년을 버티게 될지 모르는 상황이니라……."

"음… 하지만 우리도 명나라의 황제에게 맞설 수 있는 힘이 없습니다. 황제는 고사하고 우리 세가가 무림과 약조한 대로 봉문(封門)을 깨고 움직이기 시작하면 구파일방을 비롯한 흑도의 문파들까지 가만히 있지 않을 것입니다. 그러니 아버님, 소자와 세가의 제자들과 식솔들을 생각하시어 다시 한 번 재고(再考)해 주십시오……."

"아……."

'어찌 이 아비가 그러한 것을 생각하지 않겠느냐. 하지만 차마 그들을 외면할 수가 없구나…….'

현원덕호는 아들 현원승을 보면서 세월의 무상함과 함께 혈육의 정을 실감할 수 있었다. 만약 젊었을 때 이와 같은 일이 있었다면 생각하고 말고도 없이 사신의 목을 쳤을 것이었다. 그러나 지금은 자신의 뿌리를 그리워하는 노인에 지나지 않았다.

"이번 일에 세가의 존폐 여부가 달려 있다는 것을 잘 알지만, 이 아비의 뜻은 확고하여 변함이 없구나……."

"음… 아버님의 뜻을 잘 알겠습니다. 그럼 이렇게 하겠습니다. 만약 그들이 소자가 생각하는 것처럼 명나라에 맞서고 황궁을 치려 한다면 그들에게 그만한 역량이 있는지 확인하여 볼 것입니다. 또한 이 일을 원로들과 가신들에게 알려 그들의 의중을 들어본 연후에 결정하겠습니다. 비록 소자가 세가를 책임지고 있는 가주라 하여도 그들이 믿고 따르지 않으면 모든 것이 허사가 될 것이기 때문입니다. 그러니 아버님도 소자의 뜻에 따라주십시오. 이것이 최선의 방법입니다……."

'이젠 나도 늙었다는 말인가? 휴~ 하지만 일리가 있는 말이다. 아무리 가주라 해도 원로들과 가신들의 동의 없이는 그들을 도울 수 없겠지…….'

"허허, 할 수 없겠지. 정 네가 그렇다면 따르겠다. 네가 그렇게 생각한다면 나로서도 어쩔 수 없는 일이지. 네가 이 아비를 생각하여 한발 양보를 하였으니 그렇게 하겠다. 정히 네가 염려스럽다면 그들의 정확한 의중을 확인해 보거라. 또한 그들이 우리의 도움을 어디까지 바라는지 말이다."

"감사합니다, 아버님. 고맙습니다……."

현원숭은 아버지 현원덕호가 자신의 뜻을 받아들여 한발 양보하자 고마운 마음과 죄송스러움을 금할 수가 없었다. 하지만 현원숭으로서도 어쩔 수 없었다. 자식으로서 아버지의 양보를 받아낸다는 것이 얼마나 불효인지 잘 알고 있었지만, 세가의 존폐가 달려 있기에 모질게 하지 않을 수 없었던 것이다.

"음… 우승상(右丞相), 현원세가에서 우리를 도와줄 것 같은가? 아무리 생각해도 우리가 무리한 요구를 하고 있는 것 같아 물어보는 것이네."

"사실 저도 확실하게 확답을 드릴 수 없습니다. 현재 현원세가는 무림인들에 의해 봉문을 한 상태이기에 무림 활동을 할 수 없습니다. 중원에서 살아남기 위해 한 것이지만, 아직 현원세가의 가주가 무림인으로 남아 있다면 쉽게 봉문을 깰 수는 없을 것입니다."

"우승상, 그렇다면 왜 이곳을 찾은 것인가……? 지금 우리들의 힘만으로도 충분히 세력을 키울 수 있는데……?"

"동평장사(同平章事)의 생각을 알겠으나 실상은 그렇지 않습니다. 비록 병사들이 몇 년간의 고된 훈련으로 괄목할 만한 성취를 보이고 있지만 무림의 문파들을 얕보아서는 안 됩니다. 그들의 힘은 우리의 생각보다 뛰어납니다."

"음……."

동평장사 토리스타르는 우승상 염상백(廉霜白)의 말을 들으며 고개를 끄덕였다. 무슨 의도를 가지고 하는 말인지 충분히 이해할 수 있었던 것이다. 아무리 천금을 주고도 구할 수 없는 영약을 복용하고 절세의 무공을 익혔어도 세월의 무거움을 무시할 수는 없다는 것을 잘 알고 있었다. 또한 병사들을 직접 선발하여 훈련시켰던 우승상 염상백의 말이기에 믿을 수밖에 없었다.

염상백은 무림을 잘 알고 있었다. 구파일방과 오대세가의 저력을 잘 알고 있었으며, 흑도의 문파들은 물론 군소방파의 무서움도 알고 있었다. 그에 막상 무림에 발을 들여놓으려 하니 불안감이 엄습해 왔던 것이다. 힘들고 진땀을 흘려 만족스러움을 느낄 정도로 병사들을 훈련시키고 성취도 보였지만, 무림의 저력을 누구보다 잘 알고 있었기에 선뜻 출전을 할 수 없었던 것이다. 세력으로는 무림의 그 어느 문파하고도 자웅을 겨룰 수 있을 정도로 강하다고 할 수 있으나, 몇 년박에 수련을 하지 못한 병사들 개개인의 능력은 그에 미치지 못한다는 판단이 들었기 때문이다.

그에 염상백은 무림에서 지원 세력을 찾아보고자 했다. 그것이 바로 현원세가였고, 지금 동평장사 토리스타르와 함께 현원세가의 객실에 자리하고 있는 이유였다.

"하지만 왜 현원세가인가? 비록 현원세가가 우리 타타르 국의 가신이었다고는 하지만, 그것은 옛날 일이고 지금은 인연이 끊어진 지 오래되었는데… 아무리 생각해도 우리가 잘못 온 것이 아닌가 하네."

"사실은 저도 그렇게 생각합니다. 하지만 아무리 생각을 하여도 현원세가 말고는 도움을 청할 만한 곳이 없으니 어쩌겠습니까. 다만 저는 현원세가에서 우리를 잊지 않고 있었으면 하는 바람입니다."

"음……."

'허허, 아직도 우리의 노력이 미흡하단 말인가? 황제가 가신에게 도움을 청하게 되다니…….'

"말씀을 나누고 계신데 죄송합니다. 현원세가에서 사람이 왔습니다. 들여보내도 되겠습니까?"

문밖에서 들려온 수하의 소리에 염상백과 동평장사 토리스타르는 서로 얼굴을 보며 고개를 끄덕였다.

"들여보내라. 그렇지 않아도 기다리고 있었다."

"예, 알겠습니다. 들어가시지요."

"알겠네."

방문이 열리며 남색의 복장을 한 중년인이 들어왔다. 염상백과 토리스타르는 한눈에 중년인의 얼굴이 굳어 있는 것을 볼 수 있었다.

"저는 세가의 집무를 맡고 있는 총관 곽성율(郭星燏)이라 합니다. 지금 가주께서 기다리고 계시니 따라오십시오."

"음… 알겠소이다. 그럼 앞장을 서시지요."

“예, 그럼…….”

자신의 이름을 곽성율이라 밝힌 총관은 염상백의 흔쾌한 답에 고개를 끄덕이며 앞장을 섰다. 그 뒤를 이어 염상백과 동평장사 토리스타르가 따랐다.

염상백과 토리스타르는 총관을 따라 한참을 걸어야 했다. 아직 비가 내리고 있어 땅바닥이 빗물로 홍건해져 있는 상태였지만 개의치 않고 걸음을 옮기고 있었다. 빗물을 가리기 위하여 신경 쓰지도 않았기에 의복은 이미 마른 곳이 없었다.

하지만 총관의 안내는 계속되었다. 고풍스러운 문양이 시선을 사로잡았지만 총관의 뒤를 따르느라 신경을 쓸 만한 여유가 별로 없었다. 하지만 염상백은 어쩌다 한 번씩 주변을 살펴보기도 하였다.

'안으로 들어갈수록 그 위세가 하늘을 찌를 듯하구나. 거기다 총관도 상당한 경지에 이른 고수인 것 같고…….'

총관은 계속 안으로 들어갈 뿐 단 한 마디 말조차 없었다.

상당한 거리를 걸은 것 같은데 정확히 어디를 가는지 모르기에 두 사람은 총관의 뒤를 좇을 뿐이었다. 워낙 현원세가가 자리 잡고 있는 터가 넓고 전각들의 수도 많았지만, 처음 염상백과 토리스타르가 머물고 있던 곳은 손님들을 대접하던 접객실이어서 세가의 가장 남쪽에 자리 잡고 있었고 총관이 안내하고 있는 목적지는 북쪽에 위치한 곳이었기 때문이다. 바로 세가의 중심지라 할 수 있으며 모든 대소사를 논의하고 결정하는 정무전(政務殿)이었다.

처음 접객실을 나와서 이각을 걸은 후에야 세 명은 목적지인 정무전에 도착할 수 있었다. 경공을 시전하면 금방 다다를 수 있는 거리였지만, 곽 총관은 그리하지 않았다. 자신을 좇아오는 두 사람이 어디에서 왔는지 알고 있었기에 무공을 할 줄 모른다고 생각하였기 때문이다.

곽 총관은 정무전 안으로 들어서자마자 빗물에 젖어 축축한 의복을 내공을 발휘해 말렸다.

"다 왔습니다. 제가 안에 들어가 가주께서 도착하셨는지 확인한 후 고할 것이니 잠시만 기다리십시오."

"예, 알겠습니다. 그렇게 하십시오."

"그럼 잠시만……."

"음… 동평장사께선 괜찮으십니까? 빗물은 몸에 좋지 않으니 이리로 오십시오."

"허허, 알겠네."

곽 총관이 정무전 안으로 들어간 후 모습을 감추자 염상백은 빗물에 젖은 동평장사 토리스타르의 의복을 내공으로 말리면서 몸에 한기가 침습하지 않도록 온기를 불어넣어 주었다. 무공을 할 줄 모르는데 나이까지 많아 몸이 쇠약해 노환이 염려되었기 때문이다. 몸에 온기가 들어간 후 토리스타르의 안색이 한결 좋아진 것을 확인한 후에야 염상백은 자신의 의복을 말렸다.

"이미 가주께서 도착하, 음… 가주께서 들어오시랍니다. 두 분께선 안으로 드시지요."

'무공을 익히고 있었단 말인가? 분명히 빗물에 옷이 젖는 것을 확인했는데……? 의외로구나, 음…….'

"알겠습니다. 이렇게 안내를 해주셔서 고맙습니다. 동평장사께서도 안으로 드시지요."

"허허, 그렇게 하세나……."

“가주, 명하신 대로 모셔왔습니다.”

곽 총관의 안내에 따라 정무전 안으로 들어서니 십여 명의 현원세가의 제자들이 복도 양쪽에 석상처럼 자리하고 있었다. 모두 젊은 나이인데도 태양혈이 뚜렷하게 자리하고 있어 염상백은 한눈에 절정의 무공을 지니고 있다는 것을 알 수 있었다.

“곽 총관은 어서 안으로 모시도록 하라. 그리고 제자들에게 일러 정무전 주변을 철저히 경계하도록 하라.”

“알겠습니다.”

가주의 명을 받은 곽 총관은 염상백에게 들어갈 것을 권한 뒤에 복도를 빠져나갔다.

“어서 오십시오. 주인으로서 인사가 늦었습니다. 먼 길을 오셨는데 사정이 있어 지금에서야 모시게 되었습니다. 저는 현원세가를 이끌고 있는 현원승이라 합니다. 그리고 함께 있는 분들은 세가를 이끌고 있는 원로원의 원로 분들과 가신들입니다.”

“어서 오십시오. 먼 길을 오시느라 수고가 많으셨습니다.”

“처음 뵙겠습니다.”

“먼 길에 고생이 많으셨겠습니다.”

“아닙니다. 괘념치 마십시오.”

방 안에는 가주 현원승을 비롯하여 원로원과 세가의 가신들로 보이는 중년인들이 다섯 자 길이 정도 되는 원형 탁자를 둘러싸고 앉아 있었다.

염상백과 토리스타르는 가주와 정면으로 보이는 자리에 가서 앉았다. 미리 자리를 마련해 놓았는지, 원형의 탁자엔 따뜻한 차가 준비되어 있었다.

"제 인사가 늦었습니다. 저는 염상백이라 하며, 이분은 중서성(中書省) 동평장사이십니다. 또한 황제 폐하의 종조부(從祖父)가 되십니다."

"토리스타르라고 합니다."

"음… 현 황제의 종조부라면… 순제 토곤테무르의 아우가 되시겠군요. 반갑습니다."

"흠흠, 저도 만나서 반갑습니다. 음……."

토리스타르는 현원숭이 자신의 형님이었던 순제 토곤테무르의 이름을 함부로 부르자 못마땅한 듯 굳은 표정을 지어 보였다가 이내 얼굴을 풀고 자리에 앉았다. 아직 서로 간에 대화도 오고 가지 않은 상태에서 얼굴을 붉힐 수가 없었기에 불쾌함을 참을 수밖에 없었다.

"허허, 제가 동평장사의 심기를 불쾌하게 했나 봅니다. 음… 그렇다면 제가 누구인지 모르신다는 것인데… 혹시 지금의 황제나 순제 토곤테무르로부터 저희 가문에 대하여 들은 것이 없습니까?"

"흠… 죄송하게도 현원세가에 대해서 들은 기억이 없습니다. 다만 예전 황실의 가신이었다는 것은 알고 있습니다."

"가신이었다……? 허허, 그렇군요, 그래서 동평장사께서 불쾌해하셨군요. 저희 현원세가에 대하여 아무런 것도 모르고 있었다면 불쾌해할 수도 있겠군요. 음… 어떻게 해서 동평장사에게 전해지지 못했는지는 모르겠지만, 우리들이 서로 얘기를 하려면 아시고 계셔야 할 것 같기에 말씀드리겠습니다. 저의 부친께선 무림에서 천승검(天乘劍)이란 칭호와 함께 무림삼성의 일인으로 불리셨습니다. 그분의 함자는 현원(玄遠)에 덕호(德虎)라 합니다. 또한 성길사한(成吉思汗) 철목진님의 손자이시며 태종(太宗) 오고타이의 아들이시며 정종(定宗) 구유크의 아우가 되십니다."

“헉! 지, 지금 뭐라 하셨습니까? 서, 성길사한 철목진님의 소… 손자시라 하셨습니까? 그, 그것이 정말이십니까?”

“음…….”

토리스타르와 염상백은 현원승의 마지막 말에 큰 충격을 받았다. 너무나 엄청난 말에 그 진의를 확인하고자 하였으나 현원승의 얼굴은 단한 점의 거짓도 보이지 않았다. 또한 원탁에 함께 자리하고 있는 현원세가의 원로들과 가신들의 얼굴엔 한결같이 자랑스러운 기색이 역력하게 드러나 있었다.

“음… 죄송하지만 믿어지지가 않습니다. 현원덕호 어르신꼐 아드님이 계시다는 것은 알고 있지만, 그분의 연세가 이미 백 세를 넘으신 것으로 알고 있는데… 그런데 가주께선 기껏해야…….”

“허허, 맞습니다. 제 나이 이미 백하고도 두 해가 넘었습니다.”

“그, 그러셨군요. 현원덕호님의 아드님이셨군요. 저는 그분의 한참 후예인 줄로 알았습니다. 죄송합니다. 음… 제 인사를 받으십시오. 저는… 억? 이, 이게……?”

“아닙니다. 동평장사의 인사를 받고자 한 것은 아니니 그만 되었습니다.”

모든 상황을 알게 된 토리스타르는 자신의 실수를 깨닫고 원탁에서 일어나 현원승에게 큰절을 하려고 하였으나 몸을 움직일 수가 없었다. 어찌 된 일인지 몸이 마음대로 움직이지 않을 뿐만 아니라, 자신의 의지와는 상관없이 일어났던 의자에 앉아야만 했다.

‘대단한 내공이다. 다섯 자 정도의 거리를 격하고도 저런 위른을 보이다니… 아무리 봉문을 했다 하더라도 천하제일검가는 역시 천하제일검가인가…….’

염상백은 토리스타르가 현원승의 내공에 의해 자신의 의지와는 상관없이 제자리로 앉았다는 것을 알 수 있었다.

"이젠 서로에 대해 알았으니 무슨 의도를 가지고 이곳에 왔는지 말씀해 보시지요. 황제인 부니야시리가 우리 세가에 원하는 것이 무엇입니까?"

"음… 그럼 거두절미하고 폐하의 뜻을 전하겠습니다. 폐하께선 타타르 국의 힘만으로는 명나라의 병사들을 막을 수 없다 판단하시었습니다. 또한 저나 옆에 있는 우승상도 폐하의 의중에 동참을 했습니다. 아무리 우리 타타르 국의 병사들이 용맹하다 하지만, 백만에 이르는 병사들을 막을 수는 없는 것이 현실이기 때문입니다."

"명나라 병사들을 막을 수 없다? 그리고 황제의 뜻에 동참했다……? 허허, 그 동참이란 것이 무엇입니까? 설마… 우리보고 명나라의 병사들과 싸워달라는 것은 아니겠지요……?"

"아닙니다. 어찌 현원세가에 그런 부탁을 드릴 수 있겠습니까. 아무리 현원세가가 천하제일검가라 하여도 명 황제에게 검을 겨누는 것이 무리라는 것은 알고 있습니다."

"음… 그럼……?"

동평장사 토리스타르는 이마에 식은땀이 흐르는 것을 옷소매로 닦으며 말을 이어 나갔다. 옆에 있던 염상백은 대신 나서서 말을 하고 싶었지만 꾹 참고 자신의 자리를 지켰다. 황제와 현원세가의 가주가 같은 혈육이란 것을 알았기에 자신이 나설 수 있는 자리가 아니라는 것을 깨달았기 때문이다.

"폐하께선, 음… 명 황실이 아닌 무림을 원하십니다……."

"응? 지금 뭐라 했소? 무림! 무림을 원한다 했소이까?"

“그렇습니다. 무림이라 했습니다.”

“허허, 무림……? 허허, 허허허…….”

“허허허…….”

“무림을 원한다니, 내 너무 오래 살았나 보오이다. 살다 보니 이런 황당한 말을 듣게 되니 말이오. 허허허…….”

“그러게 말입니다. 이거 참…….”

토리스타르의 말을 모두 들은 현원승은 기가 막혔다. 너무나 황당한 말을 들어 혹시 자신의 귀가 이상하지 않나 확인할 정도였다. 그것은 옆에 앉아 있던 원로들과 가신들 역시 마찬가지였다. 하지만 토리스타르의 말이 진심인 것을 확인한 후에는 웃음밖에 나오지 않았다. 너무나 기가 막히고 황당한 말이라 방 안은 현원승과 원로들의 웃음으로 가득 찼다. 그러나 현원승과 원로들의 웃음은 그리 오래가지 않았다.

쾅……!

“동평장사! 지금 그것을 내게 말이라고 하는 것인가? 무림을 원하다니! 무림이 얻고 싶다고 해서 쉽게 얻어질 수 있는 것이 아니거늘 어찌 그런 말을 함부로 내뱉는단 말인가……!”

“흠! 음… 저 역시 무림이 쉽게 얻어질 수 없다는 것을 잘 알고 있습니다. 그것은 폐하께서도 마찬가지입니다.”

“그런데, 그런데 어찌 그런 말도 안 되는 망상에 사로잡혀 있다는 말인가……? 그렇게도 황제는 할 일이 없다는 말인가……?”

“이… 어, 어찌 그런 망발을…….”

“제가 대신 말씀드리겠습니다. 그러니 동평장사께선 노기를 가라앉히고 심기를 편안히 하시지요.”

“그, 그렇게 하세. 음…….”

　토리스타르는 현원승의 호령에 흠칫하였으나 황제를 무시하는 말에 그만 노기가 치솟는 것을 주체할 수가 없었다. 아무리 황제가 후손이라 하더라도 듣기 거북할 정도로 심한 말이었기에 참을 수가 없었던 것이다. 그에 불편한 심기를 그대로 담아서 폭언을 하려 했으나, 다행히 옆에 앉아 있던 염상백이 이러한 상황을 눈치 채고서 토리스타르를 제지한 후 앞으로 나섰다.

　"저는 우승상 염상백이라 합니다. 그리고 조금 전 동평장사께서 하신 말씀, 모두 저를 통해 이루어진 것입니다."

　"음……."

　"……?"

　"황제 폐하께 명나라가 아닌 무림을 취하자고 한 것이 저입니다. 그러니 제가 말씀드리겠습니다."

　"허, 이거 참… 도대체 무슨 생각을 가지고 그런 말을 황제에게 한 것인가? 보아하니 우승상도 무공을 지니고 있는 것 같은데……?"

　현원승은 염상백의 위아래를 훑어보고는 고개를 끄덕였다. 자신조차 쉽게 파악하지 못할 정도로 절정의 무공을 지니고 있었기 때문이다.

　"맞습니다. 저도 무공을 지니고 있습니다. 그러나 그에 앞서 말씀드리고 싶은 것이 있습니다."

　"말하고 싶은 것이 있다……? 어디 말해 보게, 우승상이 내게 말하고 싶은 것이 무엇인가?"

　"예, 그럼 말씀드리지요. 가주께선 현재 타타르 국의 병사들 삼십오만 명 중에 삼만 명이 무공을 지니고 있다는 것을 믿으십니까? 또한 그들 중에 일류고수 이상의 실력을 가진 병사들만 만 명에 이르고 있다는 것을 믿으십니까?"

"뭐라? 일류고수가 만 명……? 지금 내게 그 말을 믿으라고 하는 것인가?"

"말도 안 되는 소리! 어찌 타타르 국에 그런 병사들이 있다는 말인가?"

"그렇습니다. 병사들이 무공을 할 줄 안다는 것도 놀라운데, 그것도 일류고수가 만 명이라니……?"

염상백의 말을 들은 현원승과 원로들, 그리고 가신들은 고개를 저으며 믿을 수 없다는 표정을 지었다. 자신들의 상식으론 도저히 이해할 수 없는 일이었기 때문이다.

"하지만 믿으셔야 할 것입니다. 지금 이 자리에 있는 제가 그들을 직접 선발하여 훈련시켰으니까 말입니다."

"음……."

"헉! 그럼 정말이었단 말인가?"

"어찌 그런 일이……?"

"원제국이 중원을 통치하고 있었을 당시 황궁비고는 무공비급들과 영약들, 그리고 보검과 금화들로 넘쳐 나고 있었습니다. 그리고 북으로 올라가면서 그것들을 모두 가지고 갔으며, 저는 그것들을 가지고 병사들을 훈련시켰습니다. 비록 병사들의 훈련 기간이 짧아 대체적으로 성취가 낮지만, 몇몇 병사는 최고수의 반열에 올라 있기도 합니다."

"음… 우승상의 얘기를 들어보니 이해할 수 있는 것이 있구려. 만약 그와 같이 많은 병사들이 무공을 지니고 있다면 우리에게 도움을 청하지 않아도 충분히 무림을 도모해 볼 수 있었을 텐데… 왜 우리를 찾은 것인가?"

"그렇군요. 가주의 말씀을 들으니 이해가 가지 않는군요.'

"저도 그렇습니다. 그 정도의 병사라면 우리들보다 많은 수인데, 왜 우리를 찾은 것입니까?"

"맞습니다. 충분히 무림을 도모해 볼 수도 있었는데……?"

현원승의 말에 원로들과 가신들이 가세했다. 아무리 생각해도 이치에 맞지 않았기 때문이다. 방 안은 염상백의 충격적인 발언과 현원승의 의문에 무거운 정적이 흘렀다.

"가주의 말씀대로 그 정도의 병사들이라면 충분할 수도 있을 것입니다. 그러나 그것은 제가 무림을 몰랐을 때의 얘기겠지요. 저도 잘 알고 있습니다. 무림이 얼마나 큰 저력을 지니고 있는지 말입니다. 강호엔 모래알보다 많은 기인이사들이 은거하고 있고, 숨은 고수들이 즐비하다는 것을 말입니다. 그에 저는 한때 원나라의 가신이었던 현원세가가 무림의 억압으로 봉문을 선언했다는 것을 알고는 봉문을 풀고 함께 무림을 도모해 보고자 찾아왔던 것입니다. 어떻게 생각하십니까?"

"음… 우승상의 말에 흥미가 일어나는 것은 사실이네. 하지만, 하지만 아직 나와 원로들을 충분히 납득시키지 못한 것이 있네."

"그것이 무엇입니까? 말씀해 보십시오. 제가 알고 있는 것이라면 모두 말씀드리겠습니다."

"좋네, 아직 나는 황제의 정확한 의도를 듣지 못했네. 아까 명나라가 아닌 무림을 원한다고 했는데, 과연 그 뜻은 무엇인가? 내가 들은 것이 맞는다면 타타르 국의 황제가 지엄한 황제의 자리를 스스로 버리고 무림에서 일가를 이루겠다는 것으로 생각되는데……? 정말 황제가 그럴 생각인가?"

"맞습니다. 폐하께선 타타르 국의 앞날과 백성들의 안위를 위해 스스로 황제의 자리를 버리시고 무림에 일가를 세우시려 하십니다. 그것은 옆에 계신 동평장사께서 대신 말씀하실 수 있습니다. 그러니 믿으셔도 될 것입니다. 다시 말씀드리지만, 폐하께선 무림을 정복하시고자 합니다. 그 첨병의 역할을 제가 수행하게 되었고, 저는 그렇게 할 것입니다. 그것만이 명나라로부터 타타르 국을 지키는 길이고 백성들의 안전을 위하는 길이기 때문입니다."

"허, 어찌 그럴 수가… 황제가 스스로 황위를 버린다……? 도저히 납득이 가질 않는구먼. 이건 도대체……."

"음……."

"……."

"좋네, 황제가 무슨 의도를 가지고 있는지 알겠군. 그럼 오늘은 이것으로 끝내는 것이 좋겠군. 우승상과 동평장사는 밖에 있는 총관을 따라 객청으로 가서 잠시 머물도록 하게. 그동안 나는 여기 계신 분들과 그 일을 논의해 보겠네."

"알겠습니다. 그럼 좋은 결론이 나오기를 학수고대하며 기다리고 있겠습니다."

"허허, 그것은 아직 모르네. 그리고 우승상이 무림이란 곳을 알고 있다고 하니 우리들에게서 그런 말이 쉽게 나올 수 없다는 것을 잘 알고 있지 않은가……?"

"음… 무슨 말씀이신지 잘 알겠습니다. 그럼 우린 가주께 폐하의 의중을 알렸으니 조용히 결과를 기다리고 있겠습니다. 가주께서 어떻게 결론을 내리시든 좋으니 부담을 갖지는 마십시오. 그럼 저희는 이만……."

"음……."

"그럼 다음에 뵙겠소이다. 총관은 두 분을 모시도록 하게."

"알겠습니다, 원주님."

염상백은 현원승과 원로 및 가신들에게 정중히 고개를 숙여 자신의 얘기를 끝까지 들어준 것에 대한 예의를 다한 후 밖으로 나갔다. 원로들 역시 염상백의 깍듯한 예의에 정중히 흡족해했으며, 몇몇 원로들과 가신들은 염상백의 기도에 고개를 끄덕이기도 했다. 충분히 대장부다운 기상과 무인의 기질을 엿볼 수 있었기 때문이다.

염상백의 마지막 말에 현원승은 황제의 의중을 짐작할 수 있었다. 지금은 명 황제가 조용히 있지만, 앞으로 얼마 지나지 않아 북쪽으로 쫓겨난 타타르 국과 오이라트 국을 도모할 것이 뻔했다. 이미 그것은 원나라가 명나라에 의해 북으로 쫓겨나면서 예정되어진 수순(隨順)이기도 했다.

그에 타타르 국의 황제는 힘으로 어찌해 볼 수 없는 명 황실보다는 무림을 택했을 것이다. 비록 황제로서 결정하기 어려운 문제였겠지만, 현원승은 충분히 황제가 무엇을 생각하고 염상백을 자신에게 보냈는지 알 수 있었다.

무림정복(武林征服).

무림일통(武林一統).

무림황제(武林皇帝).

만약 염상백의 말대로 무림을 정복할 수 있다면 명 황제도 쉽게 타타르 국을 침입할 수 없게 된다. 내부에 황권을 위협할 수 있는 큰 적을 두고서 외부로 원정군을 보내거나 직접 친정을 떠날 수 없기 때문이다. 하지만 그것은 염상백이 무림을 정복했거나 그와 비슷한 세력을 형성했을 때의 얘기였다. 명 황실과 당당히 맞설 수 있을 정도로……

그러나 가장 힘든 것은 무림의 세가들이었다. 흑백양도의 무림세가

들이 약해 빠지지 않은 이상 쉽게 자신들의 영토를 내어놓지 않을 것
이 명백하기에 염상백의 호언이 이루어지는 것은 쉽지 않은 일이었다.
그만큼 무림정복은 많은 난관들이 도처에 즐비하여 단 한 순간의 실수
로도 허물어질 수 있는 모래성과도 같은 것이었다.

　모래성…….

『호열지도』 8권으로…

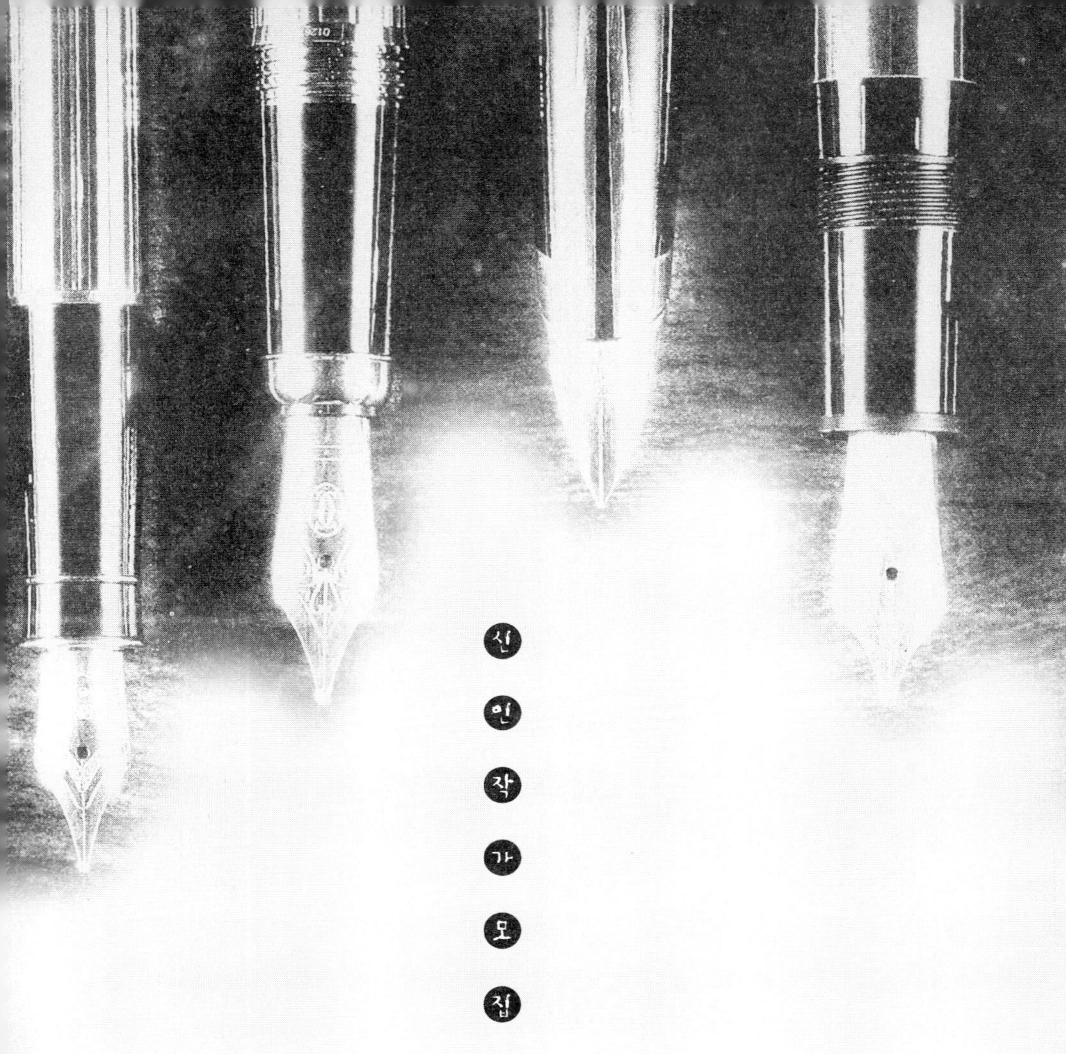
신

인

작

가

모

집

시작이 반이라고 했습니다.
작가의 길에 대한 보이지 않는 벽을 과감히 깨뜨리십시오!
청어람은 작가 지망생 여러분들의
멋진 방향타가 되어드리겠습니다.

저희 도서출판 청어람에서는
소설 신인 작가분들을 모집합니다.
판타지와 무협을 사랑하시는 분들의 많은 참여를 바랍니다.
소정의 원고(A4용지 150매)를 메일이나 우편으로 보내주시면
검토 후 출판 여부를 알려드리겠습니다.

주소:경기도 부천시 원미구 심곡1동 350-1 남성B/D 3F 우편번호420-011
TEL:032-656-4452 · FAX:032-656-4453
http://www.chungeoram.com
e-mail:chungeoram@chungeoram.com